名家读书系列
MINGJIADUSHU

周 明 主编

茅盾读书

茅 盾 著　方 未 选编

中国社会出版社
国家一级出版社★全国百佳图书出版单位

图书在版编目（CIP）数据

茅盾读书／茅盾著；方未选编．—北京：
中国社会出版社，2013.7
（名家读书系列／周明主编）
ISBN 978－7－5087－4485－8

Ⅰ.①茅…　Ⅱ.①茅…②…方　Ⅲ.①散文集—中国
—现代②随笔—作品集—中国—现代　Ⅳ.①I266

中国版本图书馆 CIP 数据核字（2012）第 150655 号

茅盾读书

著　　者：茅　盾
选　　编：方　未
责任编辑：牟　洁
出版发行：中国社会出版社　　　　邮政编码：100032
通联方法：北京市西城区二龙路甲 33 号
　　　　　编辑部：（010）66063028
　　　　　发行部：（010）66085300　　（010）66080300
　　　　　　　　　（010）66083600
　　　　　邮购部：（010）66081078
网　　址：www.shcbs.com.cn
经　　销：各地新华书店
印刷装订：中国电影出版社印刷厂
开　　本：160mm×220mm　1/16
印　　张：16.25
字　　数：220 千字
版　　次：2013 年10月第 1 版
印　　次：2013 年10月第 1 次印刷
定　　价：32.00 元

目　录

第一辑　谈独立思考

第二辑　夜读偶记

第三辑　读西洋名著

第一辑

谈独立思考

谈独立思考[①]

有人问：如何而能独立思考？

我想：这个答案可以很多，其中之一也许是洋洋万言，引经据典，而效果等于不着一字。

但是，也还有另一方式的答案：

不读书者不一定就不能独立思考；然而，读死书、死读书、只读一面的书而不读反面的和其他方面的书，却往往会养成思考时的“扶杖而行”，以致最后弄到独立思考能力的萎缩。

眼睛只看上边、不看下边的人，耳朵只喜欢听好话、不喜欢听批评的人，常常只想到自己、不想到别人的人，他们面前的可能的危险是：让“独立”思考顶替了独立思考。

教条主义是独立思考的敌人，它的另一敌人便是个人崇拜。

如果广博的知识是孕育独立思考的，那么，哺养独立思考的便应是民主的精神。

井底之蛙恐怕很难有独立思考的能力。应声虫大概从没有感到有独立思考之必要。而日驰数百里的驿马虽然见多识广，也未必善于独立思考。

人类的头脑，本来是具有独立思考的能力的。如果没有，人类就不能从“蠢如鹿豕”进化到文明。但是人类的这个天赋，是在生活斗争中不断碰到矛盾而又不断解决矛盾的过程中逐渐发达起来的。前人的经验和独立思考的成果，应当是后人所借以进行独立思考的资本，而不是窒息独立思

① 原载《人民日报》1956年7月3日。

考的偶像。

儿童的知识初开，常常模仿大人。这时的模仿，就是吸收前一代的经验和知识，为后来的独立思考准备条件。做大人的，看见幼儿模仿自己，便赞一声“聪明”，可是到后来看见渐臻成熟的少年不再满足于模仿自己，却又骂他“不肖”；这真是可笑的矛盾。

从前有些“诗礼之家”，有一套教养子女的规矩：自孩提以至成长，必使“非礼勿视，非礼勿听，非礼勿言……”这是把儿童放在抽出了空气的玻璃罩内的办法。这样培养出来的，如果不是书呆子，犬儒，便是精神上失去平衡的畸形人，是经不起风霜的软体人。当然也不会是具有独立思考能力的人。

“诗礼之家”现在没有了，我盼望这样的教养方法也和它一同地永远消逝。

“爱读的书”①

小说之类，从前谓之“闲书”，读“闲书”，不外因为“有闲”而求消遣。这是一种旧观念。现在虽然也还有不少人为了消遣而读小说之类的文学作品，但“闲书”这名称到底也不大时行了。文学作品现已被公认为精神食粮之一种。写作者的态度是严肃的，写作出来的东西不是供人消遣的。

不过又有了“趣味”说。据这一说，人们读文学作品，大抵各就所好；同一作品，甲乙丙丁的观感各有不同，因为各人之趣味不同。但各人的趣味何以有不同呢？这本来可以从各人的身世、教养、思想意识来加以解释的，本文范围因另有所在，兹姑不喋喋。

如果一个人的趣味跟他的身世、教养等等没有关系，那么他将无常嗜；如果人人无常嗜，则文学杰作之永久性与普遍性将成为不可思议。但事实上，古典作品到今天还为广大读者所爱好。或者有人要说：古典作品因其恢宏博大，包有多方面的趣味，所以能够适应古往今来无数读者各有所偏的嗜好。但这一说，恐亦未必然，古典作品之至今传诵不歇者，亦尽多方面单纯的，而且凡读古典作品者谁又是跳行抽读而只取其一部分呢？

我们的好恶当然与希特勒之流法西斯不同，奴隶主的好恶当然与奴隶不同；好恶不同，当然对于文学作品的趣味就不同了。最大多数人之所好者：自由、平等、博爱。凡因争取此三者而表现之勇敢、坚决与牺牲的精神，凡因说明此三者之可贵而加以暴露的压迫、欺骗、奸诈和卑劣的行为，当然也是最大多数人“兴趣”之所在。文学杰作之永久性和普遍性，应当

---

① 选自《茅盾文集》第10卷。

从这里去说明，所谓超然物外的纯趣味，实际上是没有的。

自来的文学作品，粗粗可分为历史的，当代现实的，和幻想的（灵怪变异）三类。历史的与当代现实的两类，都以人事为描写对象，但历史的作品其人其事及其环境，——生活方式习惯等等，和当代的现实是有不少距离的；至于幻想的一类，或写鬼神精怪，或以禽兽拟人，总之其对象非人。然而这三类中的杰作，一样可以使人百读不厌。这未必是因为生于今日的人看厌了现代生活而想换换口味罢？真正的原因，恐怕还是在于历史和幻想的作品之杰出者是包含了人们所企求的真理，赞美了人们之所好，而指斥了人们之所恶的。

所以我们的“兴趣”，有时会从现代转到古代，乃至子虚乌有的幻想的世界。我个人爱读的文学作品，就有不少是历史的和幻想的。

在中国古典作品中，很少好的历史小说。虽然“演义”是中国小说的一大宗派，但除了《三国演义》和《水浒传》而外，耐人再三咀嚼的作品好像也不多，而我尤爱《水浒》。这两部大作，虽同属“讲史”之流，不过也有不同之处。《三国演义》被称为“无一事无来历”，此所谓“来历”，主要是前人的记载。《水浒》也有“来历”，却不是前人的记载而是当时的民间传说。这一差别，就使得《水浒》中间几个主要人物的性格更为读者所爱好了。描写的技巧，《水浒》也比《三国》更好。例如林冲和杨志，鲁达和武松，都是直写到他们的故事的末了这才性格的发展告一结束。但因他们的故事的发展常常被别人的故事所间隔，所以匆忙的读者每每失却了注意，如果把林冲或杨志的故事首尾自相连接，另写为单独的故事，我以为对于人物性格描写的学习必大有裨益。

大仲马的《三个火枪手》，也是我所爱读的。我读过这书的英文译本，也读过伍光建先生的中译本。伍先生的译本是节本，可是我觉得经他这一节，反更见精彩。大仲马描写人物的手法，最集中地表现在达特安这人物的身上。（要研究达特安的性格发展，还须读《达特安三部曲》的第二部即《三个火枪手》的续编《二十年以后》，中文伍译《续侠隐记》。）达特安个性很强，然而又最善于学习他人之所长。达特安从他的朋友们（三个火枪手）身上学取了各人的优点，但朋友们这些优点到了达特安那里就更成达特安固有的东西了，我们并看不出他有任何地方像他的朋友，达特安还是达特安，不过已经不是昨日的达特安。而这样的性格发展的过程，完全依伏于故事的发展中，完全不借抽象的心理描写或叙述。

托尔斯泰的《战争与和平》和《安娜·卡列尼娜》不用说也是我最爱读的。关于这两部巨著，值得我们佩服的，就不单是人物性格的描写了。一些大场面——如宴会、打猎、跳舞会、打仗、赛马，都是五色缤纷，在错综中见整齐，而又写得多么自然，毫不见吃力。这不但《水浒》望尘莫及，即大仲马的椽笔比之亦有逊色，然而托翁作品结构之精密，尤可钦佩。以《战争与和平》而言，开卷第一章借一个茶会点出了全书主要人物和中心的故事，其后徐徐分头展开，人物愈来愈多，背景则从圣彼得堡到莫斯科，到乡下，到前线，回旋开合，纵横自如，那样大的篇幅，那样多的人物，那样纷纭的事故，始终无冗杂，无脱节。司各特的历史小说写场面，写人物，都不能说不为卓杰，结构也极其谨严，然而终不及托翁的伟大和变化不居。所以我觉得读托翁的大作至少要做三种功夫：一是研究他如何布局（结局），二是研究他如何写人物，三是研究他如何写热闹的大场面。

在幻想的小说中，《西游记》我最喜欢。小时看的第一部“闲书”也就是《西游记》，现在我要是手头别无他书而只有一部《西游记》时，看上了还是放不落手的。神怪小说中国本来很多，但《西游记》之优长，我以为尚不在它的想象的瑰奇（当然这是其他神怪小说之不可及处），而在它所写的神仙精怪都是那么富于人情味，而又特多诙谐。是幻想，然而托根于现实。没有现实基础的幻想，那就只足供人一时的消遣了，看过以后不想再看第二遍。基于同样的原因，我也喜欢《聊斋志异》中的若干篇。《聊斋志异》中的鬼狐实在是现实生活中常常遇到的人而无异于禽兽或不如禽兽者。欧洲中世纪的作品《列那狐》的故事（中文有伍光建与郑振铎两先生的译本），也是同类的杰作。大凡托根于现实的幻想的作品，因其诡谲而恣肆，常比直写现实生活者更为动人。幻想作品之不足观者，大抵作者先自存了“画鬼容易画人难”的观念，而欲以偏锋取胜，却不知道为画鬼而画鬼结果是人所不乐观的。尽管想象力丰富，亦不过徒劳而已。

至于反映当代现实的作品，我所爱读的范围就很大了：清末的“谴责小说”，当代自鲁迅先生以至各作家的作品，不及列举。我有一个见解：凡同国同时代的作品，对于一个写作者或多或少总有助益，我们从鲁迅的作品固然得的益处很多，但从一位青年作家的作品里，也常有所得，例如一个口语的巧妙的活用，一二新鲜的感觉，新颖的句法，都能够给我们以启迪。即使是描写失败之处，也因其能使我们借鉴而预防，故亦有益。但是同时人的作品如果意图歪曲现实，或只在供人消遣的，那就不是我所愿意聆教的了。

同样，我也抱了这见解去读当代外国人的作品：高尔基和其他苏联的有名作家，巴比塞，萧伯纳，德莱塞，——也曾醉心于罗曼·罗兰。高尔基的作品使我增长了对现实的观察力（这跟鲁迅的作品给我的最大的益处是相同的），而其特有的处置题材的手法，也使我在所知的古典作品的手法而外，获见了一个新的境界。可惜不懂原文，英译和中译的高尔基作品，狂妄的批评一句，可使我满意者不多，大概高氏的那种强悍而明快的风格（据一些外国评论家所说）难以表现在非俄罗斯的文字中罢？正如鲁迅作品的风格，在英文译本中总比原文逊色些。

花与叶[①]

看了《中国电影艺人访问记》第二十六（这是访问《铁板红泪录》导演洪深先生的），稍稍明白了当代前进的“电影艺人”正有一个急等解决的问题——即“花与叶”的问题。《访问记》中借了“友人某君”的嘴巴说：

……所以我总这样想，我画了这朵花，我自己以为很像了，我的个性也表现出来了，可是别人说还得加几笔叶子，而我却不想加上去，因为我以为这是没有必要的。

这是一个主张：不要叶。被访问的洪深先生以为“我们的作品就是太少了叶子”。这是倾向于“要叶”的。而《访问记》的作者沙基先生的意见则是“折中”的。他说：

不消说我并非同意以无谓的噱头来趣味化，可是技术上生动化的成就，仍是非常必要的。至于因太顾全生动以致毒害主题，那自然是再愚笨不过的事了。然而在花之外多加上两笔绿叶，使真实生动化而更加真实起来，这便是艺术的真价。

“花与叶”这一问题概要具如此。本来中国有句老古话：牡丹虽好，

① 原载 1933 年 12 月 17 日《申报·自由谈》。

全仗绿叶扶持。光是一朵牡丹花，并不好看，必待带叶，然后完成了牡丹之美。所以“叶子”在这里并不是帮衬，而是完成“牡丹之美”的必要条件。花与叶是对立的，相成的，而不是一个为主体，一个为附属。

艺术上的“花与叶”的问题，也应该如此去理解。问题不在“要不要加几笔叶子”或“多加上两笔叶子”，问题是在那些叶子画得对不对。倘使一朵牡丹花旁边加上了菊花的叶子，弄得既不像牡丹，又不像菊花，这才真正是“没有必要的”。

如果花是牡丹花，叶也确是牡丹叶，那么，即使叶子太多了些，也不至于“毒害主题”。因为一朵牡丹两张叶固然是牡丹，四五张乃至七八张叶，也仍然是牡丹，不会变做了芍药的。“叶子”而至于“毒害”了花(主题)，一定是这些“叶子”和“花”本非同类。所以文艺上的“花叶问题”，第一要认明花与叶是相需相成的，叶子不处于帮衬的地位；第二要注意是否配错了叶子。质诸洪深先生等三位，以为何如?

文学家成功秘诀[1]

曾见某笔记谓施耐庵《水浒》先以三十六主要人物的画像挂在书房里，朝朝暮暮对着看，后来“神而明之”，下笔若有“神助”，于是三十六人者乃活跃于纸上了。

这是我们中国祖传的文学家成功的一种“秘诀”。时至今日，《水浒》一书经过了几番考证，已经断定它并非姓施名耐庵者个人意匠之作，而是一群民间传说累积的果实；所谓三十六主要人物的性格，并非由施耐庵看熟了画像揣摩得来，而是许多无名的民间艺术家共同捏塑成功，不过由施耐庵加以最后的编定罢了，因此某笔记所传的“成功秘诀”也就不攻自破，成为无量数“穿凿附会”中间的一种了。

我们祖传的“成功秘诀”中还有一种，鼎鼎大名的司马迁就是此“秘诀”的创始者或实验成功者。这就是说司马迁文章之所以“不拙直”，乃因为他“周游名山大川”。在交通不便的中国古代，“周游名山大川”确不是多数人做得到的，然而司马迁居然“周游”了，文章居然不凡了，所以这“秘诀”是信而有征的。“名山大川”这些死东西，——不，应该说是“美丽的大自然”，或者能够使一个诗人多几首诗，或者竟能使一个诗人的作品更加“浑厚奇诡”，有如入蜀后的杜甫，但是散文家的司马迁的断烂朝报式的本纪列传中也会得着“名山大川”的帮助，想起来真是难以索解。中国古来一些“批评家”讲到文章的“通”或“好”时，总说“神而明之”一类的话，“名山大川”云者，当亦是“神而明之”的一种，反正

---

① 原载1933年11月12日《申报·自由谈》。

一部《史记》中包含了文章的各样法门是“久已论定”的。

金圣叹却就干脆得多。他判定《水浒》是学得了太史公笔法。他这“发见”，其实也是中国祖传的文学家“成功秘诀”第三种，即所谓“脱胎”。现代施蛰存先生用了“现代语”翻译出来，就是“每一个文学者必须要有所借助于他上代的文学”。

不用说，书房里挂了画像朝朝暮暮对着看，到底太烦麻，而且先须请人画了像，尤其烦麻；“名山大川”呢，虽则近来“水陆联运”，公路大辟，似乎比司马迁时代方便得多了，可是风尘仆仆，也够讨厌，还不如安坐在书房里“借助于上一代”，一部石印的《庄子》，石印的《文选》，至多不过花上四块钱，经济时间，两皆合算。这样一比较，就见得斤斤然劝青年们先求生活经验充实的人们，委实是傻不可及了。

谨严第一①

艺术巨匠的天禀，固非人人所能有，然而艺术巨匠的谨严，却是人人应当效法；狮子搏兔亦用全力，——这一句成语，最足以说明艺术巨匠们之无往而不谨严，丝毫不肯随便。

“学习鲁迅”，首先而且必要的，是学习他的谨严。从心细如发，产生笔大如椽，这是鲁迅先生每一篇文章的“创作过程”。

从文句上去学习他的谨严，尚可能；然而所得仅属皮毛。即使能有其犀利，必不能有其深湛。即或深湛近似矣，亦必不能有其隽永。为什么呢？因为他的犀利深湛隽永是对事对物观察得极透彻，剖解得极精微的结果；他无论什么不肯轻轻放过。

为了一种植物的译名，鲁迅先生肯费几天的工夫去查许多的书；要查的一本书手头没有，近处也借不到，他就写信给远地的朋友请他代查。他是这么“认真”！

有一位年轻木刻家把人物的手刻反了，另一位画家（也许是木刻家）把浴在河里的牛弄成了黄牛；都是鲁迅先生给指了出来。无论对什么，他都“细心”！

认真与细心见于艺术形象的，是犀利，猛鸷，深湛，隽永；见于思想行事的，是嫉恶如仇，是“一口咬住了不放”的韧性，是深入敌垒再杀出来的无畏的精神，是“打叭儿狗”的那种彻底，是教育青年从不倦怠那种热心。

---

① 原载 1938 年 10 月 16 日《文艺阵地》第 2 卷第 1 期。

治学，创作，治事，私生活，——鲁迅先生给我们取法的，首先是“谨严”二字。这是人人应当学习而且能够学习的，只要他发心去学习。革命家、战士的德性，无非是认真而又细心，艺术家的德性，也无非是认真而又细心。才能的大小，固由天赋，然而从认真与细心，也可以造就一个人的才能。

“学习鲁迅”这句话如果实践起来，首先而且必要的，是在治学，治事，私生活，——各方面，都认真而细心！这两句话，似乎平凡得很，然而要能严格能彻底，却需要不断的惕励与反省。

中国文学内的性欲描写[①]

一

中国文学在“载道”的信条下，和禁欲主义的礼教下，连描写男女间恋爱的作品都被视作不道德，更无论描写性欲的作品；这些书在被禁之列，实无足怪。但是尽管严禁，而性欲描写的作品却依然蔓生滋长，“蔚为大观”。并且不但在量的方面极多，即在质的方面，亦足推为世界各民族性欲文学的翘楚。这句话的意思请读者不要误会。我不是说中国文学内的描写性欲的作品可算是世界上最好的性欲文学，我是要说描写性欲而亦裸裸地专述性交的状态像中国所有者直可称为独步于古今中外。我诚然浅学，未尝多读西洋的小说，尤其是专写性欲的小说见的很少，但是赤裸裸地描写性欲的西洋小说为世所称者，如莫泊桑（Maupassant）的“Bel - ami”（《漂亮朋友》）之类，其中虽有极碍目的篇章（此已为译者所不愿照译），然而比之中国小说内的性欲描写，尚不免类于小巫见大巫。莫泊桑的《一生》中也有几段性欲描写颇不雅驯，然而总还在情理之中，不如中国的性欲描写出乎情理之外。左拉（Zola）的小说内尝说浪子荡妇喜观“黄皮书”，意即为淫书；可是朋友告诉我，法国秘密发售的低等淫书，亦未有像中国的淫书专述性交状态。莫泊桑有许多短篇，淫荡已极，但对于性交却还是虚写，不像中国小说之实写。故就实写性交，甚至绘声绘影，仪态万

① 本篇最初发表于一九二七年六月《小说月报》第十七卷号外《中国文学研究》（下）。署名沈雁冰。曾收入《茅盾文艺杂论集》。

方，如中国小说之所有者，浅陋如我，实未于其他各民族的文学中见过；这便是我们谈到中国性欲文学时首先觉得是奇怪的一件事。

为什么中国的性欲描写会进了这种“魔道”，自然是我们应当研究的，本篇所要论列的主要点，此亦其一，不过现在我们姑且搁开这一点，先来谈一谈中国性欲文学的大概面目。

就通例而观，性欲描写的文学大都是变态性欲的研究。但中国的性欲文学竟是例外。中国有许多写平常的才子佳人恋爱的故事里往往要嵌进一段性交的实写；其余以变态性欲为描写主题的小说，更是无往而非实写性交。所以若问中国性欲作品的大概面目是什么？有两句话可以包括净尽：一是色情狂，二是性交方法——所谓房术。所有中国小说内实写的性交，几乎无非性交方法。这些性交方法的描写，在文学上是没有一点价值的，他们本身就不是文学。不过在变态性欲的病理的研究上，却也有些用处。至于可称为文学的性欲描写，则除伪称伶玄作之《飞燕外传》与《西厢》中《酬简》的一段外，恐怕再也没有了。所以着着实实讲来，我们没有性欲文学可供研究材料，我们只能研究中国文学中的性欲描写——只是一种描写，根本算不得文学。

二

现在所传的性欲小说——淫书，大都是明以后的作品；故中国性欲描写始盛于明代，是无疑的。但是我很疑西汉末已有许多描写性欲的文学出现，不过多不传于后世罢了。西汉诸王，大都淫乱，烝父姬，通姊妹，攘弟妇，诸如此类，史不绝书。淄川王终古甚且使所爱奴与八子（妾号）及诸御婢奸，终古或参与被席；或白昼使羸（裸体也）伏，犬马交接，终古亲临观，产子，辄曰：“乱不可知”，使去其子。（《前汉书》三十八）这简直是很厉害的色情狂了。而成帝宫闱秽乱，亦复不能讳言。在此种环境内，性欲描写的作品的发生是可能的。今所传，有《飞燕外传》（旧题汉伶玄撰），《赵后遗事》（旧题宋秦醇，言得自同里李生与《飞燕外传》大同小异），《飞燕遗事》（阙名，共琐闻五则），而尤以《飞燕外传》一篇为最著名，且文词亦较胜。此篇叙赵飞燕姊妹出身，得幸之原因，至成帝纵欲丧身而止。末有伶玄自叙，谓字子于，潞水人，由小吏，渐至淮南相；其妾樊通德为樊嫕弟子不周之子，能道飞燕姊妹故事，于是撰《赵后别传》。序末又称玄为河东都尉时，辱班彪之从父，故彪续史记不见收录。（按今通行本无此序，此据《四库提要》所引）两段文气不接，且亦不类自序口吻。所以很多人疑心序既假造，文亦伪作。然古来通人如晁公武颇信之；陈振孙虽有或云伪书之说，但又云通德拥髻等事（见自序中），文士多用，而祸水灭火之语（见本文中），司马公载之《通鉴》，则又为回护。平心而论，我们自然不能说伶玄之必有是人，与必作是文，但后世作伪者不拿别人作题材，而偏偏挑了一个正史上不算十分荒淫的汉成帝为题材（按《汉书·成帝纪》仅有沉湎酒色轻轻一句，《外戚传》亦唯记赵后姊妹妒杀后宫子而已），则大有可疑；如果当时毫无关于飞燕姊妹淫佚的传说，则作伪者为何无中生有拉上个成帝与飞燕姊妹呢？因此，我们不妨假定西汉末年或许有不少的描写性欲的文章都是以飞燕姊妹作题材的，（按《西京杂记》载飞燕事凡三则，皆见《外传》；《西京杂记》旧题葛洪撰，有洪跋称得刘歆《汉书》一百卷，取校班作，有小异同，其为班固所不取者，不过二万言，抄出为《西京杂记》云云。然《隋书·经籍志》载此书二卷，不著撰人姓名，《汉书》匡衡传颜师古注，称今有《西京杂记》者，出于里巷；亦不言作者为何人。《酉阳杂俎·广动植物》篇及张彦远《历代名画记》始言是葛洪撰，《杂俎语资》篇又载庾信语，谓是吴均所作。总而观之，此书传自晋世，出于里巷，盖传说之碎断者，云为葛洪作，或吴均作，皆依托也。然据此可见汉晋之间正多此种流传之故事。飞燕姊妹之事仅其题材之一。）后来有人纂集而成《飞燕外传》乃加以伶玄一名托为撰者。故《飞燕外传》一文虽在汉家历史上毫无价值，而在文学史上的价值却未便过于抹煞。又据晁公武语，及通德拥髻之事文士多用，二者而观，也可想见此文流传已久，恐系唐以前人所作。若问西汉末既有不少描写性欲的作品，何以今仅传飞燕故事，则解答亦甚易。第一，因性欲描写究是禁书，在雕版术已发明后，流传尚极困难，何况汉代并未有印刷，仅恃手抄。第二，中国小说自唐以前，皆为 Romance[①] 体，凡百故事，皆假托一二历史人物以为主体；又因题材既集中，便生出（a）后人合并诸故事而加改作，与（b）趣味较浅的故事渐归消灭，两个结果。所以我们不便以今日所存之少而致疑于古时——当时——之未必多。

再就《飞燕外传》的内容而观，则此短文直可称为后世性欲小说的泉源，换言之，即后世的长篇性欲小说的意境大都是脱胎于《飞燕外传》的。《外传》言飞燕居家时与羽林射鸟者私通，既入宫召幸，其姑妹樊嫕故识飞燕与射鸟儿事，为之寒心，——恐成帝窥破飞燕之已为妇人。及后既幸，流丹浃藉，嫕私语飞燕曰："射鸟者不近女耶？"飞燕曰："吾内视三日，肉肌盈实矣；帝体洪壮，创我甚焉。"这是后代性欲小说侈谈"采补术"的托始。《外传》又言"帝尝蚤猎，触雪得疾，阴缓弱不能壮发；每持昭仪（飞燕妹合德）足，不胜至欲，辄暴起。昭仪常转侧，帝不能长持其足。樊嫕谓昭仪曰：'上饵方士大丹，求盛大，不能得；得贵人足一持，畅动，此天与贵人大福，宁转侧俾帝就耶？'昭仪曰：'幸转侧不就，尚能留帝欲；亦如姊教帝持，则厌去矣，安能复动乎？'……帝病缓弱，大医万方不能救，求奇药，尝得春恤胶，遗昭仪。昭仪辄进帝，一丸一幸。一夕，昭仪醉，进七丸。帝昏夜拥昭仪，居九成帐，笑吃吃不绝，抵明，帝起御衣，阴精流输不禁。有顷，绝倒。裒衣视帝，余精出涌，沾污被内。须臾帝崩。"这又是后代性欲小说的种种春方淫器及脱阳而死的托始了。而《金瓶梅》写西门庆饮药逾量，脱阳而死的一节，竟仿佛是《外传》写成帝暴崩的注脚。《外传》写成帝窥昭仪浴，赂侍婢使无得言；又谓后（飞燕）浴五蕴七香汤，踞通香沉水坐，潦降神百蕴香，昭仪仅浴豆蔻汤，傅露华百英粉；然帝私谓樊嫕曰："后虽有异香，不若婕好体自香也。"《赵后遗事》写此事更为淫艳："昭仪方浴，帝私窥之，侍者报昭仪，昭仪急趋烛后避，帝瞥见之，心愈眩惑。他日昭仪浴，帝默赐侍者，特令不言；帝自

① Romance　英语。意即传奇。

屏罅觇，兰汤滟滟，昭仪坐其中，若三尺寒泉浸明玉。帝意思飞扬，若无所主。……后知昭仪以浴益宠幸，乃具汤浴，请帝以观。既往，后入浴，裸体而立，以水沃之。后愈亲近，而帝愈不乐，不幸而去。"这一段简单的描写，显然也给了后人许多暗示。《赵后遗事》一书，据《说郛》本，题宋秦醇撰，有小序曰："余里中有李生，世习儒术而业甚贫。余尝过其家，墙角一破筐藏古抄书数十册，中有赵氏琐事，虽纸墨脱落，尚可观览；余就李生乞之以归，补正编次成篇，传诸好事者。"这些话自然未便遽认作真，恐此《遗事》即为秦醇所作而假托李生所有旧钞；果真如此，则《遗事》当亦为摹仿《外传》而作，或竟为根据另一种关于飞燕的传说；并可证明古老的《外传》正堪称为性欲文学的始祖了。

三

《晋书》谓惠帝后贾氏名南风，荒淫放恣。洛南有小吏端雨美容止，一日忽逢一老妪，说家有疾病，卜师云宜得城南少年厌之，欲暂相烦，必有重报。于是随去，上车下帷，纳簏箱中，行十余里，过六七门限，开簏箱，忽见楼阙好屋，问此何处，云是天上；即以香汤见浴，好衣美食。将入，见一妇人，年可三十五六，短形青黑色，眉后有痣；见留数夕，临出，赠以衣饰甚多。后小吏稍衒其衣饰，众疑是盗窃，小吏具言其遇。闻者多知妇人即贾后也。时他人入者多死，惟此小吏，以后爱之，得全而出。据这段记述，可见贾后的荒淫又别开生面。然而后世性欲文学内竟不见描写贾后的淫艳故事。此层似乎可怪。最简便的说明即因叠遭丧乱而亡佚，但根本的原因，决不在此。我以为根本的原因乃在后世文人不喜欢将短黑有痣的贾南风作为香艳的性欲小说的主人公。"淫书"里的女主人必为美人，几乎已成中国性欲文学的定例。贾后丑黑，故不能感发许多文人为她特造故事；不然，设密室，猎取美男子，以恣淫乐，正是性欲文学的好材料，后世的性欲描写者安肯割爱？

反之，因为隋炀帝后宫多佳丽，武则天，杨太真乃绝世美人，于是后世就流传了许多关于他们的故事。据历史看来，武则天的淫佚未必过于吕雉，然而后人不把吕雉来做性欲描写的材料，而独取武曌（袁枚所传的《控鹤监记》乃出枚伪造），大概也为的吕雉不是个绝色美人罢。

至于隋炀的故事，旧有《大业拾遗记》，《迷楼记》，《海山记》等。《大业拾遗记》一名《南部烟花录》，旧题唐颜师古撰，末有跋语，称会昌中僧志彻得之瓦棺寺阁，本名《南部烟花录》云云。姚宽以为《唐艺文志》所载《烟花录》记幸广陵事，此本已亡，故流俗伪作此书。（《西溪丛语》）《迷楼记》及《海山记》不著撰人名氏，明人妄增为韩偓撰。然刘斧《青琐高议》并载此二文，可信为北宋人作。《海山记》述炀帝西苑事，所录炀帝诸歌——《望江南调》，乃唐李德裕所始作，大业中无此体；是其作伪之迹，已显然可见。《迷楼记》谓大夫何稠进御童女车，“车之制度绝小，只容一人，有机处于其中，以机碍女之手足，女纤毫不能动。帝以处女试之，极喜”。又谓稠复进转关车，“车周挽之，可以升楼阁，如行平地；车中御女，则自摇动”。又谓炀帝得乌铜屏，环于寝所，而御女于其中，纤毫皆入鉴中。又谓“大业八年，方士进大丹，帝服之，荡思愈不可制，日夕御女数十人”。凡此片段，皆写极端的色情狂，虽甚简略，已足为此后作《隋炀艳史》者的暗示。

我们如果假定《飞燕外传》一类的性欲小说出在前，而《迷楼记》在后，则二者不同之点，亦颇堪注意。《飞燕外传》有两个根本思想，一为采补术，一为春方壮阳而至丧身。至于描写性交本身，未有特异之处。但《迷楼记》中所记，如御童女车，转关车，乌铜屏取影等，都是新颖的性交本身的描写。盖因仅仅采补术与春方二事，在描写上颇嫌单薄，故进而描写“房术”。此在性交描写上不能不说是进步，但从此转入恶魔道，完全丧失了文学的价值了。

唐人创作言情的传奇小说，极委宛动人，而描写性欲的作品却很少。现代人叶德辉所刊书中有《天地阴阳交欢大乐赋》，云是白行简所撰，得之敦煌县鸣沙山石室唐人抄本。此赋专写性交之乐趣，故曰大乐；首写新婚之夕，次写夫妇四时之乐，后则杂写“婉娩姝姬，轻盈爱妾”，“明窗之下，白昼迁延”，及偷情野合，甚至变态性欲的“男风”，都描写得淋漓尽致，极类《金瓶梅》中的文字。此赋若真出白行简手，倒是研究唐代性欲描写文字的重要材料；但是我很疑叶氏的话，未必可靠。而叶氏跋谓“注（原注）引《洞玄子》《素女经》，皆唐以前古书，……于此益证两书之异出同原，信非后人所能伪造，而在唐宋时，此等房中书流传士大夫之口之文，殊不足怪”。竟专以此赋证明《洞玄子》《素女经》（按此二书，本刻在叶氏《观古堂丛书》中，近又辑刊于《医心方》中，虽托古籍，实为伪作）之非伪，尤叫人犯疑。考白行简是白居易弟，字知退，贞元末进士，事迹附见白居易传，行简有集二十卷，今已不存；其他文字，有《李娃传》见于《太平广记》（卷四百八十四），《三梦记》见《说郛》，风格意境都与《大乐赋》不类。《李娃传》言荥阳巨族之子奉父命入都应试，游于倡女李娃，贫病困顿，至流落为挽郎，复为父侦知，挞之几死而弃于路旁。既而创伤溃烂，同辈患之，复弃之；幸得不死，行乞都中。后大雪夜，至一宅乞食，宅即李娃新居，见而怜之，乃回心相爱，勉之学，遂擢第，官成都府参军。篇中毫无性欲描写，事迹曲折而动人同情，极缠绵可观，足称为言情佳作。所以，要说作《李娃传》的人同时会忽然色情狂起来，作一篇《大乐赋》，无论如何是不合情理的。至于《三梦记》述三人之梦，幻异可喜，非但没有一毫色情狂的气味，更与性欲无关。昔杨慎伪造《杂事秘辛》，袁枚假托《控鹤监记》，则《大乐赋》正同此类而已。

四

据上所述，足知宋以前性欲小说大都以历史人物（帝皇）为中心，必托附史乘，尚不敢直接描写日常人生，这也是处在礼教的严网下不得已的防躲法。而一般小说之尚未脱离 Rom - ance（即专以帝皇及武侠士为题材的小说）的形式亦为原因之一。直至《金瓶梅》出世，方开了一条新路。

《金瓶梅》于明代万历庚戌（一六一〇年）始有刻本，作者不知何人；相传谓是王世贞，则因沈德符《野获编》云出嘉靖间大名士手，故世人拟为王世贞，或谓乃王之门人所作（谢颐序）。此书描写世情，极为深刻，尤多赤裸裸的性欲描写。《飞燕外传》与《迷楼记》等皆为文言作品，《金瓶梅》乃用白话作，故描写性欲之处，更加露骨耸听。全书一百回，描写性交者居十之六七，——既多且极变化，实可称为集性交描写之大成。全书事实，假《水浒传》的西门庆为线索。故事的开端即为西门庆私通潘金莲，鸩死武大，占金莲为妾。后武松来报仇，寻西门庆不获，误杀李外傅，刺配孟州；西门庆由此益放恣。有李瓶儿者，其夫花子虚故与西门庆相识，家资富有；西门庆阴使党羽勾花子虚嫖娼，而自与李瓶儿私通。后花子虚以虚症死，瓶儿遂挟家产归西门庆为妾。西门庆又娶孀妇孟玉楼，亦有私财甚多。因此西门庆愈纵欲无度。复得胡僧春药，淫心益炽；家奴妻有姿色者，无不私通。潘金莲因善媚，尤得宠。一夕，西门庆醉归，金莲以胡僧春药七丸进之，狂荡竟夕，西门庆竟脱阳而死。从此西门庆家一天一天的败落。潘金莲及其婢春梅与庆婿陈敬济私通，事发被斥卖；李瓶儿孟玉楼等亦下堂求去。庆妻吴月娘后带儿子孝哥避金兵，欲奔济南，路遇普净和尚，引至永福寺，以因果现梦化之，孝哥遂出家。

《金瓶梅》出世后，就有许多人摹仿。万历时有名《玉娇李》者，云亦出《金瓶梅》作者之手。此书今已失传，沈德符曾见首卷，谓“秽黩百端，背伦蔑理……然笔锋恣横酣畅，似尤胜《金瓶梅》”。至于书中故事，则托为因果报应，与《金瓶梅》中人物相呼应。又有《续金瓶梅》，题“紫阳道人编”，实出清初山东丁耀亢手。全书命意与《玉娇李》仿佛，亦述《金瓶梅》中人物转生为男女，各食孽报。描写性欲，亦仿《金瓶梅》，然而笔力不逮。

何以性欲小说盛于明代？这也有它的社会的背景。明自成化后，朝野竞谈“房术”，恬不为耻。方士献房中术而骤贵，为世人所欣慕。嘉靖间，陶仲文进红铅得幸，官至特进光禄大夫柱国少师少傅少保礼部尚书恭诚伯。甚至以进士起家的盛端明及顾可学也皆藉“春方”——秋石方——才得做了大官。既然有靠房术与春方而得富贵的，自然便成了社会的好尚；社会上既有这种风气，文学里自然会反映出来。《金瓶梅》等书，主意在描写世情，刻画颓俗，与《漂亮朋友》[1] 相类；其中色情狂的性欲描写只是受了时代风气的影响，不足为怪，且不可专注重此点以评《金瓶梅》。然而后世摹仿《金瓶梅》的末流作者，不能观察人生，尽其情伪，以成巨著，反而专注意于性交描写，甚至薄物小册，自始至终，无非性交，这真是走入了恶魔道，恐非《金瓶梅》作者始料所及了。这一类小书，在印刷术昌明的今日，流传于市井甚盛，他们当然不配称为性欲描写的文学，并且亦不足为变态性欲研究者的材料。其中有《肉蒲团》一书，意境稍胜，其宗旨在唤醒世人斩绝爱欲，所谓“须从《肉蒲团》上参悟出来，方有实济”，所以特地描写淫亵之事，引人入胜，而后下当头棒喝。但是此书不多的篇幅仍旧自始至终几乎全是描写性交，不曾于性交之外，另写社会现象，这便是一个极大的缺点，很减低了它的价值的。

五

在中国的性欲小说里，很显明的表现出几种怪异的特点：

一是根源于原始人的生殖器崇拜思想的采补术。原始人不明白生殖机能的科学的意义，看见两性交媾而能生子，觉得是神秘不可思议的怪事，因而对于生殖器有一种神奇的迷信；这在原始时代并不为奇；但是中国却在文化昌明以后，还保存着这种原始思想，且又神而明之，造成了“采补术”的荒谬观念。所谓黄帝御千女而得仙去等等谰言，遂成为采补术的历史的根据。几乎中国历史里无一时代没有这等采补术的妖言在社会上或明或暗的流传。汉唐明的方士就是采补术的创造者与宣传者。他们不明白性交的生理的作用，以为男女的精液是一种最神奇的宝贝，妄想在性交时吸取对方的精液以自滋补，甚至可以长生不老；他们——方士们，造作这些妖言，一半固在炫世欺人，而一半亦正自欺。但采补术还带有神秘性，传授者难掩其伪，学习者苦于渺茫无速效；于是有依据了采补术的原理，想

① 《漂亮朋友》一译《俊友》，莫泊桑作。

直接应用男女的精液的邪说出来。《野叟曝言》中谓李又全饮男子精液后即能壮阳纵欲，明代方士以处女月经炼红铅，都是例证。此可名为采补术的平凡化。然而愈加丑恶不近情理了。大概在古代的性欲小说内，多写左道的神秘的采补术，而在近代的性欲小说内却只有饮人精液一类的平凡的采补术了。

二是色情狂——几乎每一段性欲描写是带着色情狂的气氛的。色情狂的病态本非一种，而在中国性欲小说内所习见的是那男子在性交以使女性感到痛苦为愉快的一种。《金瓶梅》写西门庆喜于性交时在女子身上“烧香”，以为愉快。而最蕴藉的性欲描写，也往往说到女性的痛苦，衬出男性的愉快。

三是果报主义。描写极秽亵的事，偏要顶了块极堂皇的招牌——劝善；并且一定是迷信的果报主义。好淫者必得奇祸，是一切性欲小说的信条——不问作者是否出于诚意。为了要使人知道“好淫者必得奇祸”而作性欲描写的小说，自然是一桩有意义的事。但是不使淫者受到社会的或法律的制裁，而以“果报”为惩戒，却是不妥。因为果报主义托根于迷信鬼神，一旦迷信不足束缚人心，果报主义就失了效用。那时候，劝善的书反成了诱恶。

上举三项，勉强可以包括中国性欲小说的一般面目了。就我所知，这三者确可算是中国性欲小说特具的特点。色情狂的描写，固然在各国性欲文学内多常见之，然如中国性欲小说之无往而非色情狂——无色情狂即无性欲描写——却也是独特的。至于采补术与果报主义，不用说，可称为“国粹”。又如绘声绘影的性交描写则我已说过，竟是中国的特产。

所以我们不能不说中国文学内的性欲描写是自始就走进了恶魔道，使中国没有正当的性欲描写的文学。我们要知道性欲描写的目的在表现病的性欲——这是一种社会的心理的病，是值得研究的。要表现病的性欲，并不必多描写性交，尤不该描写“房术”。不幸中国的小说家却错认描写“房术”是性欲描写的唯一方法，又加以自古以来方士们采补术的妖言，弥漫于社会，结果遂产生了现有的性欲小说。无论如何抬出劝善的招牌，给以描写世情的解释，叫人家不当他们是淫书，然而这些粗鲁的露骨的性交描写是只能引人到不正当的性的观念上，决不能启发一毫文学意味的。在这一点上，我们觉得中国社会内流行的不健全的性观念，实在应该是那些性欲小说负责的。而中国之所以会发生那样的性欲小说，其原因亦不外乎：

（一）禁欲主义的反动。

（二）性教育的不发达。后者尤为根本原因。历来好房术的帝皇推波助澜所造成的恶风气，如明末，亦无非是性教育不讲究的社会内的必然现象罢了。

《红楼梦》笔记三则①

（一）

《红楼梦》之带有自传性，证据颇多，不能也不应抹煞。

但不能因此而把它当作曹氏家谱，处处要去扣着解释，这结果就会钻进牛角尖。

所谓带有自传性质，并非说书中人物都可考证出隐射何人，而是说书中主要人物和主要故事是作者据其亲身经验（所见所闻的几个奇女子），书中主人公的思想是代表了作者的思想的。例如《神曲》、《复活》、《儒林外史》。

但我们说"作者据其亲身经验"，又并不是说没有虚构（虚构是从"所见所闻"的基础上来的），所以，"十二钗"和贾宝玉的关系不能刻舟求剑地去考证。如果要这样考证起来，现在还没有考证出宝玉（曹雪芹）有那么些姊妹，也还没有考证出曹雪芹本人的婚姻问题是恰如书中所写的关系。

曹为了当时的环境，不得不写得奇离隐晦（而且现存的《红楼梦》有些地方是被修改过的，如秦可卿之死，——在这一点上，考证是有点价值

① 本篇笔记，均写于1963年。题目为编者所加。

当年，茅盾应邀参加《红楼梦》的讨论。为此，他阅读了大量《红楼梦》的资料、研究著述及有关史料，抄、写了六万多字的读书笔记。这里收辑的是其中的三则。全部的手迹，已收入《茅盾手迹·综合篇·第四卷·〈红楼梦〉杂抄》（富阳市华宝斋书社二〇〇一年九月出版）。

的，谁修改，问题不重要），但作者的主题思想还是很明确的。

曹的思想中的消极方面——庄、佛思想，这种思想表现在贾宝玉的思想中，因此，可以这样假定：曹的要求个性解放等等，是代表市民阶层的；而出路如何，曹则回到了中国的“固有”的虚无主义。这又是没落的贵族的思想出路，过去历史所昭示的。

因此，农民与地主的矛盾，成为了书中的预示封建贵族崩溃（以贾家为典型）的根源；而市民阶层的意识成为了贾宝玉性格中的反抗部分。但并不构成他的思想中的消极因素的来源。

《儒林外史》与《红楼梦》的比较。——《儒林外史》批判了，暴露了……，但它是站在“正统”儒家思想上来批判、暴露的，并且是在“正统”儒家思想中表示其理想的出路。《儒林外史》中有没有追求个性解放的反映？这也是值得研究的。杜少卿如何？在杜少卿的性格上，表现了部分的个性解放的痕迹，而在几个女子如沈云英，更表示了这样的要求。但那斗争不如《红楼梦》那样的尖锐。

《红楼梦》批判了，暴露了……，但它是在反对儒家思想的基础上来批判暴露的，可是却只能从庄子的虚无主义找逃避。

这是两人的生活经验所限制的。正如邓拓的文章所说，曹的身世使他有可能接受当时新兴的市民阶层的思想影响。

（二）

曹雪芹的诗，除《红楼梦》中题诗及红楼梦曲十二支、好了歌，甄士隐之解好了歌，书中诸人之诗（宝玉及十二钗结诗社时所作），余不多见。仅知其题敦诚所作《琵琶行传奇一折》题诗残句云：“白传诗灵应喜甚，定教蛮素鬼排场。”然《红楼梦》中各诗，雪芹按头制帽（或求吻合书中人性格身份，或以暗示此书中人之身世结局），未足窥见雪芹之诗品与风格。但以敦氏兄弟以阮步兵拟雪芹，又谓曹诗“堪与刀颖交寒光”，“诗胆如铁”，而又称道他的“抑塞欲拔”的才气，则可想见曹之诗之内容与风格。盖曹诗实比《红楼梦》中各诗激昂、豪放、峭拔得多。至于以李贺相比，则指其风格，至于内容，当不相侔也。

红楼梦曲十二支为其独创之体，实融会骚、词、古诗、曲各体于一炉也。

《红楼梦》的白话部分（人物的对白）是当时北京话，而依人物身份不同，对白亦自不同。叙述简洁，而形象却甚鲜明，取前八十回之原文同已被高鹗修改之程乙本相比，便可知其高下矣。

曹所交游均为不得志之人，生活虽较曹宽裕，能以诗、酒、画、谈禅说道消遣长日，而中心惴惴则或过于曹也。

（三）

永忠字良辅，又字敬轩；号臞仙，亦称渠仙。生于一七三五年（雍正十三年），死于一七九三年（乾隆五十八年）。他是康熙第十四子胤禵的孙子，多罗贝勒弘明的儿子。授封辅国将军。胤禵为夺嫡事，在雍正即位后即被禁锢，乾隆即位后始释放。弘明在乾隆朝也终身不得一实职。允禵被释放后，益自韬晦，遁入禅门，曾为各子各制棕衣、帽、拂一套。永忠幼慧，为胤禵所钟爱，使他和当时一些宗室文人及剩山和尚交游，这对于永忠的思想极有影响。永忠能诗，工书，善画；曾任宗学总管，满洲右翼近支第四族的教长。永忠曾自号栟榈道人，（体会祖父以棕衣、帽、拂给各子之深意），盖自警惕当远离名场，保全身首。此因永忠目击统治阶级内部争权夺利斗争之残酷，以苟全性命为目的，故消极地与佛道思想接近。然而他未尝无愤懑。他在封授辅国将军这一年的诗稿内封面上，手题四句："过去事已过去了，未来何必预商量。祇今祇说祇今话，一枕黄粱午梦长。"可知他虽蒙"新恩"（授辅国将军），未忘旧恨（祖父被囚禁，一家几遭不测事）。永忠晚年，妻亡子殁，自悲"茕茕老鳏，亦可怜人也"（见《延芬室集》底稿残本跋壬辰以来诗）。

永忠二十九岁时，曹雪芹逝世。永忠与敦敏、敦诚兄弟相识，在一七六六年，其时雪芹已故世两年。永忠于一七六八年（乾隆三十三年）始从敦氏兄弟的叔父墨香（满名额尔赫宜）处得读《红楼梦》抄本（八十回），书曹雪芹诗三首；诗题即为《因墨香得观〈红楼梦〉小说吊雪芹（姓曹）三绝句》：

传神文笔足千秋，不是情人不泪流；
可恨同时不相识，几回掩卷哭曹侯。

颦颦宝玉两情痴，儿女闺房语笑私；
三寸柔毫能写尽，欲呼才鬼一中之。

都来眼底复心头，辛苦才人用意搜；
混沌一时七窍凿，争教天不赋穷愁。

永忠之堂叔父弘旿（瑶华），字醉迂，乾隆的堂兄弟，诚恪亲王胤秘的儿子，对永忠这三首诗下了这样的批语："此三章诗极妙。第《红楼梦》非传世小说，余闻之久矣，而终不欲一见，恐其中有碍语也。"可知当时已有人目《红楼梦》为怨谤之作。瑶华因此而不敢读《红楼梦》，虽闻名已久。按康熙五十二年戴名世案，雍正七年曾静、张熙案，吕留良案，谢济世案，陆生坍案，八年徐骏案，乾隆即位后，杀曾静、张熙（雍正时曾释放），二十年胡中藻诗狱起，胡被杀，禁满人与汉人唱和，二十二年段昌绪、彭家屏皆因藏有反满之文字（前者藏有吴三桂檄文并加圈评赞，后者藏明季野史焚毁灭迹）被杀，抄家等等文字狱，不但写谤书者有族灭之祸，而藏谤书、看谤书的人也有死罪。瑶华批永忠的诗，自乾隆三十二年（一七六七）至乾隆四十年（一七七六）。上距段、彭之狱不过十年，而且乾隆卅九年又有令各地献明末清初书籍之有"违碍"者，——在如此背景前，瑶华不敢阅《红楼梦》，乃理所当然。《红楼梦》攻击了整个封建制度，从经济基础直到上层建筑（考试制度、道德、司法、贪赃枉法，而婚姻制度则为直接攻击之一端)。攻击封建社会的经济基础较为不直接,但攻击奴婢制度、揭露皇商(薛家)之蛮横,当然也是犯忌讳的。

明义,姓富察氏,号我斋,满洲镶黄旗人,都统傅清之子,傅恒(乾隆时颇受宠幸,曾督师缅甸,或谣傅妇与乾隆有私)之侄,明仁之弟,明瑞之堂弟。曾任上驷院侍卫,是给皇帝管马执鞭的。他终身当这个差使。生卒年不可考,比永忠约小五六岁。生于一七四〇年(乾隆五年)左右。他是贝子弘景(敬一主人,乾隆的堂兄)的儿子永珊(红玉)的外孙。永珊于永忠为平辈(永忠是永珊的内兄),然则明义于永忠,当小一辈。永忠延芬室诗题及注《环溪别墅次壁间韵》一诗(此为一七八〇年之诗)注云:"旧为敬一贝子之邻善园,贝子于乾隆四十二年丁酉薨逝,嗣公红玉以园畀其甥我斋、明义,易今名。"当时常去别墅游玩的,除永忠外,有乾隆第六子质王永瑢(西园主人)。敦氏兄弟也常提到这个"环溪别墅"及其主人明义。可知明义虽然当曹雪芹死时不过廿四五岁,但他的交游和雪芹的交游圈子是有些接近的。他的《绿烟琐窗集诗选》,有题《红楼梦二十首》,小引曰:"曹子雪芹出所撰《红楼梦》一部,备记风月繁华之胜。盖其先人为江宁织府,盖所谓大观园者,而今随园故址;惜其书未传,世鲜知者,余见其钞本焉。"此言"其书未传,世鲜知者",显见明义读抄本时尚早,或者雪芹尚未逝世。(按:"曹子雪芹出所撰《红楼梦》一部"这个句子,可以解释为曹雪芹以《红楼梦》稿本给明义看,也可以解释为《红楼梦》稿本时已稍稍流传于曹之友朋间,因下文有"余见其钞本焉"一句,则似以第二解为妥。但玩小引语气则此时雪芹未死,殆可假定)此二十首诗皆见《绿烟琐窗集诗选》,那末,诗选的诗,作于何时?当系作于我斋四十岁前,因其未提及有名的环溪别墅,而且作者屡言"敝斋幽昧,昼可以烛,每自嘲为穴处,到者然之。"别墅归明义,在一七七七年,《诗选》中最晚的诗约写于明义卅七八岁时,题《红楼梦》诗,大约写于雪芹生前二年左右。其中前十七首,咏《红楼梦》的人、事,大致不出前八十回之范围。第十八首提到《葬花词》而曰"似谶成真自不知",黛玉的死在八十回后，而当时尚无高鹗续书，因此，明义写此诗时，当已知有八十回后之故事（或曾见八十回后之未完成稿，或从雪芹友人口中知之）。第十九首："莫问金缘与玉缘，聚如春梦散如烟。石归山下无灵气，总（纵）使能言亦枉然。"似亦知全书结局者。第二十首："馔玉炊金未几春，王孙瘦损骨嶙峋，青蛾红粉归何处？惭愧当年石季伦。"此诗三、四两句用石崇典故，暗示曹家之败落为政治原因。

敦敏兄弟与曹雪芹最为熟习。而且从二人诗中，可见他俩对曹的推重与同情。交谊之厚，远胜别人。敦敏字子明，清太祖努尔哈赤第十二子英亲王阿济格的五世孙，理事官瑚玐的长子，弟兄共五人，二弟即敦诚。敦敏生于雍正七年，约死于嘉庆元年，敦诚比他早死。敦敏兄弟及其父都不曾做什么大官，此与阿济格被赐死并黜了宗籍有关。这是他们与曹雪芹同有身世之痛，故成莫逆。

灰色人生[1]

因为失眠，便看书。随便捞起一本书来看，目的在驱走“失眠”这恶魔。

到手上一翻开来时，才知道是 Marin Fell 翻译的柴霍甫戏曲第一册，第一篇就是有名的《万霞舅父》(Uncle Vanya)。呀！这描写“灰色人生”的剧本！记起来了，大约是一九二〇年罢，买到这本英译的柴霍甫戏曲集时，读过这篇《万霞舅父》。剧情是很简单的，我现在还没忘记。《万霞舅父》和《三姊妹》(The Three Sisters) 同是柴霍甫的描写“灰色人生”的作品。

失眠时候总不免神经兴奋。我从《万霞舅父》的剧情便联想到《三姊妹》的内容。同时我机械地撩开了那柴霍甫戏曲集第一册，随手抓起那第二册来，一翻就翻到那排在末尾第二的《三姊妹》。我正翻著了那可怜的玛沔（《三姊妹》中的一个女主角）和她的没良心的情人作送别时的拥抱而被自己丈夫撞见了那一段紧张的描写。我就读下去。……然而“失眠”这恶魔还不肯走。我第三次从灰尘满积的书架上抽一本书。这次是爱尔兰女作家葛雷古里（Lady Augusta Gregory）的剧本集了。我一页一页地翻著，终于我的走马似的眼光停留在一处。这是《孤老院收容室》（The Workhouse Word)，又是一篇“灰色人生”的描写。

呀！呀！灰色人生！曾有许多作家描写过各种各样的灰色人生！

医生说过，失眠的时候最好不要再打算睡觉，最好是起来做一点事。于是我既已用“灰色”的书来催眠而无效，我就起身来写一点“小品”。

---

① 本篇最初发表于一九三三年七月一日《东方杂志》第三十卷第十三号。

柴霍甫和葛雷古里夫人对于人生的态度是不同的，虽然他们同取了灰色人生做题材。如果说柴霍甫是一个十足的悲观派，那么，葛雷古里夫人便十足的不是一个悲观派。可是同属柴霍甫的作品，《万霞舅父》和《三姊妹》又复不同。从“动作”方面说，似乎《三姊妹》比之《万霞舅父》更平凡更灰色了；《万霞舅父》里的三角恋爱几乎造成了悲剧（幸而万霞的枪法不好），但在《三姊妹》中玛泻的亲丈夫目击了玛泻的奸情时，却用他从学生那里没收来的假胡髭扮一个鬼脸就算了事了。平凡！这些可怜的灰色人便是在妒奸的紧张关头也多么平凡呵！然而从“人物”的心理描写上说，《三姊妹》的灰色的悲观后面却透露著想要动，想要振作的意识。万霞舅父一怒于姊丈之打算卖却那庄子而敲碎他的饭碗（他是替他姊丈经管那庄子因以餬口的），再怒于发见了姊丈的新夫人原来是他从前爱而不得的，于是他开枪打他的姊丈了；可是一击不中以后，万霞仍是往日那样惫懒，再不能“奋发”。女主角莎尼耶（万霞的甥女）亦然。她眼看著自己的意中人被自己的后母所夺，只有眼泪往肚子里吞。她这失败者唯一的自己慰安是虔诚的宗教信仰：忍受完了现世的痛苦，然后死——永久的安息。在剧本结束时，她就这样向她的舅父说教了。所以在《万霞舅父》一剧中，我们看见了阴沉沉的乡庄里暂时起了恋爱，妒杀等等的风波（这些是丑恶的，但至少可使人感得生存的意味罢），然后爱人，所爱者，所恨者都一齐走了，万霞和莎尼耶所居的庄子里回复了向来的死寂麻木。

《三姊妹》一剧可就不同了。不但那玛泻（《三姊妹》中的二姊）常想打破“灰色生活”的空气，而不是神经麻木者之流，——她和中学教员的丈夫结婚时，觉得丈夫比她高明，可是后来她就看破了丈夫的庸碌而感到不满，而偷了汉子，而且她的所以肯和那小兵官的汉子通奸，又因为可怜那汉子只有个发疯的老婆，所以是一种慷慨的给与，是要从慷慨的给与中感得一点生存的意义的，——并且在该剧结尾，当她的奸情被丈夫撞见时，她又觉得要是丈夫打她那就多么好，那就至少可以感到些辣生生的“人间味”了。而且当她的情人去了（随军出发，永不回来），当她的丈夫只用他从学生那里没收来的假胡髭扮一个鬼脸就泰然接受了一顶绿头巾的时候，她，玛泻，却还有“勇气”喊道：“他们走了，永不回来，我们必须从头再做人哟！”这“灰色人”并不麻木的！

如果《万霞舅父》的结局不是莎尼耶的虔信著“死的安息”，而是她在又感得了死一般的寂寞时宁愿医生（莎尼耶的爱的对象）及后母（莎尼耶的情敌）都不走，而受失恋的痛苦；痛苦，至少可使人感得生存的意味，比麻木为佳，——那么，也就和《三姊妹》一样，或者更能使人玩味罢？

葛雷古里夫人的《孤老院收容室》就是这样的结意。这篇剧本的情节很简单：两个住在孤老院的穷老头子，同病不相怜，说不到三句话就要吵架，后来两人中之一将为有钱的亲戚接出去“享福”了，但他想到虽然“享福”，却是孤零零地怪寂寞，就觉得还是住在孤老院里和他同伴天天吵架更有趣味，他就拒绝了那亲戚的邀请。在这里，我们看见葛雷古里夫人用诙谐的笔调写“灰色生活”，一点没有悲观主义的色彩。她和柴霍甫是不同的。这两位作家的不同，也不是偶然的。因为柴霍甫生当十九世纪末尾的俄国的灰色时代，而葛雷古里夫人则正在所谓“爱尔兰的文艺复兴”时期。时代决定了这两位作家的对于人生的态度。但他们又有一点是共同的，即是只写了表面的灰色人生而没有找寻这灰色人生所以存在的原因。

暴露，并且攻击这灰色人生所以存在的原因，是必要的。因此，虽然《三姊妹》里的玛泻好像还有勇气打算“不灰色”地从新生活一下，虽然《孤老院收容室》那个穷老乞儿唾弃了孤寂的“享福生活”而宁愿在吵架中感得生存的意味，但《三姊妹》和《孤老院收容室》终于是“过去了”的作品。

读书偶记[①]

一　孟德斯鸠的《波斯信札》

托名为波斯人游历法国时写给朋友的信，孟德斯鸠在他那有名的《波斯信札》中，很尖刻而且幽默地讽刺了当时的法国政治和社会，其中有一篇描写法国王朝，异常毒辣。

以下是该篇的大意：

“法国国王老了，在我们的历史上，举不出这样在位很久的皇上来，据说他禀有强人服从的最高级的才能，而治理他的家庭，他的朝廷，他的国家的才能，亦复不弱，他对于东方的政治，显然甚为重视；因为据闻，他说过，世上所有的政府，以土耳其及我们那威严的苏丹的政府尤使他喜欢。

“我研究了他的品格，发见了我觉得是不能协调的矛盾；例如：他有一个大臣仅十八岁，而一情人则为八十岁；他爱他的宗教，但若有人告诉他宗教的义务必须虔诚遵奉，他就不耐烦；虽然他逃避城市的嚣扰而深居简出，可是他每天从早到晚所做的事，其用意都在使得全世界谈论他；他爱战利品，爱胜利，然而，要是他看见他的军队之上有一个好的将官，那他的惊愕就跟他看见自己做了敌人的军队的首长一样。

“我以为他是自有记载以来唯一的人范，即一方面富有天下而另一方面则比匹夫匹妇更为贫乏。

---

① 本篇最初发表于一九四三年四月十五日《笔阵》第八期。

“他喜欢加恩于他的臣民；但是他的侍从之臣由于阿谀逢迎或实为无事忙而所得的赐予，正和他那些辛苦作战的武将们之所得，同样地隆重，他常常更乐于升擢那些替他脱衣穿衣或吃饭时执巾侍候的官儿，而冲锋陷阵拔城奏凯的将军们则升擢的殊恩颇难屡遇，他不相信一个皇上的伟大应当是赏赐不滥，他永不考虑受他恩惠的人是否有功足录，因为他想来他既中意了某人，只这一点就足证明某人是该赏的；因此，据闻，他曾经赏给一个临阵逃了两里格（六英里）的兵官一笔小小的年金，而赏一个临阵逃了四里格的一个肥缺。

“他的一切都是富丽的，特别在他的宫殿御园，他御园内的石像比一个大城里的百姓还要多些，他的御林军之多，正如一个万王之王所应有；他的军队是庞大的，他的资源富足，他的钱财无限。”

孟德斯鸠这里所刻画的只是个昏君，还不是个暴君；如果是暴君，恐怕“波斯的旅客”也一样的要遭逢不测，例如失踪。

然而尖刻而又幽默，使人读了啼笑不得的，还有《信札》中间的两封信。在一篇记着“一七八〇年，巴黎发”，题为“乌司倍克给某人”的《信札》中，就附着这样的一封信：

“……科学家的境遇如何？我每次想到这件事，就不能不记起他们中间一位写给他的朋友的信，原信如下：

“‘某先生：我这人是每天晚上佯装睡眠用三十尺长的望远镜观察那些在我们形上旋转运行的物体的，而当我需要休息一下的时候，我就用我那小小的显微镜，检查一头虮虫，或者一只小蜘蛛。

“‘我不富有，我只有一间房。我不敢生炉火，因为我把寒暑表放在房里，要是生火，寒暑表的温度就要上升的。去年冬天我以为我一定会冻死了，然而，我那寒暑表虽则已在最低度，警告我，我的手就要冻坏，可是我依然若无其事。现在我可以自慰者，去年一年内一切最无情的气候的变化，我都确实地领教过了。

“‘我和人家极少往来，邻舍中间我只认识几个。但是在斯笃克霍姆有一位，在莱布齐又有一位，在伦敦也有一位，都是从没见过面的，我和他们经常通信，甚至从没放空过一次的邮政班期。

“‘可是，我的邻舍中间虽则没有一个人和我相熟，我在他们中间的名声却是这样坏，以至结局我被迫搬家。五年前，我曾被一个女人蛮横地侮辱了，为的我解剖了一条狗，她说这条狗是她的。一个屠夫的妻子，刚巧也在场，帮着那女人；屠夫的妻子扔石头打我，波及到和我在一处的某博士，头部受了可怕的伤，因此他的神经也弄失常。

“‘从这一次以后，每逢有狗在街头落荒而过，就立刻断定这是从我手里漏过的狗，有一位尊贵的太太她的叭儿狗不见了，这条狗，她说她爱它胜过自己的儿女，有一天她跑到我家里来，就晕倒在我房里了；狗既然找不到，她就告了我一状。我相信我永远不能解除这些女人们的对我的韧性的怨恨了，……’”

另一篇题为波斯派在莫斯科的公使写给在巴黎的乌司倍克的信，中间说：“虽则订婚的时候，做父亲的总叮嘱女婿不能打老婆，可是你万万想不到，俄国女人是多么喜欢丈夫打她的。她们以为如果丈夫不常常给她一顿打，那就是不爱她。这里是一封信：‘亲爱的妈妈：我是世界上最不幸的女人，我用尽一切方法想博得丈夫的爱情，然而都归无效。昨天，虽然家里有千把件事情待我做，我还是出门去逛了整整一天，我以为我回家以后一定能够邀得他的一顿好打了，可是他一句话也没有，我的姊姊所受的待遇就完全不同。她每天都在棍子底下讨生活；要是她对一个男人看了一眼，她的丈夫当场就一拳将她打倒；这一件事就告诉你，他们多么恩爱，他们的生活过得多么和谐，因此，自然呀，她像孔雀一般骄傲；可是她也再莫小看我，我决心要使得丈夫爱我；不管结果如何，……将不会有人说，我从没被丈夫打过，……亲爱的妈妈，我要你告诉我丈夫，他的行为多么惹人耻笑，我的爸爸，他是一个绅士，从不这样；事实是，我想起来，当我还小的时候，爸爸爱你也还稍稍过分一点呢……’”

记得三两年前，也还有人说，妇女根本就只要有一个丈夫，有一个家，就什么都满足了；这跟孟德斯鸠所讽刺的“女人自贱讨打论”，实在也不过百步与五十步罢哩。

二　伏尔泰的《哲学信札》

《波斯信札》写于一七二一年。大约十年以后，另一位伟大的法兰西思想家和艺术大师伏尔泰写了又一部通信体裁的作品，——其实是一些杂文，并非真正的信札，名为《关于英国的哲学的信札》。这书的英文译本于一七三三年出版，但法文的原本则于次年方始印行，可是这就引起了法国权贵们对于伏尔泰的不满。因为这所谓“哲学的信札”虽然表面上是谈论英国的社会风土人情，但骨子里却是对于法兰西政治的宗教的一切守旧之处，加以尖刻的讽刺的。

孟德斯鸠虽然也写过一本小说《阿尔萨斯和伊斯曼尼》，但他终究是一位法理学家，至于伏尔泰，他的戏曲和杂文，——尤其是他的杂文，在法兰西文学史上，很少有人能够提上他。可是《哲学信札》，说来也奇怪，虽则思想上的深度胜过《波斯信札》，而活泼辛辣则有不及。但伏尔泰的作品本以辛辣著称的。

因为他自己是戏曲家，所以伏尔泰论及英国的戏曲的一段是值得我们研究的：

“英国的戏曲，跟西班牙的一样，当法兰西戏曲尚在童年的时候，就已经长成了。莎士比亚，人家将他算作英国的康尼尔的，差不多和洛泼·德·凡加（西班牙戏曲家——笔者）同时，而英国的戏曲实由莎士比亚建立起来，他有的是丰厚而雄伟的才能，自亦能守绳墨，亦能雍容典雅，但是他却不顾一切的规律，而且一点儿“雅”的星儿都没有，说他是毁坏了英国戏曲的，此言虽属冒险，然而也有至理。……这位作家的光怪陆离而巍然雄奇的作品，其中大部分，在两百年的往复中已经建立了足称为典范的信誉，近代的作者大都模效莎士比亚；可是在莎士比亚是令人击节称赏之处，到模仿者那里就成为受人嗤斥了，而你可以相信，这位老作家愈受尊敬，那些新进者愈加倒楣，这不是说莎士比亚不可以模仿，他那些模仿者的失败在于他们只想到模仿。……在英国喜剧方面负盛名的，是最近逝世的康格来弗先生，他写的不多，但都是上品。……你不要让我把这些我所喜欢的英国喜剧讲个概略；笑不能由翻译而传达，如果你愿意懂得英国喜剧，没有别法，除非你到伦敦来住三年，精通了英语，每天去看一出喜剧。

“这跟悲剧是两路，悲剧所述及者，伟大的热烈的性情和豪迈勇敢的戆直，为寓言和历史的错误所尊崇，伊兰格脱拉，属于西班牙，英国，和我们，不下于属于希腊，但喜剧却是一个民族的病态的写真，除非你彻头彻尾理解这民族，你不配批评这些写真。”

伏尔泰因为恨极了本国的封建贵族，所以极赞美英国的商人阶级及其势力。“商业，使英国的公民富庶，对他们的得到自由有贡献，而自由又反转来扩大了商业……一个英国的商人很正当地自傲着他自己是个商人，贵族们的年青子弟也不贱视商业，……这一风尚，在德国人看来，便觉可怪，在德国，他们全是贵族，他们不能相信一个英国贵族的儿子会自己降低身份做一个有钱的而有势力的公民。

“在法国，随便是谁个，他喜欢做一个侯爵，他就是侯爵了。而且不论是从外省的那一角里跑出来的谁某，有钱可化，而名字只有‘ac’或‘ille’字样的，都可以说‘像我这样的人，我这样身份的人’，而且对于区区一商人表示傲然的不屑，商人呢，听惯了人家这样鄙视他那职业的话语，就蠢到连脸红也不会了。

“可是我不能说那一个对于国家更有用——一个准确地知道国王在何时起身何时上床，而且在大臣们的午房里赔小心的贵族呢，还是一个增加国富的商人，他从他的办事处发命令到苏拉和开罗，对世界的幸福有贡献。”

但伏尔泰之所以被权贵所恨，还在他的对于教会的讥讽，在《哲学信札》中，对于天主教的讽刺，不用说是最辛辣的了。

《呼兰河传》序[①]

……

二十多年来，我也颇经历了一些人生的甜酸苦辣，如果有使我愤怒也不是，悲痛也不是，沉甸甸地老压在心上，因而愿意忘却，但又不忍轻易忘却的，莫过于太早的死和寂寞的死。为了追求真理而牺牲了童年的欢乐，为了要把自己造成一个对民族对社会有用的人而甘愿苦苦地学习，可是正当学习完成的时候却忽然死了，像一颗未出膛的枪弹，这比在战斗中倒下，给人以不知如何的感慨，似乎不是单纯的悲痛或惋惜所可形容的。这种太早的死，曾经成为我的感情上的一种沉重的负担，我愿意忘却，但又不能且不忍轻易忘却，因此我这次第三回到了香港想去再看一看蝴蝶谷这意念，也是无聊的；可资怀念的地方岂止这一处，即使去了，未必就能在那边埋葬了悲哀。

对于生活曾经寄以美好的希望但又屡次“幻灭”了的人，是寂寞的；对于自己的能力有自信，对于自己的工作也有远大的计划，但是生活的苦酒却又使她颇为悒悒不能振作，而又因此感到苦闷焦躁的人，当然会加倍的寂寞；这样精神上寂寞的人一旦发觉了自己的生命之灯快将熄灭，因而一切都无从“补救”的时候，那她的寂寞的悲哀恐怕不是语言可以形容的。而这样的寂寞的死，也成为我的感情上的一种沉重的负担，我愿意忘却，而又不能且不忍轻易忘却，因此我想去浅水湾看看而终于违反本心地屡次规避掉了。

---

① 原载 1946 年 10 月 17 日上海《文汇报》副刊《图书》（节选）。

萧红的坟墓寂寞地孤立在香港的浅水湾。

……

《呼兰河传》给我们看萧红的童年是寂寞的。

一位解事颇早的小女孩子每天的生活多么单调呵！年年种着小黄瓜，大倭瓜，年年春秋佳日有些蝴蝶，蚂蚱，蜻蜓的后花园，堆满了破旧东西，黑暗而尘封的后房，是她消遣的地方，慈祥而犹有童心的老祖父是她唯一的伴侣；清早在床上学舌似的念老祖父口授的唐诗，白天嬲着老祖父讲那些实在已经听厌了的故事，或者看看那左邻右舍的千年如一日的刻板生活，——如果这样死水似的生活中有什么突然冒起来的浪花，那也无非是老胡家的小团圆媳妇病了，老胡家又在跳神了，小团圆媳妇终于死了；那也无非是磨官冯歪嘴忽然有了老婆，有了孩子，而后来，老婆又忽然死了，剩下刚出世的第二个孩子。

呼兰河这小城的生活也是刻板单调的。

一年之中，他们很有规律地过活着；一年之中，必定有跳大神，唱秧歌，放河灯，演台子戏，四月十八日娘娘庙大会……这些热闹隆重的节日，而这些节日也和他们的日常生活一样多么单调而呆板。

呼兰河这小城的生活可又不是没有音响和色彩的。

大街小巷，每一茅舍内，每一篱笆后边，充满了唠叨，争吵，哭笑，乃至梦呓。一年四季，依着那些走马灯似的挨次到来的隆重热闹的节日，在灰黯的日常生活的背景前，呈显了粗线条的大红大绿的带有原始性的色彩。

呼兰河的人民当然多是良善的。

他们照着几千年传下来的习惯而思索，而生活，他们有时也许显得麻木，但实在他们也颇敏感而琐细，芝麻大的事情他们会议论或者争吵三天三夜而不休。他们有时也许显得愚昧而蛮横，但实在他们并没有害人或自害的意思，他们是按照他们认为最合理的方法，“该怎么办就怎么办”。

我们对于老胡家的小团圆媳妇的不幸的遭遇，当然很同情，我们怜惜她，我们为她叫屈，同时我们也憎恨，——但憎恨的对象不是小团圆媳妇的婆婆，我们只觉得这婆婆也可怜，她同样是“照着几千年传下来的习惯而思索而生活”的一个牺牲者。她的“立场”，她的叫人觉得可恨却又更可怜的地方，在她“心安理得地化了五十吊”请那骗子——云游道人给小团圆媳妇治病的时候，就由她自己申说得明明白白的：

> 她来到我家，我没给她气受，哪家的团圆媳妇不受气，一天打八顿，骂三场，可是我也打过她，那是我给她一个下马威，我只打了她一个多月，虽然说我打得狠了一点，可是不狠哪能够规矩出一个好人来。我也是不愿意狠打她的，打得连喊带叫的，我是为她着想，不打得狠一点，她是不能够中用的……

这老胡家的婆婆为什么坚信她的小团圆媳妇必得狠狠地“管教”呢？小团圆媳妇有些什么地方叫她老人家看着不顺眼呢？因为那小团圆媳妇第一天来到老胡家就由街坊公论判定她是“太大方了”，“一点也不知道羞，头一天来到婆家，吃饭就吃三碗”，而且“十四岁就长得那么高”也是不合规律，——因为街坊公论说：这小团圆媳妇不像个小团圆媳妇，所以更使她的婆婆坚信非严加管教不可，而且更因为“只想给她一个下马威”的时候，这“太大方”的小团圆媳妇居然不服管教——带哭连喊，说要回“家”去——所以不得不狠狠地打了她一个月。

街坊们当然也都是和那个小团圆媳妇无怨无仇，都是为了要她好，——要她像一个团圆媳妇。所以当这小团圆媳妇被“管教”成病的时候，不但她的婆婆肯舍大把的钱为她治病（跳神，各种偏方），而众街坊也热心地给她出主意。

而结果呢？结果是把一个“黑忽忽的，笑呵呵的”名为十四岁其实不过十二，可实在长得比普通十四岁的女孩子又高大又结实的小团圆媳妇活生生“送回老家去”！

呼兰河这小城的生活是充满了各种各样的声响和色彩的，可又是刻板单调。

呼兰河小城的生活是寂寞的。

萧红的童年生活就是在这种样的寂寞环境中过去的。这在她心灵上留的烙印有多么深，自然不言而喻。

无意识地违背了“几千年传下来的习惯而思索而生活”的老胡家的小团圆媳妇终于死了，有意识地反抗着几千年传下来的习惯而思索而生活的萧红则以含泪的微笑回忆这寂寞的小城，怀着寂寞的心情，在悲壮的斗争的大时代。

也许有人会觉得《呼兰河传》不是一部小说。

他们也许会这样说：没有贯串全书的线索，故事和人物都是零零碎碎，都是片段的，不是整个的有机体。

也许又有人觉得《呼兰河传》好像自传，却又不完全像自传。

但是我却觉得正因其不完全像自传，所以更好，更有意义。

而且我们不也可以说：要点不在《呼兰河传》不像是一部严格意义的小说，而在它于这“不像”之外，还有些别的东西——一些比“像”一部小说更为“诱人”些的东西：它是一篇叙事诗，一幅多彩的风土画，一串凄婉的歌谣。

有讽刺，也有幽默。开始读时有轻松之感，然而愈读下去心头就会一点一点沉重起来。可是，仍然有美，即使这美有点病态，也仍然不能不使你炫惑。

也许你要说《呼兰河传》没有一个人物是积极性的。都是些甘愿做传统思想的奴隶而又自怨自艾的可怜虫，而作者对于他们的态度也不是单纯的。她不留情地鞭笞他们，可是她又同情他们：她给我们看，这些屈服于传统的人多么愚蠢而顽固——有时甚至于残忍，然而他们的本质是良善的，他们不欺诈，不虚伪，他们也不好吃懒做，他们极容易满足。有二伯，老厨子，老胡家的一家子，漏粉的那一群，都是这样的人物。他们都像最低级的植物似的，只要极少的水分，土壤，阳光——甚至没有阳光，就能够生存了，磨官冯歪嘴子是他们中间生命力最强的一个——强得使人不禁想赞美他。然而在冯歪嘴子身上也找不出什么特别的东西，除了生命力特别顽强，而这是原始性的顽强。

如果让我们在《呼兰河传》找作者思想的弱点，那么，问题恐怕不在于作者所写的人物都缺乏积极性，而在于作者写这些人物的梦魇似的生活时给人们以这样一个印象：除了因为愚昧保守而自食其果，这些人物的生活原也悠然自得其乐，在这里，我们看不见封建的剥削和压迫，也看不见日本帝国主义那种血腥的侵略。而这两重的铁枷，在呼兰河人民生活的比重上，该也不会轻于他们自身的愚昧保守罢？

萧红写《呼兰河传》的时候，心境是寂寞的。

她那时在香港几乎可以说是“蛰居”的生活。在1940年前后这样的大时代中，像萧红这样对于人生有理想，对于黑暗势力作过斗争的人，而会悄然“蛰居”多少有点不可解。她的一位女友曾经分析她的“消极”和苦闷的根因，以为“感情”上的一再受伤，使得这位感情富于理智的女诗人，被自己的狭小的私生活的圈子所束缚（而这圈子尽管是她咒诅的，却又拘于惰性，不能毅然决然自拔），和广阔的进行着生死搏斗的大天地完全隔绝了，这结果是，一方面陈义太高，不满于她这阶层的知识分子们的各种活动，觉得那全是扯淡，是无聊，另一方面却又不能投身到农工劳苦大众的群中，把生活彻底改变一下。这又如何能不感到苦闷而寂寞？而这一心情投射在《呼兰河传》上的暗影不但见之于全书的情调，也见之于思想部分，这是可以惋惜的，正像我们对于萧红的早死深致其惋惜一样。

《子夜》是怎样写成的[①]

……

可以分做两方面来谈：第一是写作的动机。1928 年我在上海住的不大方便，每天住在三层楼上有点气闷，我便到日本走了一趟，在日本约二年，1930 年春又回到上海。这个时候正是汪精卫在北平筹备召开扩大会议，南北大战方酣的时候，同时也正是上海等各大都市的工人运动高涨的时候。当时我眼病很厉害，医生嘱我，八个月甚至一年内，不要看书，不然则暂时好了，将来也不免复发。我遵医嘱静心养病，并且眼疾而外，又病神经衰弱，我便一意休养。每天没事，东跑西走，倒也很容易过去。我在上海的社会关系，本来是很复杂的。朋友中间有实际工作的革命党，也有自由主义者，同乡故旧中间有企业家，有公务员，有商人，有银行家，那时我既有闲，便和他们常常来往。从他们那里，我听了很多。向来对社会现象，仅看到一个轮廓的我，现在看得更清楚一点了。当时我便打算用这些材料写一本小说。后来眼病好一点，也能看书了。看了当时一些中国社会性质的论文，把我观察得的材料和他们的理论一对照，更增加了我写小说的兴趣。

当时在上海的实际工作者，正为了大规模的革命运动而很忙。在各条战线上展开了激烈的斗争。我那时没有参加实际工作，但在 1927 年以前我有过实际工作的经验，虽然 1930 年不是 1927 年了，然而对于他们所提出的问题以及他们工作的困难情形，大部分我还能了解。

① 原载 1939 年 6 月 1 日《新疆日报》副刊《绿洲》。

1930年春世界经济恐慌波及到上海。中国民族资本家，在外资的压迫下，在世界经济恐慌的威胁下，为了转嫁本身的危机，更加紧了对工人阶级的剥削，增加工作时间，减低工资，大批开除工人。引起了工人的强烈的反抗。经济斗争爆发了，而每一经济斗争很快转变为政治的斗争，民众运动在当时的客观条件是很好的。

在我病好了的时候，正是中国革命转向新的阶段，中国社会性质论战得激烈的时候，我那时打算用小说的形式写出以下的三个方面：（一）民族工业在帝国主义经济侵略的压迫下，在世界经济恐慌的影响下，在农村破产的环境下，为要自保，使用更加残酷的手段加紧对工人阶级的剥削；（二）因此引起了工人阶级的经济的政治的斗争；（三）当时的南北大战，农村经济破产以及农民暴动又加深了民族工业的恐慌。

这三者是互为因果的。我打算从这里下手，给以形象的表现。这样一部小说，当然提出了许多问题，但我所要回答的，只是一个问题，即是回答了托派：中国并没有走向资本主义发展的道路，中国在帝国主义的压迫下，是更加殖民地化了。中国民族资产阶级中虽有些如法兰西资产阶级性格的人，但是因为1930年半殖民地的中国不同于18世纪的法国，因此中国资产阶级的前途是非常暗淡的。在这样的基础上产生了中国民族资产阶级的动摇性。当时，他们的"出路"是两条：（一）投降帝国主义，走向买办化；（二）与封建势力妥协。他们终于走了这两条路。

实际上写这本书是在1931年暑假以前开始的。我向来的习惯：冬天夏天不大写作，夏天太热，冬天屋子内生着火炉有点闷人，1930年冬整理材料，写下详细大纲，列出人物表，男的、女的、资本家、工人……他们各个人的性格，教养以及发展等等，都拟定了。第二步便是按故事一章一章的写下大纲，然后才开始写。当时我的野心很大，打算一方面写农村，另一方面写都市。数年来农村经济的破产掀起了农民暴动的浪潮，因为农村的不安定，农村资金便向都市集中。论理这本来可以使都市的工业发展，然而实际并不是这样，农村经济的破产大大地减低了农民的购买力，因而缩小了商品的市场，同时流在都市中的资金不但不能促进生产的发展，反而增添了市场的不安定性。流在都市的资金并未投入生产方面，而是投入投机市场。《子夜》的第三章便是描写这一事态的发端。我原来的计划是打算把这些事态发展下去，写一部农村与都市的“交响曲”。但是在写了前面的三四章以后，夏天便来了。天气特别热，一个多月的时间天天老是九十几度（华氏）的天气。我的书房在三层楼上，尤其热不可耐，只得把工作暂时停顿。

直到“一二·八”以后，才把这本小说写完。因为中间停顿了一下，兴趣减低了，勇气也就小了，并且写下的东西越看越不好，照原来的计划范围太大，感觉到自己的能力不够。所以把原来的计划缩小了一半，只写都市的而不写农村了。把都市方面（一）投机市场的情况；（二）民族资本家的情况；（三）工人阶级的情况，三方面交错起来写。因为当时检查的太厉害，假使把革命者方面的活动写得太明显或者是强调起来，就不能出版。为了使这本书能公开的出版，有些地方则不得不用暗示和侧面的衬托了。不过读者在字里行间也可以看出革命者的活动来。比如同黄色工会斗争等事实，黄色工会几个字是不能提的。

本书为什么要以丝厂老板作为民族资本家的代表呢？这是受了实际材料的束缚，一来因为我对丝厂的情形比较熟悉，二来丝厂可以联系农村与都市。1928—1929年丝价大跌，因之影响到茧价。都市与农村均遭受到经济的危机。

本书的写作方法是这样的：先把人物想好，列一个人物表，把他们的性格发展以及联带关系等等都定出来，然后再拟出故事的大纲，把它分章分段，使他们联接呼应。这种方法不是我的创造，而是抄袭旁人的。巴尔扎克，他起初并不想作什么小说家，他打算做一个书坊老板，翻印名著袖珍本，他同一个朋友讲好，两个人合办，后来赔了钱，巴尔扎克也得分担一半。但是他没有钱，只得写小说去还债。他和书店订下合同，限期交货。但是因为时间仓促，经常来不及，他便想下一个巧妙的办法，就是先写一个极简单的大纲，然后再在大纲上去填写补完，这样便能按期交稿，收到稿费。我不比巴尔扎克那样着急，不必完全依照他那样作。我有时一两万字一章的小说，常写一两千字的大纲。

《子夜》开头第一章，写吴老太爷从农村走到都市，患脑冲血而死。吴老太爷好像是“古老的僵尸”，一和太阳空气接触便风化了。这是一种双关的隐喻：诸位如果读过某一经济杰作的，便知道这是指什么。第二章是热闹场面。借了吴老太爷的丧事，把《子夜》里面的重要人物都露了面。这时把好几个线索的头，同时提出然后来交错地发展下去……在结构技巧上要竭力避免平淡，但是太巧了也便显得不自然了。

第二辑

夜读偶记

对于一个公式的初步探讨

我们，过了60岁的人，大概多少总读过一些这样的书，而且也相信过这样一些“理论”，这就是说，世界的（其实只限于欧洲，因为包含这些“理论”的这些书是欧洲学者们以“欧洲即世界”的观点来写的）文艺思潮是依着这样的程序发展的：古典主义、浪漫主义、现实主义、新浪漫主义。（最后的这个术语，后来就不被采用，代之而起的，是各种名目的“新”的主义。）

在这里，需要一些小小的注释。所谓古典主义，其意义不等于现在我们通常说的古典文学；这是指17、18世纪盛行于欧洲大陆（特别是法国）的以古希腊罗马文学（这是我们现在称为“古典文学”的一部分）作为典范的文学作品和“理论”，因其和真正老牌的古典文学或理论（如阿理斯多德的《诗学》乃至荷拉士的著作）有区别，所以，欧洲的文学史家也有称之为“假古典主义”的。这对于它的18世纪的末流而言，倒还公允。“假古典主义”就是假古董。这种制造假古董的作家，在文学史上实在是时时出现的，西方是这样，中国也是这样。（这一点，下面还要详细说。）不过，在18世纪的法国，假古典主义成为风气，极有势力，俨然“独霸”了当时的文坛。

其次，也还要把上面的所谓“文艺思潮发展程序”的公式，加一点说明，然后再来讨论这个公式是否合乎事实。照这公式来说，浪漫主义是古典主义（正确地说，应当是假古典主义）的反拨，现实主义是浪漫主义的反拨，而新浪漫主义（或其他的“新”主义）又是现实主义的反拨。所谓“反拨”是什么意义呢？这是含有“物极必反”、“发展”、“前进”等等意义的。因此，“发明”这个公式的学者们的“理论”，如果用简单的话来表达，就是说浪漫主义否定了假古典主义，现实主义否定了浪漫主义，但新浪漫主义又否定了现实主义。

在这里，似乎又需要来一些小小的注释，即何谓“新浪漫主义”？

“新浪漫主义”这个术语，20 年代后不见再有人用它了，但实质上，它的阴魂是不散的。现在我们总称为“现代派”的半打多的“主义”，就是这个东西。这半打多的主义中间，有一个名为“超现实主义”。“超”现实，事实上是逃避现实，歪曲现实，亦即是反现实。因此，我以为“超现实主义”这个术语，倒可以大体上概括了“现代派”的精神实质的。也是在这个意义上，“现代派”和 50 多年前人们曾一度使用过的“新浪漫主义”，稍稍有点区别；当时使用“新浪漫主义”这个术语的人们把初期象征派和罗曼·罗兰的早期作品都作为“新浪漫主义”一律看待的。（关于现代派，下文还要说到。）

“古典主义——浪漫主义——现实主义——新浪漫主义或现代派”这个公式，表面上好像说明了文艺思潮怎样地后浪推前浪、步步进展，实质上却是用一件美丽的尸衣掩盖了还魂的僵尸而已。这个僵尸就是作为假古典主义的本质的形式主义。表面上看，而且也正是他们自己所大言不惭地标榜的，“现代派”诸家（主义），反对任何一成不变的表现方法，高叫独创，不拘成规，反对描画事物的外形，而且他们是能够揭露事物的精神而“翘然不群”的；但是实质上，他们（现代派诸家）的所谓“揭露事物的精神”只是在歪曲（极端歪曲）事物外形的方式下发泄了作者个人的幻想或幻觉，只是在反对陈旧的表现方法的幌子下，屏弃了艺术创作的优秀传统，只是在反对“形式的貌似”的掩饰下，造作了另一种形式主义。因此，我们有理由把“现代派”诸家概括地称之为“抽象的形式主义”，以别于假古典主义的形式主义。

因此，如果说“现代派”诸家的思想根源是主观唯心主义，它们的创作方法是反现实主义的，（而且和浪漫主义也没有共通之处），它们的发端于第一次世界大战前夕而蓬勃滋生于第一次世界大战到第二次世界大战之间乃至二次大战后欧洲大陆的资本主义国家，正反映了没落中的资产阶级的狂乱精神状态和不敢面对现实的主观心理，——如果这样说，是科学的，合乎事实的，那么，它是不能否定现实主义的，它是只能造成文艺的衰落、退化而已！

有人以为上述的分析是庸俗社会学，但其实，他们自己成为资产阶级唯心主义的俘虏而不自知。认为现实主义已经过时，而“现代派”是探讨新艺术的先驱者的人们（这是 1956 年忽然在欧洲又变得“时髦”的调子，合唱者之中，也有若干曾经是进步的作家），实在他们自己只是因袭了资产阶级学者对于文艺思潮的历史发展的陈腐谬说而已。

中国文学史上的现实主义与反现实主义的斗争

要把古往今来的文艺思潮的发展，用一个公式来概括，是一件愚蠢的事。但是，从历史事实中探寻发展的规律，却是应当作的努力。

近来有人对于文艺史上的现实主义和反现实主义的斗争，提出疑问，而且认为这一个曾经得到许多人承认的理论是教条主义地套用了一部哲学史是唯心主义与唯物主义的斗争这一个公式的。

这一阵风，来自国外，但在我们这里，很快地而且几乎不假思索地有了回声。因此，让我们从这个问题谈起，大概不是浪费笔墨；特别是因为反对论老强调艺术思想的发展有其特殊规律，好像艺术思想的兴衰当真是独往独来，是艺术家的头脑的独创，同当时的时代思潮不生关系，不受影响似的。

让我们先从自己家里讲起。

中国文学史上还没有相当于19世纪上半期兴起于法国那样的浪漫主义运动，这是事实。但是，文学史上的现实主义和反现实主义的斗争，还不是主要地表现在浪漫主义和现实主义的矛盾。消极的浪漫主义，可以说是和现实主义异曲而同工（当然这不能误为现实主义和浪漫主义可以混同）；消极的浪漫主义这才可以归到反现实主义的范畴。把现实主义和浪漫主义的矛盾不加分析地强调，正是资产阶级学者的过时的老调。因此，如果因为中国文学史上还没有像法国19世纪前期那样的浪漫主义运动，而无视于中国文学史上很鲜明地存在着的现实主义和反现实主义的斗争，是不合实际的。

在《诗经》中，显然有不同的两类的诗篇，这是从来的儒家亦不讳言的。一类是前人所谓“变风”、“变雅”，另一类是全部的“颂”，小部分的“风”，以及大部分的“雅”。这两类诗篇，从内容看，首先在“为谁而作”这一点上，是显然不同的。前者或为“劳者歌其事”、“饥者歌其食”，成为奴隶们的反抗的呼声、小官吏苦于行役的悲叹，或声诉了久戍士兵思家之情，或抒写了旷夫怨女的爱恋，或为爱国者（有名的或无名的）对于荒淫失道的君主和贵族的讽谏或揭发，——总之，这些诗歌，是“为事”、“为人”，“有所为”而作，其“事”关联到最大多数人的命运，其“人”是被压迫、被损害者，而其“所为”则是告诉（或暗示）读者（在那时该是听众）：现状如此，不能再拖下去了。至于后一类的诗篇呢，在“为谁服务”这一点上，也是很显明的。它们或者是奴隶主颂扬自己祖宗的“盛德”和“武功”，或者是夸耀奴隶主的“政绩”如何好，奴隶们如何感恩戴德，或者是叙述生产成绩，那也无非是夸耀、歌颂奴隶主的圣明。这些诗篇，有不小一部分是领主或贵族们在祭祀和宴会的时候用以媚神或娱乐自己的。

“为谁服务”这一个原则不但决定了这两类诗篇的不同的思想内容，也决定了这两类诗篇的不同的表现方法和文学语言。第一类的诗篇，多用“比”和“兴”，第二类的，多用“赋”；第一类的诗篇，虽然基本上还是四言句，但已有变化，而“章”的结构，则变化更多，重句叠句，反复咏叹。可是第二类的呢，篇章结构和造句，就都很呆板；从前人把这种呆板称为“雍容典雅”，表示了非常的钦佩，这真是嗜痂成癖。至于两类诗篇所用的文学语言，其不同也很显明。第一类诗篇多用清新活泼、音调和谐，色彩鲜艳、近于口语的文学语言；第二类的可就诘屈聱牙，苍白干枯。

如果拿题材相同（都是描述农业生产过程）的《载芟》、《良耜》（均为《周颂》的诗篇，《大田》（这是《小雅》的诗篇）和《七月》（这是《豳风》的诗篇）这四篇诗来比较一下，就可以证明我在上文列举的论点。虽然《七月》所用的文学语言，还不及《伐檀》或国风中那些情诗那样新鲜泼辣，可究竟和《载芟》等三篇的，有其区别。再看号为“四始”之一的《关雎》所用的文学语言和被讥为“郑卫之声”的那些情诗所用的，其区别又是多么显然！我以为国风中最好的作品（就思想内容和艺术形式而言），例如《郑风》的《择兮》、《风雨》、《将仲子》、《野有蔓草》等篇，《魏风》的《伐檀》、《硕鼠》等篇，其文学语言最为大众化，大概最为接近当时的“引车卖浆者之言”。《大雅》和《颂》的文学语言那就是朝堂中的语言，即后世所谓“雅言”，装模作样，官气十足，干燥无味。小雅中最好的几篇，例如《巷伯》、《采薇》等，它们的文学语言是介乎上举两者之间的。而同属于《小雅》的《楚茨》，其内容描写祭神的仪式，赞美“孝孙”如何懂得规矩（敬神），当是祭神时的乐歌，虽则诗甚“典丽”，但显然不能和《巷伯》、《采薇》相提并论了。内容决定形式，这条规律，在《诗经》中是有事实可资证明的。

《诗经》的不同的两类诗篇所用的不同的文学语言，到后来的文学作品中，依然成为作品“为谁服务”的标帜。（这在下面再详细点说罢。）

照上面的分析看来，《诗经》里头，显然有两种不同的创作方法。属于第一类的诗篇，其创作方法可以说是现实主义的；属于第二类的，也许有人还不大愿意称之为反现实主义，但至少也应当称之为“非”现实主义的。据我看来，第二类的大部分诗篇，实在是反现实主义的，而且成为后代的反现实主义文学的始祖。它的儿子就是汉朝的正统派文学——“赋”。

现在让我们看一看这所谓“汉赋”究竟是什么东西？

如果我们承认了“赋”典于先秦的楚而盛于汉（刘彦和的论断），那么，我们却不能不说汉赋和先秦的赋（荀卿、宋玉）实在面目不同，性质也不同。汉赋的文学语言，是“直承雅颂”的，而且变本加厉，竭力追求形式的奇瑰，用了许多怪僻的字。至于题材，刘彦和曾用十六个字来概括：“京殿苑猎，述行序志，草区禽族，庶品杂类”。但据现存的汉赋看来，我们实在失望。因为，“序志”之作，既然不多，而且“抒下情而通讽论”者，又比“宣上德而尽忠孝”为少。（抒下情等两句，皆见《两都赋序》。）这样看来，刘彦和给“赋”下的定义，“铺采摛文、体物写志”八个字

（前四字指形式，后四字指内容），“写志”二字在汉赋中实已落空。只有“体物”倒真正是汉赋的总面目。（《艺文志》著录：杂禽兽六畜昆虫赋18篇，杂器械草木赋33篇，至于京殿苑猎，则《上林》、《羽猎》、《两都》、《二京》，是向来有名的，而且被视为汉赋的代表作。）可是即就“体物”而言，左太冲已经讥讽汉朝四大家的作品（司马相如的《上林》，扬雄的《甘泉》，班固的《西都》，张衡的《西京》）有不忠实之处，说“考之果木，则生非其壤，校之神物，则出非其所”。可见汉赋在“体物”方面也并不那么认真。剩下来，只有“铺采摛文”，是汉赋的真正特点。有些赋，简直像是小型的辞典。这样的“铺采摛文”，其实也不高明。司马相如、班固、扬雄三位大赋家，都是精通文字学的，他们作品中多用古文奇字，实在不足为奇，可是影响所及，成为扬雄所讽刺的“雕虫篆刻，壮夫不为”。也就是这位辞赋名家曾经告诉桓谭，“能读千首赋”就善于作“赋”了。这是一针见血之谈！汉赋就是用这样的写作方法生产的，而且大量地生产，所以在“孝成之世，论而录之，盖奏御者，千有余篇”（两都赋序）。

我们有理由，这样下论断：汉赋之中，作者个人发牢骚的作品（例如鹏鸟赋）已经不多，更不用说描写人民的生活痛苦；汉赋主要是描写帝王和贵族的奢侈豪华生活、夸张奇方异物、专供帝王和贵族们消遣的极端形式主义的宫廷文学。“抒下情而通讽论”的成份，固然是凤毛麟角，甚至连“宣上德而尽忠孝”的成份也很少；那时的皇帝和贵族们大概也觉得虚伪的歌功颂德太虚伪，太叫人肉麻，他们要求于“赋”——当时的正统派文学的，只是消遣娱乐罢了。

这便是汉赋之所以成为反现实主义的文学。这样说，并不等于不承认汉赋中间还有极少数较好的作品。但是，这极少数较好的作品，并不能代表汉朝的正统派文学（赋），倒是那些在“孝成之世，奏御者千有余篇”，实在代表了汉赋的总的精神和面目。

我们也有理由这样说：反现实主义的形式主义文学的鼓励和提倡，和汉朝统治者的统制思想的政策是一致的，互相配合的。

在这里，也许需要来几句题外的话。周朝的“王官”制度，虽不可详考，但那时候，学术知识是被统治阶级的少数人所垄断，不许这小圈子以外的人来染指，却是事实。孔子（这个没落的小领主的后代）是敢于违反这禁律的第一人。他公开讲学，不问阶级出身，只要能缴付学费，他就一视同仁。在这点上，孔子是十分进步的。战国时，百家争鸣，齐宣王招待了各个学派的代表人物封为上大夫，供给丰厚，叫他们在“稷下”举行大规模的“座谈会”，连朝累月，自由辩论，其盛况是空前的。当时就称那些被招待在“稷下”的各学派的代表人物为“稷下先生”，以示钦仰。秦朝统一以后，这个局面变了。秦朝做了“书同文、车同轨”的好事，但是也做了思想统制的蠢事。它建立了“博士”制度，成立一个机关，邀请先秦诸子的代表人物在那里专做研究工作，以继承各家的学说；但不许群众讲论各家学说，人民如愿学习各家学说，可以报名，到有关的博士那里受业。这个办法，表面上是保存各家学说，实际上是把各家学说送进了博物院。因为，任何学说，如果不用于实践，和群众脱离开，那就只有僵化，成为博物院中的东西。博士制度实质上是思想统制的一种方式。

汉承秦制，可是干脆更进一步，“罢黜百家”，定儒家为一尊了。把孔子描写成为满身妖气的半人半神的超人，也是汉朝那些逢迎尊孔意旨的浑人们干出来的。以董仲舒为代表人物的汉朝的一些当权用世的儒家，实在是根据当时的需要来随意解释发挥孔子的学说。（这也不见得是我一人之言罢。）

汉朝的思想统制的严密和当时学术界流行的（受到统治阶级鼓励和支持的）神秘思想和繁琐方法，在文学方面的反映，就是我在上面说过的代表了汉的官方文学的形式主义的“赋”。这对于《诗经》和先秦诸子散文中所表现的现实主义传统，不能不说是一股逆流。

在士大夫（封建思想的地主阶级知识分子）阶级中，也有人反对这股逆流。辞赋起家的扬雄就是一个。可是他走了“复古”的道路，而此路是不通的。其后的王充比扬雄高明得多。他反对形式主义的宫廷文学，也反对摹拟古人；他主张“抒发思想、记载事实”的文学，他又主张文学应当有益于世道人心，有实际价值。可是他在那时候，还不能造成一个运动。

但是，在阶级社会中，既然有了代表统治阶级思想意识、为统治阶级服务的文学，也一定有代表被压迫阶级的思想意识，而且是被压迫阶级所创造的文学。这在《诗经》时代已有明证，在汉朝也不例外。

在汉朝，司马迁是继承并发展了先秦散文方面（左传、国语、国策、诸子）的现实主义传统的。《史记》是史传，同时又是艺术性极高的散文。它的文学语言纵横泱荡，舒卷自如，而描写人物的本领，则比《左传》、《战国策》等，更进一步。汉朝人也把《史记》看作文学作品，班固称"文章则司马迁相如"，把一个散文大家和一个辞赋大家并举，算是有眼力的。（汉朝把学术性的著作称为"文学"，而把我们今天称之为文学的艺术性作品称为"文章"或"文辞"，用语和今日不同。）

但是，《史记》究竟是官书，当时不会在民间流传。在汉朝，在人民中间有影响、起作用的，是人民自己的作品：歌谣。这被后人称为"乐府"（因为这些民歌，是由官方收集，交给"乐府"子弟演奏给皇帝听，而且因此保存下来传到后代的，所以后人即称它们为"乐府"。所谓"乐府"，用现在话，即是歌唱团，是一个御用的机关，包括作曲家、乐队和歌唱者等等）。这些《乐府诗》，便是《诗经》的现实主义传统的继承和发展。汉书艺文志说"乐府"所存赵、代、秦、楚等各地的民歌共138篇。当然，这只是那时候的民歌的很小一部分。这些《乐府诗》，在思想内容（题材和立场）、艺术形式（文学语言和韵律）方面，都和宫廷文学的赋，截然不同。为了节省篇幅，这里不多说了。

也许有人要问：既然当时的民歌表现了人民对于封建皇朝的不满和怨恨，为什么皇帝们要特别搜集来"被之管弦"，用于宴会呢？

这个问题，需要一点解释。所谓"采诗之官"（就是搜集民歌的官员），据说是周朝就有的；采来的民歌是供皇帝参考，——不是为了它们的文学价值，而是为了它们的政治价值。换言之，"采诗之官"实在是一种到各地去搜集情报的人员，情报就是"民歌"；皇帝看了这些情报，知道了人民的思想状况，就可以在政治上考虑采取措施。统治者敢于这样正视现实，“勤求民隐”，大概是在他自觉强大、自信力充足的时候。所以后代史官（统治阶级的忠臣）总是说“盛世”有采诗之官，而当衰世，这就废了。为的在“衰世”，统治者没有自信心，神经衰弱而过敏，不敢再听那些反抗的声音了。汉朝在强盛的年代，那几个皇帝就照前朝的典章，也来这一套，可是，这些皇帝（特别是武帝）却也充分欣赏那些民歌的艺术价值，而恰巧，后前朝继承下来的那套供他娱乐的“雅乐”早叫他听腻了，于是乎他就让他的祖宗的在天之灵去听那些呆板的“雅乐”，而自己取乐之时则欣赏那些新近由“乐府”加工的民歌——各地的各有特点的民歌。历史上的封建贵族们常有些矛盾的行为。法国的蒲尔朋王朝当它还不是四面楚歌的时候，也是把伏尔泰的辛辣的讽刺作为娱乐资料的。

也许又有人要问：照你说来，两个敌对阶级的文学，好像是和平共处、谁也不干犯谁似的？

当然不能和平共处。但斗争的方式也不会像法国文学史上的1830年2月25日，自然也不会有戈底叶的惹人注目的红背心。因为在我们这里，1700年前的封建大帝国虽然已有了灿烂的文化，但还没有发明印刷术，还没有戏团，还没有报纸，也还没有我们现在的学校（虽然那时太学生有三万名之多）；没有这些东西，人民的现实主义的文学要扩大影响固然不易，而为统治阶级服务的反现实主义的文学对于广大人民的毒害也就不是那么直接而普遍。在那样幅员辽阔、交通不便、各地风俗习惯颇不相同的封建帝国，人民的文学和封建贵族文学的斗争，不是一下子就表面化的。但无论如何，斗争在进行，而且以人民的现实主义文学的胜利暂告一段落。这胜利，表现在那里？表现在被称为建安（东汉最后一个皇帝的年号）流派的整整一代的杰出的诗人们（而且包括那时候的重要政治人物曹操），都是乐府诗的皈依者，都从乐府诗得到了启示和滋养；他们——在三分天下的局面中企图取得胜利的新的封建王朝的建立者和拥护者，对于汉朝400年来占统治地位的儒家思想，采取了不尊重的态度，对于那些形式主义的宫廷文学更其是藐视的，他们从题材和形式（甚至题目）都采用了乐府诗。他们是后代的许多写“新乐府”的诗人们的先驱；而“新乐府”差不多成为“现实主义”的代名词。

曹氏父子凭借他们的文学才能和政治地位，摧枯拉朽地把汉朝的形式主义的宫廷文学一扫而空，在当时确实造成一种新的文风，这便是后人所称道的“建安风骨”。这个局面，恐怕只有一扫齐梁绮靡的初唐，可与相比。

扬雄和王充都是有意识地反对那时的反现实主义的文风的。但王充是思想家，不是文学家，又不在登高一呼的地位，因而他在当时并没有搞起一个运动。扬雄的辞赋名气很大，他以身作则来反对那些“雕虫篆刻”，当然会有不小的影响，然而可惜，他走了“复古”的道路——也就是说，他反对当时的形式主义，但他所走的新路却是摹仿秦诸子的，这也是一种形式主义。用形式主义来反对形式主义，当然不会成功。

从第3世纪中叶到第7世纪初（即从魏晋到唐初），文坛的情况，可以用这几句话来概括：这400年间，虽然出了几位大诗人，然而从整个看来，并不体面。这一时代出身于封建阶级的文人极大多数是承受了汉朝的“铺采摛文”的描写贵族生活的形式主义文学的衣钵，而又不及汉人；汉朝的形式主义的宫廷文学总还有那么一股庞然大物的气魄，而六朝（齐梁的宫体可为代表）的形式主义文学可就只见得纤巧。魏晋（指“正始”到“太康”）文风，承建安余绪，虽然还有那么一股味儿，但“风力”已大大不如。可是，这犹有建安余绪的“太康时代”，也已经显出内容空洞、偏重技巧的形式主义的倾向（这指当时的风气，总的趋势而言，个别大诗人自属例外，但可惜他们并不能挽回那不好的趋势）。

值得注意的，是这400年间少数杰出的诗人都是从乐府和那时代的民歌获得启示的。杜甫所称许的“清新庾开府，后逸鲍参军”，就是这样的。

这400年，是中国历史上少有的动乱时代。中国北部受到外来的主要是游牧民族的侵略，频年战争，人民的生活非常痛苦。江南半壁似乎比较“安定”些，但这是“苟安”；阶级斗争在发展，可是结果只为野心家所利用，换汤不换药地换了几个朝代。没有积极的理想振奋人心，没有健康的社会风气；一方面是逃避现实，这便是所谓“旷达”，一方面是颓废享乐，得过且过，这便是所谓“风流”。我这样说，并不是一笔抹煞那时代的个别思想家和文学家的卓越成就；我们不应当忘记在那个时代有过“唯物”和“唯心”的斗争，也有过反对形式主义文学（主要是诗）的努力，但是我们同时也不能忘记，那时代占优势而且俨然以“正统”姿态出现的，却是逃避现实的“玄谈”和绮丽纤巧的形式主义文学。

我们更不应当忘记，那个时代还兴行着“骈文”。这一股风，吹遍了一切的文字领域，不论是记事，哲学或文学理论，应用文，都用“骈”体；这就使得先秦诸子和司马迁所发展的散文的优良传统，突然衰落，而同时也形成了“文言”与口语的越来越大的距离。

在这里，我们不妨对于我国历史上曾经长期存在的口语和文言分家的问题，作一个简略的考察。曾经有人作过这样的假定：殷代和周初，“言”和“文”的距离还不大，《尚书》在今天读来，是那样的诘屈聱牙，而在当时，大体上还是当时的口语。这个假定，如果当作一个“理论”来看待，那么，“理论”的焦点就是：所以会发生口头语言和记录口头语言的文字形式的“文言”这两者之间的距离，是由于记录工具（即文字）发展的速度赶不上语言发展的速度，同时，语言在发展中有变化，而记录语言的方法（这表现在文法和语汇）却很保守，当然这保守的责任应当由那时垄断文字的少数特权阶层来负担。为什么我说记录工具（文字）发展的速度落后了呢？只看殷、周的文献中通用和假借的字那样多，语助字那样的少，就可想见。为什么说记录方法很保守呢？只看先秦诸子以前的文章，在很长的时期中，句的结构，甚至每句字数，根本没有什么变化，也就可以想见。因此，我认为我们不妨也作这样的假定：在春秋战国之交，过去的“典谟”式和“雅颂”式的文字，和当时的口语的距离已经相差很大了。那时候，进步的知识分子已经抛弃了那古旧的呆板的和现实距离很大的“典谟”、“雅颂”体，而创造了和口语接近的散文。孔子的门徒记述孔子的言行，就用了生动活泼并且富于形象性的散文。这趋势发展下去，到司马迁而集其大成。我们不妨再来个假定，先秦诸子的散文是在黄河流域通行的口语的基础上提高了一步的。（战国时，齐语与楚语不同，越语又不同，出生于楚的作家是用了当时最为通行的文体来写作的。）又因为当时还没有纸笔，记录文字的方法是用刀刻在竹片或木板上（因此有了计算作品单位数量的“篇”字），或用锥形的东西蘸漆描在帛上（因此有了计算作品单位数量的“卷”字），两者都是麻烦的方法。为了节省劳力和材料，先秦诸子的以口语为基础的文章，势必较口语为简略而精练，这也成为他们的文章和口语仍然不得不有距离的一个原因。

以上这些复杂的因素，互相起作用，互相影响，经过长年久月，以及后来的士大夫在诵习前代的著作时有意的摹仿和无意的感染，结果就把口语和文言之间的距离越拉越大。汉朝的时候，应用文（特别是官府文告）也力求“典雅”，以至地方官吏也不能读懂。六朝以骈文为正宗，这几百年间的上行下效，就使得先秦诸子和司马迁的还以口语的自然气势为基础的散文一脉，几乎断绝。太康以后，六朝的杰出诗人们虽然曾经有意识地反对当时绮靡的诗体，并且从民歌得了启示，不同流俗，然而他们对于骈文还没有大张旗鼓来反对。初唐四杰，也是反对六朝的“宫体诗”的，然而他们也没有发起一个恢复先秦诸子至司马迁的散文传统的运动。直到安史乱后，才有韩愈起来大声疾呼，发起所谓“古文”运动。此所谓“古文”，就是先秦诸子到司马迁的散文传统。韩愈的“古文”运动的文体改革的观念，和他的“抵排异端，攘斥佛老”的“尊孺”思想是相为表里的，也可以说是前者服从于后者，所以韩愈自已说：“愈之所志于古者，不惟其辞之好，好其道焉尔。”这种思想上的局限性，使得韩愈的文体改革运动仅仅以摹仿先秦诸子的散文为目标，而不能像先秦诸子和司马迁那样以接近人民口语为目标来创造新的散文。史家称韩愈的运动为“古文”运动，实在倒是很确当的。话虽这么说，我们仍然不能把韩愈的功绩估计得太低。在韩愈之前，隋朝、初唐、盛唐时期，都有过“古文”的名家，可是他们没有像韩愈那样有意识地发起一个运动，因此，“文起八代之衰”的赞词也就不能不落在韩愈身上了。

我们还应当说，“古文”运动是作为反对形式主义的倾向而出现的。安史乱后，唐朝政治上的缺点充分暴露，经济衰落，阶级矛盾日益尖锐，反现实主义的文学（以诗为主）却又渐渐抬头，这是一部分的士大夫在动乱时代的消沉失望和逃避现实的表现。

当然，白居易的“新乐府”运动就是针对这种颓风而发，并且力图重振汉魏“乐府”（人民的文学，曾经启发了白居易以前的许多大诗人）的现实主义的传统。但是，白居易和他的朋友们的努力，到第9世纪40年代（白居易在846年去世，元稹死在831年，王建、张籍都死在830年左右），也就有后继无人的危险。正当这时候，韩愈的“古文”运动却并未跟着韩（愈）柳（宗元）的去世而一同消歇（韩愈死在824年，柳宗元死在819年），而是渐渐地确立和稳固起来，扭转了300年来“文”“笔”的成见（也是错误的观点），把散文重新送进艺术之宫。于是“古文运动”以及“古文”，在宋朝为欧阳修等所扩大而赢得了普遍的承认。到了明朝，“前七子”又拿来反对当时的“台阁体”——形式主义的宫廷文学。从韩愈到李梦阳，“古文”运动都是有着反对阿谀粉饰（内容）、纤巧丽或雍容平易（形式）的脱离现实的形式主义文学的积极意义的。这些由士大夫所发动的对于当时占优势地位的反现实主义文学的斗争，和当时人民中间所发展着的现实主义文学（唐的变文，宋、元、明的戏曲、小说），起了呼应的作用。但是，从韩愈到李梦阳，他们又都逃不出同样的矛盾：他们反对形式主义，但他们自己也陷入于另一形式主义。

韩愈要把“文体”从骈体的桎梏中解放出来（因为这种骈体的文体和活的语言相差太远了），这是含有进步的意义的，——尽管他并没有意识到这个文体“解放”的进步的意义，而只是“不惟其辞之好，好其道焉尔”。但是，也正因为韩愈自己并没有真正意识到这个“文体”解放（用韩愈自己的话，就是所谓复归自然）的真正意义，那就势所必然地也不会真正认清楚“文体解放”的目标和方法。结果，他错误地把先秦诸子的散文当作目标，而把摹仿先秦诸子作为方法。韩愈只看到先秦诸子的散文比骈文自然得多（不像骈文那样矫揉造作，玩弄文字游戏），却不知道先秦诸子散文之所以能够那样自然，是力求接近当时的口语之故。这里要加一点解释：我在此处所说的先秦时期的“口语”，是指当时的通用语。这就是扬雄在

《方言》内所指出的没有地域性（如齐语、楚语、越语等）的通语。扬雄的《方言》区别通用语和方言，古语和今语，流行于广大地区的方言和流行于狭小地区的方言，以及方言之互变，古今异语等等，甚为详明。扬雄是比韩愈早了800年揭起反对文字的骈体化的旗帜的第一人，扬雄又是研究过汉朝以前的语言变迁和“语”“文”关系的，然而扬雄走的，正是800年后韩愈走的路——“复古”。扬雄的走上“复古”之路，比起韩愈来，好像较易理解些。因为扬雄那时代的“通语”大概和先秦诸子时代的“通语”相差还不太大。（这就是说，比起唐朝的通语来，是这样的。）但在后800年的韩愈的时代，距离先秦诸子的时代已经有千多年，其通用语的语法，语汇，语音，都有了很大的改变，因而韩愈所欲“复”的“古”，对于当时的人民说来，实在和骈体同样地难懂。这是韩愈所不会理解，或者是不在他的考虑之中的。因此，在我们看来，反对形式主义的韩愈，他自己却陷入于另一形式主义。扬雄的覆辙，韩愈又踏上了。

但是韩愈的影响却很大。而且，至少在“复兴”了先秦诸子式的散文这一点上，即在打破了骈文独占文学语言这一点上，韩愈是有功的。不承认韩愈的功劳，也是反历史主义的。

正因为韩愈的影响很大，所以，“古文运动”就成为后来的反对形式主义的文人学士们常常爱用的方法。比韩愈晚了700多年的明朝的“前后七子”又走上韩愈的老路，其实也并不足奇。

我之所以在韩愈之后的许多“古文运动”中间单单拣出明朝的“前后七子”来讨论，无非因为“前后七子”的运动不但有文体改革的意义，而且更重要的是，他们的反对“台阁体”是有意识地反对“台阁体”的那种平正典雅、不痛不痒，逃避现实的“考实则无人，抽华则无文”（李梦阳语）的反现实主义的文风。在反对形式主义、反对反现实主义这点上，“前后七子”的运动是有进步的意义的。

“台阁体”是怎样地产生而且成为当时的文学“正宗”呢？“台阁体”是在这样的环境下产生的：永乐成化间大约80多年的比较太平，和一定的经济繁荣；洪武、永乐两代对于文人的大杀戮（其实不仅是洪武和永乐，明朝的皇帝几乎没有一个不是杀过多少文人的，翻开明史文苑传，就可以看到，凡是有声望、有气节的文人，十之八九都不得善终，至少也像杨升庵那样廷杖充军，以至于死）；制艺取士的制度一方面束缚了文人的思想，让他们终生的精力消耗于“代圣贤立言”，又一方面给一块敲门砖，使他们死心塌地来钻这圈套。所谓“台阁体”，说得“雅”一点，是雍容典雅，说得不客气，就是“今天天气，哈哈哈。”这种以阿谀粉饰为主题，以不痛不痒，平正膚廓为风格的文学，在那时，不但是文人们明哲保身的法宝，也不失为夤缘求进的阶梯。因此，从永乐到成化，虽然有少数卓特之士唾弃这所谓“台阁体”，然而当时滔滔者天下皆是，台阁体俨然成为“正宗”和“主流”。

可是到了弘治年代（15 世纪末），形势已经大变。这个皇朝，对外不能御侮，对内不能养生，可是荒淫暴虐，却依然如故。稍有正义感的文人，都不能再容忍那阿谀粉饰、不痛不痒的文风。“前七子”的复古运动，正是针对着这种情况而发生的。在李梦阳等大声疾呼以前，李东阳也是“台阁体”的反对者，可是茶陵派（即李东阳为首的一派）虽不同于“三杨”，但还是萎弱，不足以一新耳目。治重病得用猛药。“前七子”正因此而故为偏激，有“文必秦汉、诗必盛唐”的主张。我们不能把“前七子”的复古运动，看成仅仅是“文体”改革运动，而必须充分估计它的政治改革和思想解放的意义。800 年前，韩愈说“愈之所志于古者，不惟其辞之好，好其道焉尔”；韩愈所谓“道”即是儒道，因为他的时代是佛老异端和儒家分庭抗礼的时代。但李梦阳和他的同志们的时代却正相反。他们的时代却是宋儒的理学，八股文的代圣贤立言，这些正统思想和办法弄得文人们只捧着高头讲章过日子，不敢也无暇再想到国家、社会的大事，自然更不敢想到“代圣贤立言”以外的思想问题了。“前七子”心目中所反对的，正是这个东西。在这一点上，应当说，李梦阳他们的运动和韩愈的运动表面上虽则好像相同，而实质上是不一样的。韩愈当时所“卫”的“道”，是儒道，韩愈正因此而提倡“复古”；可是李梦阳他们却正苦于那功令所在的“代圣贤立言”的那种儒道，他们所提倡的“复古”，就是要反掉这个明朝的正统“儒”道，而恢复到宋以前的“儒”道。

但是，也因为时代和环境不同，韩愈敢于正面提出他的主张，而李梦阳他们以及后来的以王世贞为代表的“后七子”却不敢正面提出问题，而只好以“文体”改革的外衣为掩护，吞吞吐吐，指东划西，刚说半句，就又缩住，顾左右而言它。这种思想上的矛盾，也就形成了理论上的矛盾。李梦阳在《诗集自序》中，一方面承认“真诗乃在民间”，一方面却又辩称，“真诗乃在民间”对于“风”而言，果然不错，但“雅颂不出文人学士手乎”，则又认为“人风出雅”是“近之矣”。在创作实践上，他的诗摹拟汉魏盛唐，纵横驰骤的气势，慷慨激昂的音节，在当时果然是一新耳目，但思想内容是不深刻的，他不敢触及当时政治社会的根本问题。他的散文摹拟秦汉，那就诘屈聱牙，用形式上的古朴艰深来掩饰内容的贫乏。为了反对形式主义而揭起的改革运动，自己却又终于不免成为另一种形式主义，这正是“前七子”的矛盾所在，也正是他们“命定”的悲剧！这一个矛盾，“前七子”中间也有人感觉到。何景明后来就和李梦阳见解不尽相同，而互相攻讦。不但何（他在运动初期被认为和李同样是代表人物）与李不协调，李梦阳自己在晚年也半解嘲地说“予之诗非真也，……出之情寡而工之词多者也”（见于他的诗集自序）。这是后来公安派攻击李的话，然而李自己也早已见到。

李攀龙和王世贞可为代表的“后七子”和“前七子”如出一辙，也是以“复古”相号召，也是本身成为形式主义。如果说后李与前李相伯仲，那么，王世贞也与何景明大致相近。

我们今天如作持平之论，固然不应当夸大“前后七子”的作用，但也不宜把他们的影响估计太低。

“前后七子”的时代跨越弘治、正德、嘉靖三朝，凡百年之久，和他们同时代而反对他们的大作家，诗文都卓然成家而且胜过他们的，实在也不少，可是在当时他们的声势，都不敌“前后七子”。为什么“前后七子”的运动，能够这样地吸引当时最大多数的文人呢？这就不能从形式上看问题了。我在前面说过，“前后七子”的运动，有它的政治改革和思想解放的意义，他们的文学主张是说实话、记实事、抒真情，这是符合于当时对政治不满的人民大众的要求的。那时候政治的黑暗，人民的痛苦，士大夫的庸碌畏缩，都表示着，非有一个大爆发不能振奋人心。“前后七子”是担当了这一历史使命的，李梦阳的有名的偏激之言，“宁为言欺世而不可使天下无信道之名，宁矫情千誉而不可使天下无仗义之称”，也正说出了大部分愤世嫉俗的文人们的心情。“前七子”的时代正逢刘瑾当国。明朝特务政治的这个首脑人物，在摧残当时士气这一点上，仅看“正史”的记载，就可想见其手段之毒辣，和株连的众多。“后七子”又碰上了严嵩当国，他们的命运并不比“前七子”好些。经常在廷杖、充军、杀头、灭族等等威胁之下的明朝的士大夫，从猫样的柔媚，（我想申明，这当然不能认为我全面论定了明朝的士大夫都是“柔媚如猫”的，我这话只是就那时的风气而言，至于个别骨头硬的士大夫则自洪武朝以后，每每有之。明朝士大夫很不体面的故事实在有的是。例如献给皇帝的媚药如果有奇效，便马上可以升官，而且会引起大小朝臣的艳羡，甚至在朝房里公然以此夸耀；又例如献给皇帝的宠妃的礼物中甚至有绣鞋，而绣鞋上甚至还绣着“臣某某敬呈”的字样。这样的丑态，如用“柔媚如猫”一语来形容，还嫌轻些，不过这也是个别的极端的例子罢了。）变为后来东林党那样的倔强不阿，其中转捩之点，不能不说是“前后七子”的运动。这就说明了“前后七子”尽管在思想上有矛盾，在文学的理论和实践上有矛盾，然而他们的运动却终于能够在全国风行。同时，这也说明，当时在文学主张上（也就是在“文必秦汉、诗必盛唐”这个问题上）反对“前后七子”的大作家们尽管纠正了“前后七子”所提倡的文风的流弊，可是这些大作家们却连“前后七子”运动的“合理的核心”（这就是说实话、记实事、抒真情）也抛弃了，——至少是不敢发挥，因而他们实际上是逃避现实的。

不过，我们也不能不指出，“前后七子”的作品也没有反映多少现实。在“前后七子”的诗文中，找不出反映当时严重的农民问题的东西。这又是他们的主张和实践的不一致。继承而且发展现实主义传统的光荣任务，包括“前后七子”在内的明朝士大夫阶层的文人们并没有很好地担承起来。正像宋、元两朝一样，这个任务由人民中间的无名作家来完成了。（这样说，并不抹煞当时的从人民创作的现实主义文学吸取滋养而写出了好作品的大作家。）这是众所周知，而且得到公认的，我在这真不多说了。阶级社会中产生两种文化的理论，在这里又得到了事实的证明。

中国文学史上的这些事实的意义

上文所作的分析研究，是很简略的，然而从这里，至少可以看到：

一、中国文学史上，进行过长期而反复的现实主义和反现实主义的斗争。我国的现实主义文学是从远古开始的，创造并发展现实主义方法的，首先是被压迫的人民大众；而且人民所创造的现实主义文学在一定时期内又影响了统治阶级的一部分文人。这就成为过去历史家所艳称的文学高峰，这就是封建文化的一些值得宝贵的东西。同时，我们也必须指出：受了人民的现实主义文学影响的统治阶级文人，其作品的现实主义的深度，决定于他对当时的社会现实的态度。如果他是站在人民的立场看待当时的社会矛盾和斗争（民族的和阶级的），那么他的作品中的现实主义就会有较高的表现，而他的“义愤”愈强烈，则作品中的现实主义也就愈深刻。否则，如果他对于当时的社会现实还是用统治阶级的眼光去对待，或者抱了一种超然的无容心的态度，那么，他就只能在形式上摹仿人民的现实主义文学而精神上完全不是那么一回事；这样的作品，在中国文学史上也是很多的。这些作品就不能称为现实主义的作品。

我们今天来说我国的古典文学遗产，就包括着十五“国风”、汉魏“乐府”、宋人“平话”等等属于人民创造的无名氏作品，以及受了这些作品的影响而写作的文人学士们的现实主义作品；属于后一范围的伟大作家们曾经大大发展了我国的现实主义，丰富了我国的现实主义文学的宝库。

二、反现实主义的文学，曾经屡次以“正宗”的面目出现在各个历史时期。这就是追求形式美的供剥削阶级娱乐的（写他们的生活，并为他们而写的）形式主义的文学。另外，还有一种反现实主义的文学，也曾经在各个历史时期出现，不过不一定居于“正宗”的地位。这就是游仙诗而后的所谓山林隐逸一派的作品。它们是逃避现实的。这两类的反现实主义文学，前者通常出现于封建皇朝的强盛时期（初唐盛唐是例外），后者通常出现于封建统治削弱、政治黑暗、社会变乱的时期。

三、士大夫阶级的文人曾经屡次反对形式主义的“正宗”派文学，发起了运动。可是由于他们本身存在着矛盾，他们也就不能对于现实主义的发展作出太多的贡献。但是他们的影响却也不容估计太低。

现实主义对于反现实主义的斗争，不是以运动方式来表现、然而实际上却比运动方式更为激烈的，便是人民自己所创造的现实主义文学的步步发展和坚定地扩大了影响。人民创造了新的文学样式，例如小说、戏曲；人民发展了以通用语为基础的文学语言。阶级社会中的这个坚定地发展着的被压迫阶级所创造的文学，在中国历史上是这样地鲜明而光芒四射，在人民中间的影响是这样大，以至历代的统治者屡次用行政手段加以压迫，禁书焚书，史不绝书，士大夫阶级的“家教”中间有一条就是不许阅读这些“闲书”。这些，都说明了我国历史上现实主义和反现实主义斗争的实际，是一场你死我活的斗争。胜利属于人民的现实主义文学，而且还争取了无数出身于士大夫阶级的杰出文人归向于现实主义的大旗，为现实主义文学增加了许多不朽的作品，这在宋朝以前还限于用“文言”写作，而在此后则又出现了以通用语（白话）写作的作品。

四、但是，直到“五四”运动为止，我国文学史上的现实主义大师们在实践方面虽然留下了灿烂的作品，在理论方面却还没有运用科学方法把源远流长博大精湛的现实主义文学思想建立为完整的理论体系。我们赞美刘彦和的《文心雕龙》，给予很高的评价，但是，我们也不应讳言它的局限性（二元论倾向）；正如我们也推崇王静庵的著作，却同时不能不指出他的思想中含有很多的唯心主义的成分。从刘彦和到王静庵，1400 年间，评诗衡文的著作，可以说“浩如烟海”，其中有不少是十分精采的，所可惜者，它们只是“吉光片羽”，从理论体系上看来，它们是不完整的。

明确而比较全面的现实主义理论，是在“五四”时期才提出来的。那时候，主要是介绍了欧洲 19 世纪中叶的现实主义的理论。而且，也因为那时候我们正要解决“文言”和“白话”的问题，——就是要确定“白话”为文学语言的正宗，——故而“五四”新文学运动的右翼便强调“文体”改革的意义，对于现实主义理论的传播，起了歪曲和阻碍的作用。

但是这种游移、混乱的局面，不久就澄清了。在思想战线上，共产党的正确领导，逐步地取得胜利。高尔基的作品和苏联初期的文学也陆续被介绍过来。马克思主义的文艺理论，战胜了西欧资产阶级的文艺理论（那是“五四”以后的几年中间最为流行的），给我国广大的要求进步的文学工作者指出了光明大路。在长期的封建社会中，为人民所创造、为历代的大师们所丰富的我国的现实主义文学的优秀传统，一经和马克思主义文艺理论相结合，就一定要爆发新的光芒；鲁迅一生的文学活动及其辉煌的业绩，就是最好的说明。1942 年发表的毛主席的《在延安文艺座谈会上的讲话》总结了“五四”以来文艺运动的经验，对当时存在的几个根本问题和此后的方向，作了马列主义的科学的论断和指示，这就把我国的革命文艺运动推上一个新的阶段——争取社会主义现实主义的阶段。

从中国文学的历史发展过程得出来的这几个论点，可以帮助我们探讨自从 1956 年被提出来、而现在尚为国际文坛所热烈讨论的一些问题。

现实主义产生于哪个时代？

对于这个问题，有好些不同的见解。要而言之，不外两类：一是认为现实主义自古有之，一是认为现实主义产生于人类社会一定的历史阶段。后者又有主张从文艺复兴算起和主张从 19 世纪中叶算起的两种不同的看法。所有这些分歧，其根源在于各有不同的对现实主义的解释；因此，就牵涉到另一问题：什么是现实主义的特征？

可是这个问题又很复杂。如果以巴尔扎克或者列夫·托尔斯泰的作品为标本来说明现实主义的特征，那就自然会达到一定的结论，然而这就不是从现实主义的历史发展来看问题而是从现实主义发展的最高阶段来看问题了，因而也就不能使人同意。主张现实主义产生于文艺复兴时代的论者，就是用这样的观点（要从现实主义的历史发展来看问题而不是从它的最高阶段）反驳了对方，而坚持他们自己的主张。可是，如果承认从发展的观点来看问题是正确的，人们就有权利要问：文艺复兴时代的现实主义是不是可以从更古远的文艺作品中找它发展的根源？而如果有这样的根源，算不算它是现实主义？于是又引起另一问题：广义的现实主义还是狭义的现实主义？但既然要从发展上看现实主义，就势所必然不能不是广义的。然而，认为现实主义产生于文艺复兴时代的论者，似乎是赞成半广义的。他们强调说，现实主义创作方法的基本原则是性格描写，而性格描写始见于文艺复兴时代；他们不赞成所谓"神话中的现实主义"，然而希腊和北欧神话其实并不缺少性格描写。这样，他们就不能自圆其说。

把现实主义看成自古有之（或者说，它是文艺的一种从来就有的特性），并不等于说，现实主义作为一种创作方法是一成不变，是生来就很完备而不是逐渐发展的。欧洲文学史上可以找出支持这一论点的事实，外国的论者已经讲得很多。至于中国文学的历史发展，那就更加显著地说明了这一个事实。这是上文已经讲到的。欧洲文学的历史发展，有它的时代背景，从而有它的发展规律；中国文学历史发展的某一阶段可能和欧洲文学历史发展的某一阶段有其相似之处，但是这种相似只是在某一方面，或只在形式上而已。例如，产生了平话的宋朝，和产生了现实主义文学的文艺复兴时代的意大利，有没有相似之处呢？你可以找出相似之处，例如商业和手工业工场的发达；然而，在这相似而外，还有很不相似之处，就是那时候在意大利发生的反对封建主义和要求个性解放的思想运动，却并没产生于宋朝。因此，如果从欧洲文学的历史发展看来，现实主义文学产生于文艺复兴时代这一个说法还可以成立，那么，在中国，就不能拿宋朝来相比，并且从而认为中国的现实主义文学应以宋人平话为鼻祖。在宋朝以前的文学中，性格的描写不是绝无仅有，而是又多又好。而且，题材取自民间故事乃至市井轶闻，也是唐朝就有的（唐人传奇和变文）。这种种，都可以说明宋人平话绝非凭空产生，而是有所继承而又发展的。

中国的文学史说明了现实主义自古有之，这是上文已经讲过的了。我们的史实，恰好也说明了我们的最早期的现实主义并不只是表现生活的真实而已；换言之，我们并不是把现实主义的概念和真实性的概念等同起来，从而把《诗经》的变风、变雅作为现实主义作品来看待的（变风、变雅的现实主义的特征，上文已经讲过，此处从略）。而且变风、变雅的现实主义也不是凭空而来的，从我们的神话中我们可以看出它的根源。中国神话并没全部保存下来，只剩了片段。可是这一点点片段，就值得我们深思。我们的先人设想宇宙的起源，颇有唯物主义的色彩。据三国时吴国徐整的记载，我们神话中设想的宇宙起源是："天地混沌如鸡子，盘古生其中；万八千岁，天地开辟，阳清为天，阴浊为地……"（这一段是《太平御览》七八引徐整的《三五历纪》的逸文，原书亡。）盘古死了，"气成风云，声为雷霆，左眼为日，右眼为月，四肢五体为四极五岳，血液为江河，筋脉为地理，肌肉为田土，发髭为星辰，皮毛为草木，齿骨为金玉，精髓为珠石，汗流为雨泽；身之诸虫，因风所感，化为黎甿。"（徐整的《五连历年纪》）这段神话值得注意的地方，是盘古死而化为天地万物，而不是盘古"创造"了天地然后又为其主宰。盘古的神话，不见于先秦的书籍（屈原《天问》对于宇宙的起源发出一连串的疑问，但没有一句话提到盘古），可能是后人造作，然而，先秦时代记录下来的神话片断，如射日、补天、移山、填海，都表示了人类改造自然、征服自然的坚决意志和伟大气魄。射日、补天都是成功的；移山是"神"在人民的坚决意志面前让步了，填海则表示了对于自然力量的决不低头的坚强意志，和形天的虽然被砍掉了脑袋还要对"帝"（那是指主宰人类命运的东西）作战是一样的。夸父和太阳赛跑（逐日影），夸父是一个胜利者，而他的死却因胜了太阳以后太渴了，喝干了几条河的水还是没有解渴，打算跑到东海去喝那没有底的海水，可是没有走到，就在半路上渴死了。在和太阳的赛跑中，夸父实在是胜利者。后人把这个神话解释为对于不自量力者的告诫，就把它的积极意义抹煞了。总而言之，我们的神话反映了我们的先民不肯受命运（自然力是其象征）的支配，是要把命运掌握在自己手里的。而且我们的祖先又是从朴素的唯物主义观点来解释宇宙起源和自然现象的，例如盘古，例如嫦娥奔月（这就把月亮看成一个可以居住的星球，这在世界各民族神话中，是独一无二的)，这都是不承认宇宙间有全能的主宰（天帝，至高无上的尊神)，而确认人是宇宙间的主宰。我们的初期文学（诗经）中所表现的人道主义和现实主义的精神就这样有了它的渊源。从中国神话（虽然只是片段）看来，“神话的现实主义”一词是有根据的，而有些人却对它抱了嘲笑的态度，是不恰当的。

中国文学的历史发展也极其明显地指出：在阶级社会中，反映了阶级斗争的两种文化的斗争，一方面是壁垒森严，而另一方面则又极其错综复杂。人民的文艺活动所特有的创造性和活力（这在过去的评诗衡文的著作中，常用“清新”二字来形容)，固然常常吸引着进步的文人学士（他们几乎没有例外，是出身于地主阶级的)，使他们学习人民的文学，从而使得现实主义的影响扩大起来；但是，这也同时常常反过来影响着人民的文学活动，缓和了表现在这方面的思想斗争，阻滞了现实主义的迅速发展。现在记录下来的来自民间的文学，有不少是沙金混，甚至沙多于金。这中间，有一些是文人“加工”的结果，但是也不能不承认无名的民间的作家们并不是完全没有封建思想和反现实主义的文艺思想的。

在哲学上，不是唯心论，就是唯物论，二元论者本质上也是唯心论；从作家的世界观来说，也是非“心”即“物”。但是作家在作品中的表现，常常会是“二元论”。这种“二元论”，我们称之为世界观和创作方法的矛盾。对于这个问题，有一种看法是强调了创作方法的绝对性。所谓正确的创作方法（指现实主义）可以克服世界观的落后性，这一论点，即由此而生。照这个看法推论下去，就不能不得出这样的结论：作家所采取的创作方法可以影响作家的世界观，而作家的世界观对于他的创作方法则不起作用。我以为实际上恰好是相反的。文学史上的现实主义作家或者反现实主义作家，并不是“自由地”选择他们的创作方法，而是在他的世界观的“作用”下进行了不自觉的“选择”的。而作家的世界观呢，也不是完全清一色的，有进步的方面，也有保守落后、甚至反动的方面；而且也不是一成不变的，常常因时因地因事而异：有时进步的成分很突出而掩盖了保守、落后的成分，而另一时却保守、落后乃至反动的成分占主导，因而失去了进步性。这一些世界观的复杂和变化，一定也要反映在作家的作品中；但也是错综而复杂的，不但会表现在作家的前后期的作品中，也会表现在同一作品中。批判的现实主义作品常常有“前提”（暴露现实的矛盾）正确，而“结论”（解决矛盾的方法）则不正确，我们称这为思想上的局限性；可是这局限性反映在作品中就成为一部分人和事的非现实性（例如《儒林外史》所写的几个正面人物——作者理想中的纯儒），这岂不是作者的世界观的某些方面影响了作品的某些部分的创作方法么？至于同一作家的前后期作品深浅迥异，其例更多。巴尔扎克的早期作品，对于生活的剖析是不深刻的，杜甫的早期作品，也是这样；这不能从写作技巧上去求解释，而应当从世界观上（认识生活的深度）去研究。因为，如果从写作技巧去求解释，也就是说，把杜甫和巴尔扎克早期作品的缺少现实主义归咎于技巧不成熟，就不能说明为什么写了那么多的现实主义诗篇的白居易到了晚年却没有写出“新乐府”那样的作品。

如果肯定了上面的这些论证，那么，我们也就不妨提出如下的初步的论点：

一、在阶级社会的初期，阶级斗争就反映在社会中的被剥削阶级所创造的文艺作品中；而由于被剥削阶级的阶级本能及其斗争的性质规定了它对于文艺的要求和任务，因而它的这种文艺就其内容来说是人民性的、真实性的，就其形式来说是群众性的（为人民大众所喜见乐闻的）。这就产生了现实主义的创作方法。

二、和被剥削阶级的现实主义文艺站在相反地位的，是剥削阶级为了巩固自己的剥削地位，剥削制度而制作的文艺；这些文艺歌颂剥削阶级的恩德，宣扬剥削阶级的神武，把剥削制度描写成宿命的不可变革的永恒的制度。这就形成了各种各样的反现实主义的创作方法，其特征，就内容而言，是虚伪、粉饰，歪曲现实，对被剥削者起麻醉和欺骗的作用，对剥削者自己则满足了娱乐的要求，就形式而言，是强调形式的完整（而这种形式的完整是以迎合剥削阶级的趣味为基本特征的），追求雕琢，崇拜绮丽，乃至刻意造作一种怪诞的使人看不懂的所谓内在美。

三、在阶级社会内，文学的历史基本上就是这样的现实主义与反现实主义的斗争。

但是，这并不等于说，阶级社会内一切的文学作品和文学作家都可以这样简单地划分为若非现实主义的，就必然是反现实主义的了。正如上面所论证，作家的世界观的复杂性常常要同样复杂地表现在他的创作方法上，而且作家的创作要求又常常引导作家去找寻他自己认为最满意或最合适的表现方法，因此，在文学史上就出现了既非现实主义但也不是反现实主义的作家和文学作品，也就是说，出现了既非现实主义但也不是反现实主义的创作方法。例如浪漫主义，以及像波特莱尔那样的被称为颓废主义的作家和作品（连同他的创作方法）。这些非现实主义的作家和作品，有进步的，也有反动的；有在当时起了进步作用的，而在时代环境变换以后就失却了或减弱了它们的进步意义的。如果把它们简单化，想用一个一成不变的公式来处理，那就陷入了教条主义的泥坑。

四、所谓反现实主义，不能理解为一种创作方法，而应当理解为各种各样、程度不同的反人民和反现实的各不相同的若干创作方法。它们有一共同点是脱离现实，逃避现实，歪曲现实，模糊了人们对于现实的认识；因此，在政治上说来，它们实在起了剥削阶级的帮闲的作用。

在这里，我想对于“逃避现实”（或者脱离现实）这句话，加一点小小的说明。现在还时常听到一种极肤浅的对于“逃避现实”的理解，那就是认为一切不以现实世界为题材的作品都是不现实的，因而也就是脱离现实或逃避现实的。这实在是从表面看问题。如果具体分析作品，便可以知道有些表面上描写现实世界的作品实际上是脱离现实、逃避现实的，而有些表面上看来不是描写现实世界的，实际上倒是富有强烈的现实意义的，例如《神曲》。我不打算在这里多谈《神曲》及其同类的作品，可是打算对于貌似神非的描写现实的作品多讲几句。我们知道欧洲的浪漫主义文学通常被分为两类：积极的浪漫主义和消极的浪漫主义。差不多已成公论，消极的浪漫主义文学是脱离现实、逃避现实的，尽管表面上看来它们也描写了现实。19 世纪末期，俄国的一些虚无主义思想的作家，也常常在现实的题材中引诱人脱离现实或逃避现实。最显明的例子是列·尼·安德烈夫。（我在这里举安德烈夫为例，并不是把他算作消极的浪漫主义；安德烈夫在思想上是悲观主义者和虚无主义者，在创作方法上近于自然主义。）

也有人把象征主义算作消极浪漫主义的一个流派。这一个看法对不对呢，我不打算在这里讨论，因为，说象征主义是消极浪漫主义的一个流派，或者说不是，其实是不关重要的。值得研究的，是象征主义文学的本质。大概不用多费篇幅来说明：象征主义不等于描写的象征手法。从很早的年代起，而且几乎在任何民族的文学作品中，象征手法的描写是很普遍的；但是作为一个文学流派的象征主义却出现于“世纪末”。这个象征主义曾经风靡欧洲，而且，在第一次世界大战前后兴行的被称为“现代派”的那些五光十色的主义们“得势”以前，它是现实主义的主要反对派。但其实，象征主义这一流派，最初也不是完全反现实的，而被称为象征派的作家也不是一个面目，某一作家（例如梅德林克）的作品也不是全然一样的。到它成为流派而且风靡欧洲的时候，它的主要面目却是“唯美”加“神秘”。是怎样的“唯美”呢？便是追求无意义的“美”（例如诗，只求音调悦耳，不管字句有无意义），迷离恍惚的“美”。是怎样的“神秘”呢？便是“现实世界和神的世界之结合”，是对于“生”悲观而对于“死”乐观，——也就是说，现实世界是丑恶的、悲惨的、充满矛盾的，而神的世界（生的彼岸，即死的世界），却是美丽、宁静而和谐的。这样的形式和内容“一致”的象征主义文学，就成为后来的以“现代派”得名的那些反现实主义的主义们的先驱。这些“现代派”诸家，兴起于本世纪初年，此起彼落像一阵狂风似的吹遍了欧洲大陆几个富有文艺传统的国家，直到今天，余势未衰。这个现象，要算它是资本主义国家“百家争鸣”罢，倒也不妨算得，但是我们必须认清，这“百家”的思想根源却只有一源：主观唯心主义，个人主义——唯我主义。它们“鸣”的结果不是繁荣了文艺，而是在文艺界塞进了一批畸形的、丑态的东西。它们自己宣称，它们“给资产阶级的庸俗趣味一个耳光”，可是实际上它们只充当了没落中的资产阶级的帮闲而已！

为了使得我们这里的一些侈言“独立思考”、寻求“新的表现方法”的青年朋友有所“借鉴”而不致走进死胡同，我以为也有必要讲讲这些“现代派”的来龙去脉；如果有此必要，那么，姑且留在后面再讲罢。在结束本节以前，我想补充说：当“现代派”叫嚣得很热闹的时候，欧洲文坛上不是没有批判的现实主义乃至“最清醒的现实主义”和它们对抗。拥有广大读者的，是这些坚持现实主义的大作家们，而作为“现代派”的群众的，却是少数狂热愤激的小资产阶级青年（他们此时“左”得要命，可是由于他们太“看重”自己的“自由”，他们常常会一下又“右”得可怕），作为“现代派”作品的欣赏家的，却是一些肠肥脑满的富人，他们把这些作品装饰他们的客厅，正像他们的夫人、小姐不肯放过每一个时新式样的（不管美丑）帽子一样。这是很有趣味的现象，也是高喊现实主义已经过时的朋友们值得猛省的现象。

就世界范围而言，今天的思想战线上的斗争是异常剧烈而且复杂的。教条主义要反对，可是，戴“反教条”羊头而卖修正主义狗肉的勾当，尤其要反对。在文艺方面，有些打着拥护现实主义旗号的人们却又反对社会主义现实主义。他们说：加上了社会主义这个帽子的现实主义就不成其为创作方法。但是揭开谜底，却原来是因为社会主义现实主义基本原则之一，无产阶级党性，好像是束缚了“创作自由”。可是，不要无产阶级党性的拥护现实主义的作家们面前有个暗坑：自然主义。谨防跌进这个暗坑！

所以，几年前就提出来的反对形式主义同时也要反对自然主义的口号，基本上是正确的，在今天也仍然正确。就欧洲而言，形式主义这个术语包括“现代派”的抽象形式主义和象征派的唯美形式主义。在我们这里，抽象形式主义好像还没有市场，唯美形式主义可不能不防。因为这（唯美的形式主义）在我们的文学史上，倒是颇有渊源的。

五、阶级的对立和矛盾是产生现实主义的土壤。阶级斗争的发展，促进了现实主义的发展。现实主义的发展过程，是一个复杂的过程；在它的发展过程中起作用的，首先是社会经济的发展，其次是现实主义本身的艺术发展的规律。

既然肯定了现实主义的发展是和社会经济的发展相适应，而且受了社会经济发展的刺激，因而我们就不应该否定资本主义对于现实主义的发展有其一定的作用；然而，如果硬说资本主义萌芽时期也就是现实主义产生的时期，却是没有事实根据的。垂死的封建主义和初期资本主义两者之间的矛盾和斗争，诚然扩大了现实主义的视野，促进了现实主义的高度发展，然而不应无视历史，不应该看不到封建社会的农民与地主的矛盾和斗争，早就产生了现实主义，而这又是继承了在它之前的奴隶主和奴隶对抗的奴隶社会的初期现实主义而进一步发展的。这种发展，表现在作品的主题思想，也表现在创作方法（包括技巧）。如果拿“小雅”的《黄鸟》、《我行其野》，和后来的《孔雀东南飞》和《西厢记》，互相比较，不是明明看得出发展的阶段么？因此，如果肯定只有资本主义萌芽时期才是现实主义产生的时期，那是不承认现实主义有其长远的发展历史的，那就是不符合于历史事实的。

六、现实主义文学总是充满了乐观主义精神，富于不屈不挠的求生意志的，这是和反现实主义的文学根本不相同的一点。中国的现实主义文学一向强调“善有善报，恶有恶报”，而且也或浓烈或较隐蔽地表现了生活的辩证关系（即所谓“福兮祸所伏，祸兮福所倚”的观念），这些“报应”、“祸福循环”的描写，虽然有时带着迷信和定命论的色彩，可是实在也反映了人民对于真理和正义必然最后胜利的坚定信心。迷信和定命论的色彩，不过是科学不发达时代的局限性。在人民大众中，颓废和悲观，是没有市场的。

上面这些议论，都是围绕着一个主要问题而发生的。这个主要问题就是：现实主义的特质是什么？它是怎样产生和发展的？我以为这个问题的澄清，有助于我们进一步讨论现实主义创作方法和其他各种主义的创作方法究竟有什么根本的不同。

古典主义和“现代派”

上文提到过17、18世纪欧洲的古典主义，也提到过19世纪和本世纪之交曾经共行而且现在还有市场的“现代派”，现在就打算谈谈古典主义和“现代派”。

这是有点像做“搭题”了。姑且一试，虽然大概不会做好。

为什么我要做这个“搭题”呢？

因为我觉得这两家——古典主义和“现代派”——表面上虽然好像极不相同，可是骨子里却有一脉相通之处；打个俏皮的比喻，“现代派”虽然不会（而且一定不会）承认两百年前曾在欧洲文坛高踞“正统”宝座的古典主义和它自己有什么血缘关系，可是我们第三者却不这样想。

这是不是诬蔑了“现代派”，也诬蔑了古典主义呢？我把我的浅见说出来，付之公评罢。

古典主义究竟是怎样一种创作方法？它在欧洲兴行了两百年，究竟功过如何？在它全盛的时候，何等威严，而当它消歇以后，有一个时期几乎没有人提到它，有些文学史家甚至给戴上“假”字的帽子（所谓“假古典主义”，意即以摹仿希腊、罗马古典作品为能事的主义，是很刻薄的讽刺），这究竟又是怎么一回事？这些问题，如果要在这篇小文章里详细交代，似乎太噜苏了；但是为了一般读者的方便，省得他们去查书，那就简单地交代几句罢。

古典主义发源于17世纪的法国。路易十四时代的法国，在欧洲是颇有势力的，巴黎成为当时欧洲的政治文化中心，因而法国的文学思想（古典主义）对于欧洲其他的国家就产生不小的影响，古典主义成为当时欧洲主要的文艺思潮。不过，古典主义被尊为正统，是在法国，古典主义大作家（悲剧、喜剧、诗、散文）和理论家，也产生在法国；而后来，反古典主义的斗争最激烈的，也数法国。所以，要得点关于古典主义的常识，要对上面提出的那些问题作个简要的答案，光谈法国的古典主义也就够了。

古典主义之所以能从法国扩展到其他欧洲国家，除了那时法国的强盛的国力和辉煌的文化成就而外，主要的原因还在于其他欧洲国家也有适宜于古典主义的气候（那时候风行于欧洲的唯理论）和土壤（经济社会生活条件）。然而也因为各国的“土壤”的肥瘠并不完全相同，所以古典主义在各国开花结果的情况也大有差别。一般说来，都不像在法国那么得势。比方在英国，古典主义这阵风就刮不起什么浪头；有一位大名鼎鼎的诗人兼批评家蒲伯，算不算古典主义这一派，到现在也还聚讼纷纭，没有定论。

即使是在法国罢，古典主义也不能独占。18 世纪不用说了，即在 17 世纪古典主义如日方中的当儿，也有和古典主义对立的大作家出现，不过没有成为具有相当声势的流派而已。

以上这些，算是闲话，其用意无非让读者先看看那时候欧洲文坛（法国在内）的一幅简图，以免发生只有古典主义一家的错觉。现在就转入本题罢。

想来读者也听说过，1830 年 2 月 25 日，巴黎发生了一件大事，这就是《欧尔那尼》（雨果的戏剧）的上演。这个剧本的上演，激发了新（浪漫主义）旧（古典主义）两派的最后一场的斗争，结果是古典主义终于下台！雨果在《欧尔那尼》的序言中有一句话：浪漫主义是文学上的自由主义！也就是说，《欧尔那尼》上演出胜利，是反对古典主义的数十年长期斗争的结束。反对古典主义的一些什么呢？当然是反对古典主义的创作方法。可是，在当时，表面上看来，反对的焦点却是那些束缚写作自由的古典主义诗学的清规戒律，好像只是关于文体（包括文学语言和三一律）的技术问题。

在这里，我打算再谈一件法国文坛轶事。《欧尔那尼》上演的前几年，在巴黎上演了莎士比亚的《奥塞罗》，因为台词中用了 mouchoir（法文，义为手帕）这个字，竟引起了观众的大闹。为的是按照古典主义诗学，这个字是“俗”字，而“俗”字是不能入诗的。（悲剧属于诗这一类，也是传统的说法，由来已久了。）

从这件事，可以想见文体的技术问题在拥护古典主义的“观众”们眼中，占了怎样重要的地位！那么，这些“观众”是何等样的人呢？原来他们是当时所谓代表优雅文风的“上流社会”人物，主要是名门世族的“高雅”人士。而且，在17世纪和18世纪，他们是戏院的“基本”观众。

字分“雅”“俗”，原来是古典主义诗学的法规之一，“俗”字绝对不能入诗（悲剧）。何谓“俗”字？据说是，凡为平民所习用的口语、技术语，或者生动泼辣、能引起激动的字，都被列为“俗”字，而诗呢，只许用“雅”字。如果找不到相当的“雅”字来指称某物或某事，那就宁可用一个注解式的短句（子句）来代替，而不许用“俗”字。在拉辛（17世纪后期法国的伟大的古典主义悲剧家）时代，这种规则还不是严格到不近人情的。拉辛并不忌讳chien（法文，义为狗）这个字。可是，据说，18世纪的拉辛的后辈却就没有这样的勇气了；不得不提到“狗”这样一种动物的时候，他们宁可用这样一个叫人煞费猜度“高雅”的表现方式：de la fidélité respectable soutien（忠诚可敬的帮手）。这在我们看来，不免觉得有点可笑罢？但是，18世纪法国的古典主义者倒是用极严肃的态度看待这样的一字之争的。

这个传统（字分雅俗），也不是短时间内形成的。古典主义的先驱，大诗人马勒孛（16世纪末年到17世纪初年）首先主张，“鄙陋的”和“俗气的”字不得入诗。他要求词汇的雅致和明确，人人能理解、能接受。他这主张，看来是合理的。可以说他是批判地继承并发展“七星诗社”的反对宫廷体和经院体建立民族风格的文学，这一个运动的理论的。（七星诗社，原文为Pléiade，指金牛星座的七星。这个诗社的成员是七位诗人，所以他们取了这个名儿。这个诗社在1549年发表一篇宣言，名为《保卫和发扬法兰西语言》，这在16世纪后半，是一个有积极意义的文学运动。）

为什么说马勒孛批判地继承了七星诗社的理论呢？因为七星社的诗人

们所鼓吹的为了要建立法国民族风格的史诗、悲剧、喜剧就应当向古希腊罗马杰作去学习的理论虽然正确，可是在实践上他们的所谓学习只是生硬的摹拟。马勒学却不是这么办。为什么说他是发展了“七星诗社”的运动呢？因为他以自己的实践提出了一套“诗学”，这便是后来的古典主义正统诗学的基础之一，也是古典主义正统诗学的有积极意义的部分。

马勒学死后一年（即1629年），法兰西学院就建立了。这是个官方的机构，其任务是执行法国政府的文学和语言的政策。它当时要提倡的，就是后来被称为古典主义的创作方法；它当时和两种不好的文风作了坚决的斗争，这便是当时已经侵入到文学方面的浮夸绮靡的巴罗克风格（这在当时是风行于欧洲大陆的艺术风格），和当时流行于巴黎上层社会的矫揉造作的“纱櫳”文风。

在这里，为了一般读者的方便，来一点注解罢。所谓“纱櫳”是salon的音译，义为客厅。这里的“纱櫳”专指17世纪初年巴黎的贵妇人们和她们的朋友们所形成的“文学中心”。最初是由一位颇有文学修养，系出名门的贵妇人倡导而成。她在她府邸的客厅（称为蓝室的）邀集一些朋友们定期茶话，谈谈文学。他们全是贵族，所以很懂得说话的艺术，会挑剔字眼，会转弯抹角地说话；他们当然醉心于雍容尔雅的风度，从而也主张符合于这种风度的文学趣味。他们这样做，据说是为了要纠正当时宫廷风气的粗野和鄙俗。这样的“纱櫳”，后来不止一个，它们的主张和风度在上流社会中成为一派，对文学发生了影响，被称为précieux，义为“名贵”。这本来是“纱櫳”中人对于自己所赞许的文学语言和风格用的一个形容字，可是后来别人用这个字来称呼他们的时候，却就有雕琢纤巧，装腔作势的意义了。而本意在纠正粗野和俗气的“纱櫳”风度，结果却成为晦涩（因其以转弯抹角为雅致）而不自然（因其以装腔作势为雍容华贵）的文风。现在我们常见的“文艺纱櫳”这个名词，其来源就是这样的，不过已经不是专指具有那样文风的纱櫳，而只是用以指文人们常常聚会谈天的地方而已。

这样看来，法兰西学院建立的宗旨并不是消极的，而且它也起过积极的作用。但是，这个文学机构，随着法国的中央集权的君主专制政体的日益巩固和“兴旺”而也逐渐地变得顽固起来。且不说它始终拒绝莫利哀为院士（莫利哀的奠定法国古典主义喜剧的功绩在当时就得到了公认的），也不说它为了“保护”古典主义诗学的尊严而否定过不少的大作家的作品，其中就包括高乃依的悲剧《西特》（这是1636年的作品，它之作为欧洲戏剧史上的伟大的里程碑也是一致公认的）；光看18世纪启蒙运动思潮已经在法国和其他欧洲国家开放了灿烂的新鲜的文艺之花，可是在法兰西学院势力之下的法国剧坛却只容许那空洞枯燥的所谓古典主义戏剧，便可以想见这个官方的文学机构在建立不久之后所起的作用早已是消极的了。这就说明了17世纪末年已经走着下坡路的古典主义为什么在法国还能延长寿命至百年之久。原来就靠了法兰西学院（它背后是贵族）硬给它撑腰！当然，我们不能忘记，18世纪法国还出现了一个古典主义大作家伏尔泰，写了不少悲剧；可是伏尔泰已经不是严格地遵守古典主义诗学的，而且伏尔泰作品的思想内容也不完全相同于他的前辈作家了。

如果说17世纪70年代到80年代是古典主义在法国的全盛时代，大概是合乎事实的。拉辛的最好的作品是在1667—1677年这10年中完成的，布瓦罗（古典主义的理论家）的《诗学》发表于1674年。过去有些文学史家承认17世纪是法国古典主义时代，而把18世纪的法国古典主义文学（主要是戏剧）称为假的古典主义文学，也就是说，和17世纪的相比，这是蜕化了的仅存形骸的东西，这个说法，也是比较地合乎实际的。

如果说拉辛的作品是古典主义创作的代表，而布瓦罗的《诗学》是古典主义理论的代表，那么，我们从他们两位的著作中大概可以看出古典主义的主要面目。特别是布瓦罗的理论对于后一代有更多的影响。

拉辛很小心地而又十分巧妙地在古典主义诗学（创作方法）的范围内进行他的创作。他的悲剧，被公认为古典主义的典范。虽然今天我们觉得莫利哀比拉辛更加投合我们的口味，但是拉辛的卓越的艺术还是世界文学遗产中宝贵的一份。

古典主义诗学的窄狭的框子，拉辛能够对付得很巧妙；应当说，好像要杂技的好手，正是在别人束手束脚无法施展的地方，他却创造性地使出无尽的解数，叫人不由自主地高声喝采。

他的悲剧的结构：朴素（不卖弄噱头）而谨严。故事的发展合乎逻辑，一切都顺理成章，不违背常识，没有装腔作势的惊人之笔，决不为了追求戏剧性效果而加进不必要的小插曲。他的文学语言：明确，平易，洗练。庄严时不叫人觉得摆架子，激动时不叫人觉得有火气。他的风格如果用水来比方，那就不是奔流急湍，而是静水深潭，——表面平静，底下却鱼龙变幻，也就是说，初看时平易，愈咀嚼却愈觉得深刻而美妙。

可以把莎士比亚的《安东尼和克洛巴忒拉》和拉辛的《倍莱尼司》作一个比较。这两个悲剧的题材有很多相似之处，可是由于不同的处理，两者的面貌是完全不同的（两种完全不同的风格）。莎士比亚的这个戏，有男男女女各色各样的许多人物，把克洛巴忒拉衬托得分外光艳照人；莎士比亚的这个戏是充满了层出不穷的事变的，战争，阴谋，结婚，离婚，于是又来了诡计，来了再次和好，终于是死；莎士比亚的这个戏又是经常转换背景的，从阿历山大城到罗马，从雅典到梅西拿，从庞贝的长廊到阿克汀的旷野。可是拉辛的《倍莱尼司》却完全相反。故事的背景始终在小小的前厅，故事经过的时间是两小时半（这刚好等于台上演出的时间），而人物呢，只有三个。但是，通过人物内心的发展达到悲剧的高潮，使观众们深刻地感觉到一些惊心动魄的大事正在这个小小前厅之外发生；而这，给予那三个人物心灵上的压力，也是观众们所深刻地感觉到的。当然，不待说，这样拿莎士比亚和拉辛比较，并不是作“莎拉合论”，也不打算评判这两种写法的高低；而只是借以说明古典主义悲剧在艺术上确有它自己的一套。

但是，我们又不能不指出，拉辛所创造的人物虽然穿了古罗马的服装（古典主义悲剧的题材一般都取自古代希腊和罗马的传说和历史），其性格却不是合乎历史事实的古人的性格而是拉辛认为应当是这样的性格。借古人的嘴巴，说作者自己想说的话，是古典主义悲剧的共同特点。他们借古人的嘴巴说些什么话呢？换言之，他们在古事古人的题材里装进了怎样的思想内容呢？主要内容是两点：反对封建主义的宗教信条，暴露贵族社会和君主独裁的黑暗。（例如上面提到的拉辛的《倍莱尼司》，就是用理想化的罗马皇帝迭都司的形象来讽刺路易十四的。）这一种思想内容，与其说是作品的历史题材所固有而由作者加以发挥，还不如说是反映了当时（17世纪）法国的“第三等级”的上层——新兴资产阶级的思想意识。也就是这个反封建、反宗教信条和君主独裁的思想内容，古典主义文学在17世纪起了进步的作用。但是，当时的新兴资产阶级的革命性很不彻底，他们对于人民群众抱着怀疑猜忌的态度，对于君主政体抱着迁就妥协的态度；这也反映到古典主义作家的思想上，这就是他们对于民间文艺是轻视的，对于贵族社会的文学趣味是尊重的。

古典主义创作方法的哲学基础是17世纪最为风行的唯理论。这在布瓦罗的《诗学》中就有了充分的说明。让我们先花一点时间看看唯理论是怎样一种哲学思想，然后再看布瓦罗怎样把唯理论应用到文学的领域。

唯理论是一种认识论。它认为理性是真正知识的唯一源泉，真理的标准是理性；它主张通过理性来认识世界，而认为感性知识是骗人的，只能使我们对事物得到模糊的观念，因而会引人误入迷途。唯理论者反对中世纪哲学，否认教会的权威，主张必须以理性代替盲目的信仰。这是它的积极的一面。但是，唯理论把理性作为真正知识的唯一源泉，否认经验（感性知识）在认识过程中的必要性，而不知道经验是认识的第一阶段，就必然要把理性和经验分割，把概念和思维绝对化。因此，唯理论者认为真理是直接由理性获得的，真理之是否正确，不是靠实践和经验来证实，而要看我们的概念是否清晰和明确。也就是说，真理的标准不在理性之外，而在理性本身之中。因此，唯理论必然会走到没有具体内容的纯粹抽象的绝境。这是它的消极的一面。如果说17世纪古典主义大师们在作品中所表现的，是唯理论的积极一面多些，那么，作为古典主义理论权威的布瓦罗在他《诗学》所表现的，却是唯理论的消极一面占了上风。

布瓦罗的著作，规定了诗（悲剧）必如何而后合于规格的繁琐而又严峻的法规。我想，一般读者对于诗的韵律等等技巧问题（特别这是法文写诗必须遵守什么格律的问题），大概不会太感兴趣，我们还是略去这一部分，单看更带理论性的部分罢。布瓦罗主张：自然、理性、真理，是三位一体的。但三者之中，理性又是主宰。因此，他虽然也主张“师法自然”，但他所要师法者，不是客观存在的自然，而是理性所滤过的净化了的自然。（他所说的自然，包括现实世界的一切。）他主张文学必须宣传真理，但这个真理，也只是理性所认可的真理。同样地，他所谓文学应当表现的真实，也只是理性所认可的真实。

古典主义创作方法就是从上述的认识现实的方法产生的。正因为把理性放在那样重要的地位，而完全否认经验在认识过程小的必要性，古典主义创作方法在认识现实时，就不能不是片面的。它要求于人物性格者，只是一种固定的不变的性格，而且是由作者的理性加以理想化的；它反对描写本来面目的自然，而主张只应描写理智化的，即经过加工的整整齐齐的园林式的自然；它崇尚理智的冷静，反对感伤，也反对想象；它主张文学语言的纯洁，但字分雅俗的办法其结果却是文学语言的范围愈来愈狭仄。这一切古典主义诗学的法规，本身都带两面性，无怪乎在当时的具体条件下起过积极作用的，一旦时过境迁，就只有消极作用。布瓦罗的思想方法，当然看不到事物演变的规律，他凭理性的权威，断言这些法规都是金科玉律，都是永远不会错的。结果如何呢？结果是上文已经说过的了。

现在颇有些人喜欢强调文艺的特殊性。强调到这样的程度：不承认不同的创作方法本源于不同的思想方法（不同的思想方法产生不同的对于现实的认识）；不承认历史上文艺流派的兴衰起伏，根源于社会经济的变革和阶级斗争的发展情况。这两个不承认和那个强调本来就是资产阶级文艺理论家的老手法，可是现在强调文艺特殊性的人们又不承认自已和资产阶级文艺理论家一鼻孔出气，而只是反问道，何以解释历史上某某伟大作家的作品的复杂性？

伟大作品（古典文学）的复杂性自然应当注意。在这里，不可以简单化。但是，也不可不注意到，复杂性还是根源于对现实的认识。就一个时代而言，17 或 18 世纪欧洲的大作家并不能塞进一个框子里；就一个作家而言，他的所有作品也不是一个框子可以套住。在研究17、18世纪法国文学的时候，这是不能不注意到的。

可是，17、18世纪欧洲的大作家们，不管是属于古典主义或者是和古典主义对立的，唯心主义的历史观却是他们的共同点。就古典主义作家而言，除了唯心主义的历史观而外，唯理论又是他们的共同点。然而17、18世纪欧洲阶级斗争和革命运动的发展，在他们（古典主义的或者和古典主义对立的作家们）思想上所激发的不同的反应，又造成了他们作品中的各自不同的色调。这在那时期的法国文学尤其显而易见。

唯理论在17世纪欧洲思想界的势力，以及它对于当时要求进步的知识分子们的影响，不能估计得太低。唯理论的创始人是笛卡尔。他在哲学基本问题，即存在对思维的关系问题上，是二元论者。笛卡尔的晚辈斯宾诺莎（笛卡尔的重要著作问世的时候，斯宾诺莎还不过是20多岁的青年，斯宾诺莎的著作开始问世的时候，笛卡尔已经死了20年了），尖锐地批判了笛卡尔的二元论，他的唯物主义思想大大地影响了18世纪法国思想界；可是，这样一位斯宾诺莎在认识论上还是继承了笛卡尔的唯理论。斯宾诺莎对于社会发展也是抱着唯心主义的观点的。他反对当时的社会制度，认为必须建立“理性”的社会；而“理性”社会建立的先决条件是对于人类“真实”本性的认识。换言之，“理性”社会建立的条件，只应求之于“理性”本身之内，和物质世界的变革没有关系。18世纪的百科全书派（它在当时所起的巨大的进步作用，是已成定论的），表示了那样热心的所谓“理性王国”，实在不过是理想化的资产阶级社会。著名的启蒙运动者，同时又是古典主义在18世纪的最伟大也是最后一位代表，伏尔泰，他公然主张社会上有阶级的不平等乃是天经地义；在这一点上说，他是当时大资产阶级的代言人。至于17世纪的古典主义作家，对于社会制度的看法，也没有哪个是超出了资产阶级思想范围的。到现在还为我们所欣赏的莫利哀的喜剧，其进步因素很多，但是，莫利哀是站在当时资产阶级生活方式的立场上批判贵族社会生活方式，是用资产阶级的道德观点来批判贵族的荒淫奢侈的不道德行为，而且，他又以理想化了的资产阶级伦理观点来暴露当时资产阶级的贪婪、鄙吝等等行为的。

但是，形势的发展，比什么都强。阶级矛盾的日益尖锐化，“第三等级”上层的资产阶级的两面性，以及它的本质上的丑恶，都使得18世纪后半期的要求彻底变革现状的人民大众不要再看什么“理性王国”的镜花水月了。而抽去了具体政治内容（这在古典主义文学兴起的17世纪前期和中期，就是符合于人民利益的反对宗教信仰的世界观、反对教会特权和君主专制等进步的思想），只剩下枯燥、单调的格律的空壳的18世纪古典主义文学，也就不能不被历史所抛弃。

我们回顾这一桩历史公案，不是为了“掉书袋”；我们想借此来同自从“世纪末”开始到今天还没了结的新公案作个对比，来看看资产阶级初兴期的反映资产阶级意识形态的古典主义文学怎样蜕化为形式主义，而今天呢，没落期的资产阶级在思想战线上所依靠并用以进行最后挣扎的主观唯心主义表现在文艺上的，却又不是别的，而是抽象的形式主义，就是通常被称为“现代派”的半打左右的文艺流派。

研究这两种创作方法而加以比较，不是没有意义的。

古典主义产生于资产阶级初兴期，曾经猛烈地抨击宗教的世界观，反对天主教会的权威和君主专制政体；这就不但直接为资产阶级服务（资产阶级是当时“第三等级”的最上层），而且也是符合于当时广大人民的利益的。古典主义的大师们，就其阶级成分而言，都是属于“第三等级”的上中层的，然而他们以“第三等级”的上层（资产阶级）的代言人面目出现，他们和“第三等级”的中下层（手工业者和农民）颇有距离，而且轻视他们。

“现代派”诸家产生于资产阶级没落期，它们自称是极端憎恨资产阶级的社会秩序，以及由此而来的现代文明，它们抛弃一切文艺传统，要以绝对的精神自由来创造适合于新时代的新文艺。结果如何？结果是：它们的“新文艺”虽然很“新”，甚至怪诞，却完全不适合于新时代的精神，简直是背道而驰。属于“现代派”的作家和艺术家都是小资产阶级知识分子，他们一方面憎恨资产阶级，一方面却又看不起人民大众；他们主观上以为他们的作品起了破坏资产阶级的庸俗而腐朽的生活方式的作用，可是实际上，却起了消解人民的革命意志的作用，因此，莫索里尼的法西斯政权把未来主义作为它的官方文艺，希特勒的纳粹政权也保护表现主义，这都不是偶然的。

这些矛盾的根源，应当从创作方法的思想基础上去寻找。

古典主义的思想基础是唯理论，而作为认识论的唯理论运用于文学创作有很大的片面性，这是上文已经说过的了；但是唯理论在当时究竟不失为一种进步的思想，这又是17世纪古典主义文学起过进步作用的根本原因。

“现代派”的思想基础，恰好站在古典主义思想基础的反面。“现代派”诸家的共同的思想基础用哲学术语来说，就是“非理性的”。“非理性”是19世纪后半以来，主观唯心主义中间一些最反动的流派（叔本华、尼采、柏格森、詹姆士等）的共同特点；这是一种神秘主义，否定理性和理性思维的能力，否定科学有认识真理的能力，否认有认识周围世界的可能性，而把直觉，本能，意志，无意识的盲目力量，抬到首要的地位。尤其是柏格森（曾经是影响很大的资产阶级哲学家）的哲学思想，直接成为“现代派”诸家的先驱——未来主义和表现主义的思想养料。柏格森是以神秘的直觉能力来对抗理性的、逻辑的认识的，“现代派”诸家所自吹自擂的空前新颖的产生于绝对“精神自由”的表现方法（创作方法），实际上就是柏格森的这个反动理论的各种式样的翻版。除了“非理性的”，现代派的某些流派（例如表现主义和超现实主义）还加了另一味作料，这就是荒谬的弗洛伊德心理学说。

因此，我们说“现代派”诸家是彻头彻尾的形式主义，是抽象艺术（这在他们的造型艺术上，尤其显而易见），这是就它们的坚决不要思想内容而全力追求形式而言；“只问怎样表现，不管表现什么”，这句话正说明了“现代派”的这个特点。然而，他们的不要思想内容的形式主义的作品，依然表示了他们对于现实的看法，对于生活的态度。而这一种看法和态度是像鸦片一样有毒的。

这种看法和态度，早已有个名称，叫做“颓废”。（这个词儿，是国际语“颓卡唐”的汉译，而这个国际语又源出拉丁文。汉文的“颓废”大体上和原词意义相合，但又不尽符合，正如用“浪漫主义”作为Romantisme的对译，也是不能完全包涵原词的意义的。）

因此，我们说“现代派”是抽象的形式主义的文艺，是指它的创作方法；而说它是颓废文艺，则指它的对现实的看法和对生活的态度，亦即它的没有思想内容的作品之思想内容。

过去有些文艺史家曾经企图以“理想”和“现实”的互为起伏、消长，来解释文艺史上的各种主义的兴起和消歇。（这里所谓“理想”是指作家把他自己认为“生活应当如此”的理想加在他的作品中，而不管它是否合乎实际情况；这里所谓“现实”，是指作家只照生活的实际面貌来描写，使他的作品反映现实，而不是表达自己的“理想”或空想。）照他们的说法，“物极必反”，故在古典主义之后出现了热情奔放，向往于奇境、奇人、奇事的浪漫主义，这是“理想”的抬头；浪漫主义积久弊生，又不得不让位于反映“平凡”现实的现实主义，这是现实的抬头；“现代派”出现在以表现平凡生活为主的现实主义的全盛时期，这是“理想”又回来了；诸如此类的说法，现在我们大家知道是完全错误的。但是，如果我们说，“现代派”的祖先中，有一位是消极浪漫主义，那倒是合乎事实的。在这里，篇幅不容许我们详述消极浪漫主义和象征派（现代派的祖父）的血缘关系，但是我想简单地说明这样一个事实：文学上的象征派，还不是怪诞到完全使人看不懂的（至多是让人猜谜而已），而且也不是只要形式而完全不要思想内容（它的思想内容从不健康到十分有害，程度各不相同，但总的说来，是消极的。）——这是和“现代派”不同的地方，可是，文学上的象征派是悲观主义者，又是神秘论者，——这却是和“现代派”相同的地方。象征派反映了“世纪末”情绪，而此后的“现代派”则反映了资本主义危机更深刻化、阶级斗争更尖锐、革命浪潮更高涨的时代中，对现状不满而对革命又害怕的小资产阶级知识分子的绝望和狂乱的心情。象征派还承认自己的悲观厌世，它是以一个对未来没有信心、对现在失却兴趣的厌世者或遁世者的潦倒颓唐面目出现在我们跟前的；可是“现代派”呢，它却用装腔作势的喊叫，高举着大言不惭的所谓“纲领”，俨然以“精神自由”的引路人，“被埋葬了的美”的发现者，“新的表现手法”的创造者——这样的英雄姿态出现于我们面前；它公然说，过去时代人类的一切精神创造都过时了，都应当扔到垃圾堆里，谁都不行，只有“我”是行的！

你看！“现代派”这副嘴脸和气派，岂不是胜过它的爷爷（象征派）十倍么？

未来主义和表现主义是现代派诸家中资格最老（出世最早）的二家。它们的思想上的养料是尼采、柏格森，再加弗洛伊德心理学说。它俩都是在造塑艺术而外，还在文学领域中作了尝试的。它俩都提出自己的“纲领”，主张和过去割断，一切从头做起，而且由“我”做。它们都主张“文字自由”。这就是：文法之类应当完全不管，应当杜撰新“字”；诗应当注重音乐效果，为了音乐效果，可以牺牲思想内容，也就是，可以只有音乐效果而没有意义。人家看不懂怎么办？看来这不应当由它们（未来派或表现派）负责，只好怪人家自己。

未来主义或表现主义都产生于第一次世界大战前10年光景，它们的“理论”实在只是19世纪末叶出现的绘画上的新派——印象主义的翻版。印象主义者早就说：艺术家只应常表现他自己看到客观对象时最初一瞬间的主观感觉或印象，这种印象不受理性的约束，更不需要什么概括和典型化。印象主义者又早就宣布：一切过去的和现在的众所公认的人与人的关系和精神活动，都是陈腐的，讨厌的，都应当抛弃；艺术只应以形式上的新奇见长，不管它有没有思想内容，也就是，不要思想内容。由此可见，宣称过去的一切都应当扔进垃圾桶的未来主义和表现主义实在是承袭了比它早这么半个世纪的印象主义的衣钵，只不过更大胆地“发展”它，因而也就变得更荒诞，更反动罢了。

但是，未来主义也还下过工夫探求文字的音乐效果；表现主义也说是要探索现实的更深的意义，而因为这种更深的意义乃是深藏在事物的内部而不在外表，所以，不照事物固有的面貌（这是外形）来表现事物，正是为了要表现出事物的更深的精神。这自然是诡辩，但总还是一套说法。到了第一次大战时期产生于瑞士的苏黎支的达达主义运动便干脆以“返回原始”为口号，不但不要思想性，不要逻辑性，甚至连“为艺术而艺术”的口号也不要。他们唾弃一切传统的艺术形式，因而他们自己连形式主义也没有。这的确是很“彻底”了，然而还是落了“言荃”，照庄周看来，这些达达主义者还是自相矛盾的。这是当战火迷漫于世界的时候躲在所谓“中立”地带、群居终日、言不及义的一些小资产阶级知识分子的梦呓。看来这是太违反了人类的常识了。于是，从达达主义分裂出来的超现实主义就打算挖掘些“积极的”思想因素来“补救”达达主义的单纯否定一切，完全否定一切的破坏作用。这就是大家所知道的超现实主义所依据的哲学基础——生存主义。超现实主义者巧妙地把“生存”哲学的“精髓”翻译为文学语言，就给自己戴上一副“积极的”面具。它宣称：要求思想真正起作用（即要求思想自由），必须使思想超脱于理智所引起的一切束缚，超脱于所有的美学和道德的偏见；超现实主义的文艺就是要依仗这样的“思想自由”，表现出从前人所忽视的更高级的现实。这更高级的现实是怎样的呢？据说这是真与伪，冥想与行动，——梦与现实的无所不在的混合。这确实好像富于“积极的”味道了，可是，骨子里还是一切“现代派”的共同语言：非理性，唯我主义，现实世界只是荒唐、混乱的集合体而已。

我们应当承认，现代派也反映了一种“精神状态”，这就是两次世界大战之间，在资本主义压迫下的一大部分小资产阶级知识分子的“精神状态”。他们不满意于资本主义社会秩序，可又不信赖人民的力量；他们被夹在越来越剧烈的阶级斗争的夹板里，感到自己没有前途，他们像火烧房子里的老鼠，昏头昏脑，盲目乱窜；他们是吓坏了，可又仍然顽强地要把“我”的尊严始终保持着。他们从“我”这个立场出发，追求着精神自由和个性解放。他们幻想着（十分可笑的天真的幻想），而且认真地认为：反对19世纪现实主义的传统，就是打击了庸俗丑恶的资产阶级文明；不受任何约束，不对社会负责，就是挖掘了资本主义剥削制度的基础；而作为一个艺术家，他们居然自信自己的脱离群众，孤芳自赏，不但群众看不懂甚至他的同派同门也看不懂的作品，真正是文化上的革命，新时代的燕子。

从印象主义到超现实主义，大约已有50年历史的现代主义运动，曾经流行于欧、美两大陆以及东方的一些国家。被吸引进这个运动的人们中间，确有不少真正有才华的人（在女学方面和在造型艺术方面），他们严肃地工作着，抱着打开一条新路的热忱。他们之中，有的终于悟到，他们所用的这个创作方法和他们所抱的目标是背道而驰的，于是改变道路；也有的始终不悟。这个悟或不悟的关键，就在于他们对人民的革命运动的态度。凡是对劳动人民要求解放的斗争不但抱着热烈的关怀，而且全身心投入这个神圣事业的作家或艺术家们，一定会发现，只有现实主义创作方法能够使他们的创造性的劳动和劳动人民的革命运动相结合，为革命服务，同时也能够最充分而有效地发挥他们的才能。这是有事实作证的。马雅可夫斯基，艾吕雅，阿拉贡的发展的道路，就是最生动有力的例子。

在造型艺术方面，现代派今天在欧美大陆似乎还有“市场”，欣赏这些“新奇”作品的，不是广大人民而是少数的肠肥脑满的有闲阶级；然而照现代派的“理论”看来，这少数的欣赏者，正是现代派所憎恶的资产阶级庸俗趣味的化身。这真是绝大的讽刺，而现代派的热心家们好像完全不理会他们所扮演的是悲剧呢，还是喜剧，或者竟是闹剧。

在这里，我打算花几分钟的时间，讲一个小小的插曲。去年9月，一位法国的现代派画家乔治·马蒂欧（Georges Martiou）访问日本，在东京三天，共画了21幅大小不等的油画。他花两小时画的一幅“蒙古人的侵入”以300万日元的高价卖给一个日本的花道专家。马蒂欧自己说，他每次作画，并不预先构思，都是拿起画笔，站到画布前面，这才决定要画什么。他怎样作画的呢？他是这样的：离画布6公尺站住，把颜料摔到画布上。就用这样古怪的方法，他能够在一小时内完成一大幅画。“这不是作画，这是胡闹！”我想一个有常识的人不免要这样说罢？然而，马蒂欧这一派却自以为他们是在严肃地工作。他们这个怪诞的作画方法是有“理论”的。去年夏季，参加莫斯科的世界青年联欢节的一位美国青年画家哈莱·考尔曼（Harry Colman）曾经阐述了他们自己的“理论”。据说：艺术家当其看到物象时，情绪就会起反应，或激动，或宁静，或愉快，或悲哀；艺术家依此不同的情绪，把颜料摔到画布上，也是或慢或快，或浓或稀，而造成这些快、慢、稀、浓的肌肉运动，却表现了人们心理隐秘的杂乱的激动。考尔曼认为，艺术家当其从事创作的瞬间，才是自由的；艺术家的作品对于观众的作用，是在观众意识上激起同样的经验，并引起独立创造的愿望。这就是自称为“动力派”（Dynomic school）的理论。看来它比它的大哥们还干脆得多。因为它的大哥们尽管主张画人不要像人，画狗不要像狗，而且主张用形、色、线三者作为表现画家的情感的手段，可是他们还得动脑筋配搭那些圆形，半圆形，圆柱形和圆锥形等等，使其成为构图。

像“动力派”这样的怪诞的绘画，甚至现代派的其他流派的艺术家们也为之瞠目结舌，——承认看不懂。（考尔曼的题为《联欢节的交响乐》的一幅画，展出在联欢节的画展，就是这样的使人看不懂的引起很大争论的作品。）我们如果把“动力派”的大作（这可以算是“现代派”谱系中最后出的一系罢）和它的远祖印象主义的作品比较一下，便可以看出后者虽然也不以思想内容为重，而且也强调画家最初的主观感觉和刹那间的印象，但至少，在表现光的变化这一点上，却确实探索出新的技法来了，而且他们的作品是一般人可以理解的（用通俗的话，就是看得懂，尽管印象派的作品无思想性，然而是看得懂的）；至于前者，尽管他们有玄妙的“理论”，可是谁也看不出他们的大作有什么特别新的创造性的技法，而且实在不可理解（用通俗的话，就是看不懂）。说句不客气的话，照“动力派”的“理论”看来，一位体育健将（比方说，掷铁饼的或掷标枪的），一定能够得心应手“摔”出一幅杰出的大画，而“动力派”画家的基本训练好像应当和田径赛的一样。这不是挖苦那些可敬的新派，这是任何一个有常识的人在听了他们的理论，看了他们的作品以后不由不想到的结论。同时，任何一个有常识的普通人也不得不下这样的一个断语：这不是艺术品！尽管“动力派”会用怜悯的眼光对我们说：真可惜，你们不能理解这中间的玄之又玄的奥妙。可是，我想，我们宁愿奉让“动力派”及其欣赏者做天下第一等聪明人！

话扯得太远了，现在我们如果来作几句提纲式的论断，也许读者不会感到突兀罢。

从“现代派”（这里包括文学、艺术而言，如果仅就造型艺术而言，通常称为抽象艺术）发展的历史看来，它是越来越抽象，越来越怪诞的。如果说它的始祖（在文学是象征主义，在造型艺术是印象主义）虽然不要思想性，可还注重形式的美（象征主义注重神秘美，只能意会不可言传的美等等，印象主义在技法上的特点，上文已经提到），因而在艺术的表现手法（即所谓技巧）方面有些新的前人未经探索过的成就，那么，它的末代的子孙就只能以不近人情的怪诞的“表现手法”来吓唬观众，实际上它们是没有形式主义（这里是照向来的涵义，意即仅有形式美而无思想内容的作品）的形式主义。这是现代派的思想方法、创作方法必然要走到的绝境。

同时，我们也不应当否认，象征主义、印象主义，乃至未来主义在技巧上的新成就可以为现实主义作家或艺术家所吸收，而丰富了现实主义作品的技巧。这是有不少例子可以作证的。在文学上如此（例如曾经是未来主义诗人的马雅可夫斯基，他吸收并灵活应用未来主义诗歌的音乐性这个特点，使他后来的诗歌有独特的风格），在造塑艺术上也是如此。（例如19世纪末的瑞典画家卡尔·拉尔松CarlLarsson，他就是运用印象主义的新技法而使他的作品充满了光和气氛，同时又有朴素而真实的生命。）

我们又不应当否认，现代派的造型艺术在实用美术（也可以用我们大家比较熟悉的一个名词——工艺美术）上也起了些积极作用，例如家具的设计，室内装饰，乃至在建筑上，我们吸收了现代派的造型艺术构图上的特点，看起来还不是太不调和，而且还有点朴素、奔放的美感。当然，也有弄成乖张怪诞的，（例如有些家具和室内装饰，例如我在奥斯陆一家最大最新式的旅馆内会见它的餐厅内高高低低挂满了相当大的椭圆形和三角形的白瓷罩的电灯，实在难看。）但这是不善于连用之故，一般地说，现代派造型艺术构图形式在实用美术上还是有点积极作用的。然而，仅此而已。在肯定它这一点积极作用的同时，我们不能忽视，无论在文学上或在造型艺术上，现代派的无思想性的形式主义的背面，实在有个顽强的“我”，满不在乎、却又自暴自弃地什么都反对、却又迷惘悲哀地看这世界，看人类生活的过去、现在和未来。

因此，现代派虽然变出许多“家”，彼此之间，好像距离很大，但实在是一脉相承，出于同一的思想基础（主观唯心主义），对现实抱同一态度（不可知论），用的是同一的创作方法。

正因为对现实的态度是不可知论，否认人类社会发展是有规律的，所以现代派的文艺家或者逃避现实，或者把现实描写成为疯狂混乱的漆黑一团，把人写成只有本能冲突的生物。正因为他们是唯我主义者，所以他们强调什么“精神自由”，否定历史传统，鄙视群众，反对集体主义。正因为他们是不可知论的悲观主义者和唯我主义者，所以他们的创作方法是“非理性的”形式主义。因此，我们有理由说现代派的文艺是反动的，不利于劳动人民的解放运动，实际上是为资产阶级服务的。（当然，我们也不能把现代派文艺的倾向性和现代派的个别作家或艺术家的政治立场混为一谈。西方资本主义国家的现代派艺术家其中有投身于革命行列的，有致力于和平运动的，为数很多，这是大家都知道的事，此处从略。）

脱离群众，或者，用现代派自己的说法，一般人不了解他们的作品，——这是今天现代派中间头脑比较清醒的人们自己也感到的悲哀。他们太息说：抽象艺术看来不能流行多久了。可是他们仍然认为现代派的方法比现实主义的方法更深刻，更能表现事物的精神，而且更能发挥作家或艺术家的个性和创造力。他们有一个观点很坚持：文艺如果不时时出奇翻新，就会枯萎。他们的所谓出奇翻新，指内容（对现实的认识），也指形式（表现的手法），但首先在形式上他们果然出了奇了。现代派的先驱者们在19世纪末期攻击现实主义文艺，数说它的罪状，不过是“平凡”二字。此所谓“平凡”，按照他们的说法，就是同现实生活的关系太密切，就是反映了太多的现实。正因为他们如此解释了“平凡”，也就证明他们是闭着眼睛不肯正视现实，而且是超然不群，站在生活之外的。否则，他们就会看到那样地沸腾着阶级斗争的现实生活中，正出现着从古以来所未有的不平凡。可是巧得很，50 年以后的今天，反对社会主义现实主义的人们也在抱怨社会主义现实主义文艺的枯燥和千篇一律；他们不顾事实，硬说社会主义现实主义没有给苏联或其他社会主义国家带来了文艺的繁荣，而是相反，带来了公式化概念化，枯燥乏味和千篇一律，也就是，“平凡”。他们振振有词地说，如果要繁荣文艺，就必须让文艺家从陈旧的现实主义解放出来（换言之，也就是使文学艺术从现实中和对现实的真实反映中，“解放”出来），鼓励他们寻求新的表现方法。而他们所谓表现方法，涵义亦不固定，有时好像是指技巧，有时指创作方法；但既然把“新的表现方法”和现实主义对立起来，那么本质上是指创作方法了。既然不是现实主义创作方法，那么，所谓“新的表现方法”又是怎样的一种创作方法呢？有人含糊其词，有人却老实说，就是现代派的创作方法，而且希望有一天，现实主义和现代派的一些特点会综合而成为一种新的创作方法。

真有这个可能么？

我以为没有这个可能。

认为有此可能的人们，首先是不承认创作方法和世界观的密切关系的；其次，他们又往往把创作方法看成表现手法（换言之，即属于形式方面和技巧方面的一切技术性的问题），并且把表现手法看成纯粹技术问题，认为它和思想方法没有关系。

但是，事实证明，创作方法不但和世界观有密切关系，而且是受世界观的指导的。怎样的世界观，就产生了怎样的思想方法，而怎样的思想方法，又产生了怎样的创作方法；这不是我们意想出来的公式，这是分析了不同创作方法的理论与实践以后所得的结论。这一点，我们在本文中已经屡次用事实来证明，这里不再重复了。

那么，表现手法和思想方法有没有关系呢？当真有脱离思想方法而凭空生出来的表现手法么？我以为是没有的；从各种不同的表现手法之所以产生，就可以得到证明。

古典主义诗学为什么要有那样多的严格的规律，而且认为这些都是金科玉律，不能违反呢？这在上文也已经说过，这是因为古典主义者在思想上是唯理论者。浪漫主义者突破了唯理论的硬壳，完全翻了古典主义的案，这是因为它虽然接受了唯物主义的世界观（可是对于历史发展规律的了解，还是唯心主义的，即认为英雄和超人创造了历史，而人民只是“群氓”而已），但也热中于幻想的未来社会制度（这就是从骚开始的表现于文学上的空想社会主义）。象征主义作品所特有的那种神秘恍惚的气氛，和阴悒悱恻的情调，只能在它们的作者的世界观找到说明。印象派把光当作绘画的主角（而这，和它们的对于人的精神世界，人的社会内容和社会地位不感兴趣的逃避现实的思想有关系），于是就发展了表现光的变化的新手法。（其实描绘外光，也是现实主义绘画中早已存在的一个因素，印象主义把这个因素变成目的，夸大地发挥它，变成了“为光而画光”，那就一定要走入魔道了。）未来主义者企图在主题和风格上表现出近代工业社会的精神——用他们的具体的说法，就是由大炮的“威力”和飞机的“速率”所代表的“力”与“速”，于是就产生了他们的新的表现手法，把诗歌变成曲调。立体主义者认为作者的“感觉的复合”是全面地表现对象的首要条件，因此就创造了他们的所谓三度空间的表现手法；“感觉的复合”便是他们的思想方法，虽然这是马赫哲学的“理论”，而不是立体派的新发明，可是立体派却居然“找到”了这个“理论”的形象表现的手法！

够了，我想这些例子已经足够说明：任何表现手法（包括纯技术性的技法，如格律、结构、章法、句法等等）都是服从于思想方法的。但是，有些人常常喜欢坚持“文学艺术有其特点”，接着就轻易地下个转语道，“因此，也就有它的特殊规律”，于是便理直气壮地反问道：“你认为创作方法受世界观的指导，将何以解释为什么古代乃至现代的伟大作家并不是常常只用一种创作方法？而且大家都熟悉的巴尔扎克在政治上是保皇党而在创作方法上却是现实主义这件事，又将何以解释？”

对于这个质问，我想留在下一章回答。在结束本章之前，我打算就技巧问题，再说几句话。

我们这里有不少青年对于这个问题常常有误解。有些青年以为文学艺术上的技巧就跟车床、刨床的操作技术一样，一经指点，或者传授了窍门，就能学会，而且生产出来的成品，一定合乎规格。（抱这样看法的青年，为数不少。）另外有些青年，却以为讲究技巧就是形式主义。他们有这样一种似是而非的议论：文艺作品当然要有艺术性，然而艺术性和形式主义不同；朴素，明朗，交代清楚，文学语言完全是老百姓口头上的活的语言，——这是艺术性，反之，就是形式主义。（我们有些批评文章就是只用"朴素、明朗"作为标尺来评价一篇作品的。）朴素的对面如果是矫揉造作，那当然，我们非反对这个"对面"不可，而且我们一定要给这个"对面"戴个帽子——形式主义。可是，事情却不这样简单。在文艺上，站在朴素对面的，还有许多并非矫揉造作的东西，正如白的对面是黑，而"非白"并不即是黑。举个眼前的例子，杜甫的诗，自来没有人品题为"朴素"，可是你能说杜诗是矫揉造作么？鲁迅的作品，似乎并不能用"朴素"二字来范围它，可是我也听到过大赞鲁迅作品的好处在于"朴素"的。不客气地说，这是没有读懂鲁迅的作品。就因为过去有些评论文章谈到作品的艺术性时老用"朴素"作赞美词，这就给青年作者一个会发生副作用的暗示。而且副作用已经发生了：很大一部分青年作者的作品朴素到了简陋、或者寒伧的地步了。至于"明朗"，那就用得更滥了。惟其滥，就弄得大家不明白这个术语的涵义究竟是什么。"明朗"如果指和思想情绪有关的作品的调子（或氛围气），那么，明朗的封面便该是阴暗，当然谁也不赞成阴暗。但是，作为品评文艺作品的艺术性的术语，站在"明朗"对面的，不只有一个"阴暗"，也还有不少其他的"非明朗"但并不引起阴暗之感的艺术境界，例如幽婉，例如悲壮。总而言之，把不是朴素、明朗的作品都看成是形式主义的东西，这种看法，是错误的，其原因在于不了解何为形式主义。

这些不正确的理解，其后果是缩小了技巧的范围，也束缚了作家和艺术家的手腕，并且把学习技巧的路子弄得极其狭小。

然而，毒草还可以肥田，形式主义文艺的有些技巧，也还是有用的，问题在于我们怎样处理。但尤其重要的，在于我们用什么观点对待这些技巧。这一点，上文谈到马雅可夫斯基和拉尔松时已经讲过，现在不再噜苏重复了。

理想和现实

上文曾经提到，过去有些文艺史家企图以“理想”和“现实”的互为起伏、消长，来解释文艺史上各种主义的兴起和消歇。现在我打算进一步研究这个问题。

让我们先来看看，这所谓理想与现实的对立，是不是等于我们说的反现实主义与现实主义的对立？回答曰：不然。过去的有些文艺史家不但对于反现实主义的理解和我们的不同，而且他们对于现实主义的理解和我们的也不完全相同。在这里，没有篇幅追求这些史实。可是，在讨论理想和现实这个问题以前，为了读者方便起见，倒有必要先来做一点释名的工作。

曾经有过这样的意见：自有文艺以来，就出现了两种相反的因素，这就是理想和现实。这个意见是西方人提出来的，因此自然而然举了古希腊的两部伟大史诗为例。照这个说法，《伊里亚特》是属于现实的。为什么？因为它的内容是那时候的希腊人经常接触到的生活（虽然这部史诗有很多的神话成份）。《奥特赛》却是属于理想的。为什么？因为它所描写的水乡异岛，山妖蜃女，在那时希腊人的生活中，显然不是真实的而是幻想的。而且由于这一基本的不同，《伊里亚特》和《奥特赛》的风格也是完全不同的，前者雄伟而后者幽雅，前者紧凑、激动，处处火惹惹地，而后者则是舒缓幽闲，一步一步引人入胜。就这样，“欧洲文学之父”为后世的两种不同的流派开了先河。照这个说法，“理想”一字，有想象、幻想的意义。（我们译为“理想”的这个字，照外文原字看来，本来就含有这些意义。）因而，就有理由把浪漫主义文学划成“理想派”，为的是它醉心于奇人、奇事、奇境。现代派诸家也可以算是“理想”系，为的是它们都以想入非非，怪诞荒谬为能事。同时，所谓“现实”，既作为“理想”的对立面，当然就指社会生活中随时随地都可能遇见的平凡的人和平凡的事情。

然而，对于理想和现实，还有另一种说法：

如果作家按照自己的主观见解——善恶标准，是非标准，就是作者认为“应当如此”，而描写了生活（人物当然在内），这就属于理想这一类；反之，如果作家不坚持自己的成见而是照着生活的本身去描写的（忠实于生活），这就属于现实这一类。

按照这样的说法，古典主义文学基本上是可以归入理想这一门的。为什么？因为古典主义文学（指悲剧，也有部分的喜剧）不但在塑造人物方面由于作者的理智认为“应当如此”而赋予人物以各种不同的理想的性格，并且还依照作者所认为“应当如此”而指出了理想的社会制度——理想化的资产阶级社会即所谓“理性王国”。正因为古典主义者又是唯理论的信徒，所以他们认为“应当如此”的人物就不能不是理智克制着感情的性格坚强的人，有时叫人看来是冷酷无情的人。浪漫主义文学的人物正相反，是感情热烈奔放的人，但是，同古典主义人物一样，浪漫主义的人物也是作者认为“应当如此”的想象中的非常之人。古典主义作品也罢，浪漫主义作品也罢，它们的主人公都是不平凡的、在现实世界独往独来、坚决奋斗的超人，都不是现实生活中随时随地能够遇见的人。

可是，我得补说一句，到此为止，我在本节所提到的浪漫主义都指积极的（革命的）浪漫主义。那些出生入死、在现实中奋斗的超人式的英雄，都是积极浪漫主义的人物。至于消极浪漫主义的人物，却正相反，他们都是些逃避现实的无病呻吟的梦想家，或者是啸傲风月的隐士。他们同古典主义人物倒也站在正相反对的地位，可是又和积极浪漫主义人物之所反者不同。古典主义人物是反对中世纪的封建制度的，可是反古典主义的消极浪漫主义人物却不但不反对古典主义所反的中世纪，反而向往于中世纪。它们这个衣钵一直传到现代派手里。可见人们在革命浪潮中吓得昏头昏脑的时候，常常企图在他自己幻想出来的过去的美梦中求得安慰。

浪漫主义作家也在他们的作品中表示了对于未来社会的期望，并且暗示了未来社会应当是怎样的；在这一点上，我们称为积极的（革命的）浪漫主义作家受了当时的空想社会主义思想的影响，是朝前看的，而另一些被称为消极的（反动的）浪漫主义作家却受了当时的把中世纪理想化的反动思想的影响，是朝后看的。（这可以说是“复古”派罢?）空想社会主义不是科学的社会主义，它所产生的幻想或空想当然不合于社会发展的规律，因而也不能够对于劳动人民求解放的斗争起指导作用，然而，它毕竟是叫人朝前看，毕竟是鼓励人们摸索新的前进的道路。“复古派”（消极浪漫主义）虽然也对于理想化的资产阶级社会的“理性王国”（这是启蒙运动者曾经大事宣传的）感到幻灭，（在这点上，消极浪漫主义也和积极浪漫主义态度不同，积极浪漫主义者是憎恨资产阶级的剥削制度及其贪婪嗜利的本质的，消极浪漫主义者却仅仅对它的“理性王国”感到幻灭而已。）可是它却在中世纪找到了安慰；它把资本主义降临以前的欧洲中世纪的田园风光描写得那么诱人，好像中世纪的封建制度比资本主义制度好得多。这是叫人类历史倒退回去，称它为反动，似乎并不过份罢；可是过去有些文艺史家喜欢把它也算在“理想”这个系统里。这是因为他们把“理想”解释为超尘拔俗，不受现实所拘束之故。这是我们不能同意的，这且按下不提。

现在再看被称为“现实”这一类的，包括些什么？当然，被归进这一类的，有我们现在叫做现实主义文学的全部，还有17世纪的、以描写人情世态为主的小说和戏剧，盛行于18世纪的感伤派小说和描写市民（包括资产阶级在内的第三等级）生活——家庭故事、恋爱故事的大批作品。要而言之，作为“理想”一类的对立物，这“现实”的一类，其题材都是现实的社会生活，其人物也许是骗子、恶棍、伪善者、暴发户（政治上的和经济方面的），但不会有超人式的侠客义士；作者暴露了社会黑暗，可是并没提出什么理想社会的远景。

用常识来判断，好像“理想”派太驾空了，它的美丽的幻想的肥皂泡经不起现实风雨的一击；然而“现实”派又太粘着于现实了，它暴露得很多，可是徒然叫人愤慨而已（或相反，会叫人丧气），终无补于事实。这常识的判断，正说明了常识主义的文艺史家何以对于他们自己所划分的“理想”和“现实”两类都感到美中不足，而努力要找寻既有现实又有理想的第三类。好像它们始终没有找到合乎他们心目中的规格的作品，于是他们只好姑且把《浮士德》和《约翰·克利斯朵夫》等等当作“慰情聊胜于无”了。

这些好心的先生们的努力在今天说来，已是史迹。今天的阵营很鲜明：一边是主观唯心主义，非理性，抽象的形式主义；又一边是马列主义，社会主义现实主义。中间也还有批判现实主义作家及其创作活动。今天的批判现实主义者并不描画未来社会的远景，但是今天的广大人民已经在现实生活中看到了奋斗的目标；社会主义国家的强大繁荣，已经给世界人们指出了康庄大路。同时，50年前那些好心的先生们所要找寻的既反映现实又表现理想的方法，现在也已成为万众所趋的主流，这就是社会主义现实主义的创作方法。

这样说来，“理想”与“现实”的提法，还是未可厚非的；但是提出这个命题的人们，没有遵循正确的方法去研究，因而也没有得出正确的论断。前人所走过的道路可供我们吸取教训，因此，我们如果试做一点初步的研究，也许不是浪费时间和精力。

现在大家口头有说得烂熟的一句话：文艺反映社会意识。然而这是通过文艺的特殊方法来反映的。这方法便是形象化的方法。怎样来形象化？通过创造典型人物的方法。因此，人物的怎样塑造，是创作方法的一个中心问题。就因为恩格斯说过那么一句有名的话，“典型环境中的典型性格”，有些刻舟求剑的人们就把这句话作为标尺，去量度一切作品，企图判明它是属于那一种创作方法。这种植物分类学的办法，常常会碰到困难，弄得进退失据。可是如果我们不那么胶柱鼓瑟地对待恩格斯那句名言，那么，就可以知道，这句名言的背后还有作家“如何而能写出典型环境中的典型性格”的问题，而马克思和恩格斯说过的关于认识现实的规律的许多话，都对于这个问题给了我们“举一反三”的启示。总而言之，如何创造典型人物（或者更详细说，就是典型环境中的典型性格），根本上就是如何认识现实的问题。而如何认识现实，正是从古至今所有的文艺作家们在艺术实践时不能避免的一个问题。上文说的“理想”与“现实”之分歧，其根源也在于认识现实的方法是不同的。

现在我仍旧打算先从古典主义和积极浪漫主义两者的人物塑造之异同，来考察它们的认识现实的方法。

上面说过，古典主义悲剧取材于古代希腊、罗马的历史和传说，可是这些历史人物的精神世界却是17世纪新兴资产阶级的思想意识的反映。在这一点，古典主义悲剧的人物塑造是反历史主义的。现在我们姑置此不论，再看这些古人其衣冠而今人其意识的剧中人物究竟有没有性格，是不是典型的性格？谈到这一点，我们就要想起莱辛（德国的启蒙运动的大师，艺术理论家和剧作家，生于1729年，卒于1781年）。莱辛批评古典主义悲剧的人物塑造，认为夸张过分，说这些人物与其称之为有性格的个人，不如称之为性格的拟人化。莱辛此言，如果为的是“矫枉必须过正”而有意为之，那是另一问题，或者，如果他指的是二三流以下的古典主义作品，那当然也颇公允，然而，莱辛的原意，好像并不如此。莱辛对于高乃依和拉辛的估价是很低的。如果我们死扭住莱辛这句话而骂倒一切的古典主义作家连高乃依和拉辛在内，或者甚至拉扯上莫利哀，那就十分粗暴了。何谓性格的拟人化？这是指一种以抽象的道德观念（或人类的某些品性）为基础的塑造人物的方法；例如廉洁，是一个道德观念，从这个道德观念出发写一个廉洁化身的人物，虽然峨冠博带、道貌岸然，可是没有血肉，毕竟只是化身，不是活人。有过一部有名的英国小说，汉文译本叫做《天路历程》的，就可以作为这种写法的一个样本。据我看来，高乃依或拉辛所塑造的人物还不是这样的，更不用说莫利哀了。当然，也不能由此而走极端，说高乃依他们笔下没有一个半个写坏了的弄成性格化身的人物。究竟莱辛塑造的人物和古典主义大师们所塑造的人物有没有根本不同之处？我们就拿莱辛的作品同拉辛的作品来比较一下罢。恰巧我们已经有了莱辛的《爱美丽雅·迦洛蒂》和拉辛的《昂朵马格》的汉译本，读者可以比较研究这两本名著有没有根本性的不同；在我看来，不同之处少到几乎容易被读者忽略，而相同之处倒是不难看出来的。这相向的是什么呢？就是两者的人物性格都是一上场来就已定型。从第一场戏到最后一场，事故接连发生，但对于人物性格并无影响，这些人物的性格是在出场之前就已经固定了的；也就是说，作者在酝酿他的人物的时候，没有想到环境的变化会影响人们的思想意识，没有从动的观点去创造人物，因此，他们笔下的人物不是没有性格，也不是不典型，然而却是脱离环境的游离的人物。

不但莱辛和拉辛如此，（我举莱辛为例，因为他是和古典主义对立的有着现实主义倾向的18世纪作家，是颇有典型性的。）积极浪漫主义作品中的正面人物基本上也都是这样的；说句俏皮话，他们都是些“以不变应万变”的英雄。如果拿雨果的作品来研究，几乎可以获得这样一个规律：凡是浪漫色彩很浓重的超人式的英雄，一定是“以不变应万变”的理想化的人物，反之，凡是不出奇的普通人物，他的性格就有发展，就不是“以不变应万变”，而是“在万变中他也变了”。伟大不及雨果的浪漫派（积极的）作家大抵只创造了第一种人物；这些作家，就其创作方法而言，就不像那些伟大作家那样捉摸不定。在伟大作家那里，任何创作方法都不是以纯粹的形式出现的。这是因为过去的愈是伟大的作家，他的对于现实的认识也不是一成不变的，而是常常在变动，——特别是生活在革命浪潮汹涌高涨时期的大作家。雨果作品中显然可见的同时并存的浪漫主义和现实主义方法，可以这样来解释。而这，也可以解答同一作家身上表现了“理想”与“现实”的矛盾这个老问题。

不过，现在我们还是先来谈谈，为什么古典主义者和浪漫主义者（18世纪的假古典主义，18、19世纪的消极浪漫主义不在内），这样两个不同的文学流派，这样两种不同的创作方法，在人物塑造的方法上，却又那样相像呢？

我以为这是因为他们两家都抱着唯心的历史观。

我想，如果我在这里化点时间谈谈唯心的历史观和文艺作家的关系，也许不是浪费笔墨。

我们这些人，算是从童年起，就获得一点科学知识，不相信有什么全能的神创造了世界，而且也相信存在是第一性的，思维是第二性的。（在我童年时，还没有听到过这些哲学的术语，在我青年的时候，这些术语还不普遍，可是，虽然如此，我们从学习自然科学理论知识的过程中，还是获得了一些对于存在和思维的唯物主义的解释。）然而，正像18世纪欧洲的唯物主义哲学家一样，对于社会现象的解释，我们那时候总以为“英雄造时势”是正确的；换言之，即以为社会发展的基本力量是人们的观点、理论和意志等等，历史的进程决定于几个“英雄豪杰”当时的一念之转。这种对于社会发展的看法，就叫做唯心的历史观。在马克思以前的唯物主义哲学家，一到解释社会发展时，便都陷于唯心主义的泥沼，不能自拔。他们觉得宿命论是不对的，偶然论也不能自圆其说，于是从抽象的理性出发，把历史人物的意志和愿望作为旋干转坤的动力，也就是把个人在历史上的作用，无条件地夸大起来。这种看法，当然影响到文学家。如果说古代希腊的悲剧作家是宿命论者，那么，古典主义和浪漫主义的作家们便把个人作用（超人式的英雄人物的意志、欲望、能力，等等）看作历史转变的基本因素。浪漫主义者比古典主义者尤其强调英雄征服环境的能力，并且把这种能力视为天赋，而不是从生活斗争中锻炼得来；浪漫主义者和古典主义者把人物的性格写成生来如此，而不是生活环境出身、教养等等所形成的；所以会有这样的看法，其思想根源也都是唯心的历史观。中国的正统派历史家向来都是用天命论和唯心的历史观混合起来“写”历史的；中国历代的伟大作家在他们作品中所表现的对于社会发展（即他们所谓一治一乱之原因）的看法，也逃不出唯心历史观的范围，有些大作家还有宿命论和循环论的思想。所有这些唯心主义的历史观，统治了中国思想界几千年；当我们学了声光化电以后，这种唯心史观还牢固地盘踞在我们头脑里，直到“五四”以后，马克思主义介绍进来了，这才慢慢地在我们中间纠正过来。（50年前的中学校，是教文言的，那时的国文教员出的题目就有《英雄造时势欤，抑时势造英雄？》我们那时都读过《战国策》、《资治通鉴》一类的书，凭藉这一点可怜的历史知识，我们就“大发议论”，差不多全班学生都认为英雄造时势是绝对的，而时势造英雄则是十分偶然。可是我们的教员却以为两者的机会是一半对一半。读者也许要问："50 年前这位中学国文教员虽然提出这样的富于思想性的问题，而且在他思想中还闪烁着唯物历史观的光芒，那不是难能可贵么？是否他学习过马列主义？"我敢负责敬答读者：他并没学习过马列主义，他那时候在欧洲也还没有把马、列连称；他本人根本不知有马克思或其他的欧洲哲学家，——不管是唯心的或唯物的；他本人也不是研究哲学的。那么，他的这个"时势造英雄"的观念从何而来？现在我猜想，它是从明朝的好作翻案文章的一些才子们的文章里得来的。这是 50 年前的旧话了，带便在这里记一笔，意在告诉今天的年轻人：你们真幸福，不用自己去瞎摸，有一个灯塔在给你们指示路径，因而你们应当比上一辈强。）

但是，一个从事文学写作的人，知道唯心的历史观是错误的，并且能够写篇论文来论证唯物的历史观对于作家之必要（像我现在这样），这是一回事；而这个同一的作家在他观察社会生活并且从中取材来写作品的时候，是否真能完全符合于唯物历史观而没有唯心历史观的成份，却是又一回事。我们不是常听得这样说：某某作品太突出了个人的作用，看不出群众的力量。这就是说，这个作家还有唯心的历史观，尽管他在辩论会上一定是唯心历史观的最尖锐的批判者。

我们在今天尚且还不免"知"与"行"的不统一，那么，150 年前的古典主义者和浪漫主义者只相信"英雄造时势"，实在也不算奇怪罢？

同时我们也得承认：150 年前在"英雄造时势"的观点之下写出来的作品，塑造出来的英雄人物，在当时是起进步作用的；而在今天，太突出了个人作用，抹煞了群众力量的作品，却要受批判。如果我们不承认 150 年前那些渲染英雄人物的作品在当时所起的进步作用，那我们的错误，正跟赞扬今天的"个人突出"的作品是一样的。

正因为古典主义和浪漫主义的英雄人物在当时是进步思想的化身，他们也就反映了除旧布新的理想；他们要除的"旧"就是当时阻碍社会前进的制度、思想（这在古典主义者，就是教会，僧侣主义，封建的君主专政等，而在浪漫主义者却是封建的残余和在那时已经暴露了它的贪婪自私的阶级本质的资产阶级以及把人变成新的奴隶的资本主义制度），他们要布的“新”，在古典主义者是幻想的“理性王国”，在浪漫主义者却是空想的自由、平等的新社会。人物是理想的，对于未来的展望也是理想的，这在当时确有兴奋人心的作用，确是推动人们向前猛进的一股精神力量，因此，虽然这些人物和他们的理想都是唯心的历史观的产物，并没指出社会发展的规律以及人类解放的正确道路，然而今天我们读了还觉得虎虎有生气，特别是革命浪漫主义还可以作我们的营养。

说到这里，也许有人要问道：“那么，现实主义是否也和唯心历史观发生了瓜葛呢？现实主义的作家是否一定是历史唯物主义者？”

这个问题，如果用简单化的方式来回答，就会犯教条主义的错误。我们既不能用“是”或“否”来回答，也不能模棱两可地用个什么“基本上”、“原则上”来搪塞。这要拿实物来作具体的分析，要从整体上看它的共同点，也要从各个时代个别作家的作品中看它的特殊点，在这里，用得着“文艺的特殊性必须充分顾到”这句话了。

我们已经说过，现实主义的创作方法是阶级社会中处于被压迫地位、要求解放、推动社会前进的劳动人民所创造的。现实主义又是随着社会经济和阶级斗争的发展而发展的。在社会经济和阶级斗争的历史发展的各个阶段上，往往相应地出现了内容和形式都更丰富或具有新的特点的现实主义文学，而以19世纪的批判现实主义为其最高峰，也就是说，批判现实主义可以看作现实主义创作方法的最完美的阶段。到批判现实主义为止，我们可以总称之为旧现实主义。这以后（从高尔基的小说《母亲》算起），就进入一个新的阶段，就是社会主义现实主义。为什么应当用一个新的名词——社会主义现实主义，而不可以称为社会主义时代的现实主义呢？且留在下边再说。在这里，只是简单地说明，既然事实上，现实主义创作方法有其久长的发展的历史，那就应当肯定它有各个阶段的现实主义；各个阶段的现实主义有共同点，但是也有各自的特殊点。

共同点是什么？用通常的说法，就是忠实地反映自然现象、社会现象以及人的内心世界。或者用另一个方式来说明，就是：通过形象化的艺术概括的方法，忠实地描绘人类怎样进行生产斗争和阶级斗争以及这两种斗争在人的内心世界所引起的各种反应。在这里，应当注意的是"反映"二字。现实主义创作方法的核心就是在现实世界是可以认识的信念上，根据反映论来从事艺术创作的。这是自古以来各个阶段的现实主义的共同点。也许有人要问：反映论是唯物主义的认识论，这一种认识论是马克思主义所发展而论定了的；而现在你说，马克思以前的现实主义作家就根据反映论来写作，这不是有点不可解么？但是，事实就是如此：马克思主义出现以前的文艺家，包括着那些首创现实主义方法的民间的无名作家，虽然不知道"反映论"这术语及其一套理论，可是他们在生活实践（生产斗争和阶级斗争）中却懂得了这个道理，于是在艺术实践中运用了它。谁要是无视这个事实，而以为只有马克思主义的反映论得到传播以后，作家方能在艺术实践中运用它，那他就会犯教条主义的错误。反之，谁要是自以为学过反映论了，能说一套了，就以为造次颠沛已可不离马列主义了，于是轻视生活实践，或者甚至过去既无生活实践，现在也不想补课，那他一定会堕落为修正主义者。根据上面所说，似乎可以肯定这样一个事实：现实主义的哲学基础是唯物主义，它的社会基础是生产斗争和阶级斗争以及在这两种斗争中推动社会前进的革命力量；各个阶段的现实主义文学都是在这样共同的基础上发生的，这就造成了它们的共同点。

这个共同点，在人物塑造上表现得相当明显。和古典主义和浪漫主义不同，现实主义把人物放在社会环境中，考察人物在环境中的感受以及环境对人物的思想意识的影响；可是古典主义却把环境仅仅作为人物活动的场所，而浪漫主义却为了要使得它的英雄和不相容的环境发生一场你死我活的搏斗，这才在作品中写到环境和人物的关系。古典主义和浪漫主义都没有从人物性格发展的角度上写环境和人物两者之间的关系，现实主义却不但写出了古典主义和浪漫主义所没有写的东西，而且着重指出，人的性格是由环境以及人的社会关系来决定的。换言之，现实主义者在塑造人物的时候，他所欲苦心解答的问题，不是根据一定的伦理观点或者政治观点来安排张三或李四的性格，而是用事实来表现张三或李四何以一定是这样而不会是那样。现实主义作家给我们看到的人物不但是和我们同时代的某种人的典型，而且还表现出这个人物的性格是怎样地在他特有的环境之中形成的，（这就是说，这个人物还应当有他自己的个性。）既然这个人物（他必须是具有个性的张三或李四而不是一般的张三李四之流的人物）是特定时代和特定社会中的一个典型，既然这个典型人物是环境的产物，那自然，作家笔下的环境也非典型的不可（就是说，能够表现特定时代的基本精神和主要面貌的环境）。

正是因为现实主义的人物塑造有这样的特点，所以它最能反映特定时代的社会意识。而且也正因为现实主义的人物是这样塑造的，所以作家必须在生活实践中“发现”他的人物而不是从理性出发或凭空想和热情来“捏造”他的人物。

显而易见，唯心历史观不能帮助作家达到这样的目的。

因此，我们就有理由说：当哲学家们还只能以唯心主义解释社会现象的时候，和这些哲学家们同时代的伟大的现实主义作家却不自觉地在他们的作品中表现了唯物主义的历史观——虽然程度上还各有深浅。

人物塑造的这样的现实主义的方法，不是一下子就完成的；在现实主义的长期发展过程中，它是一步一步地相因相成的。这就是上面所说的各个历史阶段的现实主义文学何以在共同点之外又有其各自的特殊点。文艺复兴时代作品中的人物塑像，大都是胸襟豁达，意气轩昂，有抱负，有理想，给人一种肃然可敬，可然可亲的印象，而且是这样的富于诗意，使人掩卷深思，悠然神往。这样的人物塑像的特点，正如有些文艺批评家所说，上承希腊、罗马的传统，下开17世纪古典主义文学的人物塑像的先河。（这句话，古典主义作家们是不会同意的，因为他们以希腊、罗马为典范，自谓直接师承希腊、罗马；同时，我想，另有一些批评家也不会同意，因为他们认为文艺复兴时代文学的创作方法标帜着现实主义的开始和奠基。我在这里引上这么一句，表示我部分同意这句话，虽然我毫无保留地认为但丁、莎士比亚、拉伯雷和塞万提斯的创作方法完全不同于古典主义的创作方法。）18世纪的启蒙运动派的现实主义作家们在人物塑造的方法中注进了新的手法。他们抓住了人物的个人性格和社会环境的矛盾这一个方面来塑造人物形象，并且从这些人物的遭遇（他和“命运”斗争的结果）或者直接藉人物的嘴巴表达了作者的政治倾向。18 世纪现实主义文学的人物描写还有一个特点，就是它的主人公大都是普通的男女（平民），而不是特权阶级的人物了。这是空前的创举。这些普通人的日常生活（离合悲欢）的图画，也许没有文艺复兴时代那些作品那样五彩缤纷，惊心动魄，然而更沁人心脾；这些普通人物的塑像虽然不是那么肃穆崇高，可是更能引起读者的同情，读者既为他们的辛酸生涯而流泪，也为他们的乐观，机智，永远那样富于生命力而衷心感动，破涕为笑。但是，启蒙运动的现实主义者还是不能够把普通人物的个人命运和时代的革命运动很好地有机地结合起来，因而他们的描写对象一旦轶出了普通男女的离合悲欢，而触及到那时代的革命理想的时候，他们所塑造的献身于平等、自由的崇高理想的人物，却是概念的化身，经常用滔滔不绝的说教来表白他们的内心世界；换言之，就是又回到了陈旧的抽象和理想化的塑造人物的手法。

正因为这样，如果说文艺复兴时代的现实主义的人物塑像是“理想”多于“现实”，那么，启蒙运动时代的人物塑像却是“现实的”胜于“理想的”。这两者，都表示了“理想”与“现实”如何统一于艺术形象的问题；还没有得到合理的解决。

但无论如何，现实主义创作方法已经朝前发展了一步。这就为 19 世纪的批判的现实主义的出世，准备了条件。

批判的现实主义把个人对“命运”的斗争有机地联系到作家对于现实的社会制度的批判和暴露，作家有意识地从“社会制度决定了人们的命运”这一点出发，通过细致真实的具体形象，描写了复杂多变的生活以及处在这样沸腾生活中的人物性格的变化。通过这些人物的活动，批判的现实主义文学给我们的，是一部血淋淋的资本主义发展的历史，是揭露了资本主义社会深刻的内部矛盾的鲜明有力的图画，是狂风暴雨般的阶级斗争的录音带。所谓典型环境中的典型性格，就这样由批判的现实主义文学提供了很好的标本。

自有现实主义以来，就其反映现实的深度和广度，就其暴露社会黑暗的大胆和辛辣，就其来自社会底层的人物群像之多种多样，——这种种而言，批判的现实主义确是空前的；然而，批判的现实主义的大师们还没有认识到社会发展的规律，换言之，他们虽然摆脱了唯心历史观的束缚（而这，也是各有程度的不同），却还没有清醒地彻底地成为唯物历史观的思想家，他们还没有认识到无产阶级是推翻那可诅咒的旧社会、建设光明幸福的新生活的决定性的力量。也就是说，他们批判了他们所憎恨的万恶的资本主义制度，可是他们提不出一个鼓舞人心的理想——依照社会发展的规律指出一条前进的道路。有时候他们的作品中也有一点理想的成份，但这，只是抒情地寄希望于遥远的将来而已，能够给读者一点兴奋，但是并未能指引迷途中的出路。

从这一方面看来，19 世纪的批判现实主义只能算是半面的现实主义；因为它反映了资产阶级没有前途、资本主义社会制度必然要改革的一面，但没有反映出资本主义的掘墓人——工人阶级力量的壮大，及其必将创造历史新页的一面。如果说巴尔扎克在他的《人间喜剧》中所反映的他那时代的现实可以说是比较全面的，那么，晚于巴尔扎克几十年的批判现实主义者就没有在他们的作品中反映出他们那时代的全貌。他们之所以没有能够在他们的作品中像巴尔扎克似的比较全面地（因而也就此较深刻地）反映了他们那时代的现实，就因为他们那时代（19 世纪第 4 季）出现了新的条件，——这就是资本主义发展到帝国主义阶段，这就是工人阶级作为决定性的力量出现在国际政治舞台以及阶级斗争的尖锐和复杂性对于各国的社会经济、政治和在群众思想意识上所发生的深远的影响；这些新的条件是这样的重要，它已经成为现实的主导的一面，因而，任何作品如果没有反映这主导的一面，就不仅是不能够比较全面地反映现实，而且也不能够比较深刻地反映那半面，有时候甚至于成为歪曲了现实，尽管作者的主观意图并不是这样的。

对于过去的现实主义大师们在作品中所表现出来的那种缺乏远见的情况，我们通常称之为：历史的局限性。这就是说，当其时，无产阶级还没有作为一种能起决定作用的社会力量而出现于人类历史舞台上，因而无怪那些现实主义作家们看不到那个伟大的远景了。也就是说，他们的眼光虽然能够看到资本主义社会制度的种种不合理，看到资产阶级不但不再是推动社会前进的力量，而且是阻碍社会前进的力量，然而他们的眼光却还不能看透所有的一切矛盾的表象而深入其本质，从而得出科学的结论，而他们之所以会有这个局限性，就因为他们早生了半个世纪乃至一个世纪。这样的解释，对于19世纪的批判现实主义作家（他们的主要活动在19世纪后半期），如果也还勉强可以适用；那么，对于20世纪的批判现实主义作家（他们的主要活动从本世纪的初叶到现在），却不能照样适用。我们知道，托尔斯泰伯爵（列夫·托尔斯泰）为的要想了解他所不熟悉的刚在旧俄帝国出现的产业工人，他特意在当时莫斯科的工业区买了一所房子（这就是现在莫斯科的托尔斯泰纪念馆）；这个时候，这位伟大的作家已经文名盖世，他的作品的人物画廊真可以用“光怪陆离”四字来形容，可就没见产业工人。这是可以理解的。而且托尔斯泰自己也深深感到是个缺陷，所以他挑选了那时候他的贵族朋友们所不屑一顾的地区安顿下他的家。因此，历史的局限性这句话用在托尔斯泰身上，可以说是符合实际。但是，如果用在托尔斯泰的后一辈作家身上，特别是用在十月革命以后的作家们的身上，那就不合实际了。

20世纪的批判现实主义（特别是在最近40年即在十月革命以后的），比起那些“现代派”来，当然进步得多了，然而比起它的上一辈（19世纪的批判现实主义），却又落后了一段。这就是说，它比它的上一辈更加落在时代要求的后面。这就因为，又有新的条件出现在它这个时代：这就是在人类历史上翻开了新的一页的十月革命；这就是资本主义经济在第一次世界大战以后所经历的普遍深刻的危机；这就是第二次世界大战后帝国主义力量的削弱和东欧的社会主义国家的出现；这就是中国人民革命和社会主义革命的胜利；这就是亚非人民的普遍觉醒和反帝国主义、反殖民主义斗争的高涨，这就是东风压倒西风的国际政治、经济、军事的新形势。这些新的条件，已经雄辩地指出了人类历史的伟大的转折点，已经把千百年来世界人民所追求的美好崇高的理想变成为现实。这就使得仅仅以暴露资本主义社会为内容的今天的批判现实主义文学远远落在时代的后面。虽然我们不应该抹煞今天的资本主义国家中的批判现实主义还有它的进步意义，然而批判现实主义之不能担负起时代的使命已经是不可否认的事实。认识了这一个事实的现代杰出的批判现实主义者，便能够百尺竿头更进一步，接受了社会主义现实主义，例如罗曼·罗兰，例如德莱赛；但是也有更多的优秀的批判现实主义者还在原地徘徊。他们之所以不能步武罗曼·罗兰或德莱赛的后尘，其局限性就不是历史的，而是阶级和个人的。也就是说，他们还不能摆脱他们出身的阶级的偏见，他们也还没有改变他们的生活实践从而改造他们的世界观。

我们又知道，欧美大陆的现代的批判现实主义大作家中间，颇有几位是反共，而且是十分反共的，正和上文说过的政治上进步而在创作方法上还不能抛弃抽象的形式主义的艺术家们，恰好成为对比；于是，修正主义者就用这些例子来证明作家的政治立场不会影响他们的艺术创作。可是，修正主义者在这里是知其一，未知其二。何谓知其一？因为他们知道这两者间的关系是很复杂的，而且政治立场和创作方法不能等同起来；他们知道这一点，而且强调这一点。何谓未知其二？正因为他们强调这“一”，他们就不愿意承认（而且也就不愿探讨）作家之所以不用这个创作方法而用那个，和他的长期的生活实践有关。这是最为主要的一点。修正主义者正是从主观唯心主义出发，否认作家的生活实践是艺术创作的一个根本问题。他们有时也用这句话装饰门面，然而同时就把“生活实践”歪曲为找点生活素材。但是我们却坚信，生活实践是作家认识现实的唯一不二的途径；离开了这途径，作家不能正确地认识现实，也无法忠实地典型地反映现实。（这里的“生活实践”都指积极参加生产斗争和阶级斗争，上文已经说过了。）

这里又用得上“艺术的特殊性”这句话了。一个作家或艺术家，由于他的正义感、人道主义，由于他的社会经济地位，或者由于他的爱祖国、爱人民等等，可以在当前的某个政治问题上采取进步的立场，可是他不能依靠这个进步立场以及使他采取这个进步立场的诸因素，对社会现实进行艺术的概括：这是有些作家或艺术家的进步的政治立场和他们的创作方法发生矛盾的一个说明。另一方面，一个作家或艺术家对于现实有怎样的认识和他们对于现实抱怎样的态度，也不是常常一致的。现在欧美资本主义国家有些批判现实主义的大作家就是这样。例如英国的高尔斯华绥（20多年前，我国就翻译过他的作品），他描写了一个资产阶级家庭的命运，从事件的发展中得出结论：这个家庭所属的阶级是没有前途的。这是高尔斯华绥对于现实的认识，这个认识是正确的，然而这个正确的认识无补于他的对现实所抱的态度——他的政治立场；他并不因为认识到资产阶级的没有前途而改变了他的仇视工人阶级，仇视社会主义的政治立场。你说这有点“不可理解”吗？然而一句话就可以点破这“不可理解”。这是高尔斯华绥的阶级立场使他如此。作为一个清醒的现实主义的艺术家，他不能不在他的作品中反映出资产阶级的没有前途；然而，这个艺术家同时又是一个阶级的人，他不站在无产阶级一边，就站在资产阶级一边，高尔斯华绥是站在资产阶级一边的。高尔斯华绥的例子，就提供了一个说明：一个作家或艺术家所采取的进步的创作方法并不一定带来了进步的政治立场，反过来说，反动的政治立场不一定阻碍了作家或艺术家采用进步的创作方法。过去对这问题的解释，曾经有所谓创作方法（指现实主义）克服了作家的政治偏见的说法（这是说，巴尔扎克在政治上是保皇党，然而因为他是伟大的现实主义者，创作方法克服了他的政治偏见，使他在作品中不得不指出贵族阶层的没有前途，不得不以赞美的热情塑造了民主主义的共和英雄的形象），现在也还有人因袭这个说法，可是，这个说法有讲不通的地方，因为像高尔斯华绥这样的现实主义者就没有塑造过民主主义的共和英雄的形象。

有人也许要问：你在上文说过，世界观影响着创作方法，而在此处，你又说，反动的政治立场不一定阻碍了作家采用进步的创作方法，这不是自相矛盾吗？

这是个复杂的问题，也曾经有过不少的解答。例如，作家的世界观本身就很复杂而有矛盾，有进步的方面，也有落后甚至反动的方面，进步的因素使作家接受进步的创作方法（作为认识现实的方法），而落后乃至反动的方面使作家对于某些实际政治问题采取了反动的立场。又例如，当作家世界观中的主导思想和人民的要求相符合的时候，他的世界观和创作方法（指现实主义）是一致的，否则，就发生了矛盾而其明显的标志则为他的作品质量上的降低。这些解答，都说明了问题，从不同的角度说明了问题。现在我打算从另一角度提出另外的说明，看是否能够对于这个复杂问题的解答有所补充。

世界观对创作方法的影响，如上文所说，都是不容怀疑的。但是，一种历史久远的创作方法（如现实主义）在其发展过程中，由于经验的积累，就形成了一套完整的艺术规律，具有相当的独立性，这也是事实。这一套艺术规律，当然只是这一创作方法的一面——即关于形式的一面，而且是由内容决定的，可是，资产阶级作家却往往把它看作创作方法的整体，而且从这样的观点接受了这个创作方法。许多的资产阶级的现实主义作家就是这样地接受了现实主义，而完全没有意识到，这是接受了一种认识现实的方法。但是艺术规律中确也包含着认识现实的方法，因此，只从艺术规律方面接受现实主义的作家，也会在他自己不自觉的情况下学会了认识现实，从而产生了现实主义的作品。这样产生的作品当然会受到作家世界观中矛盾因素的牵制，因而就只能反映了现实的半面，或小半面，甚至会歪曲了现实。这些情况，常常在同一作家身上发生。我们看到某些作家，先后的作品颇不一致（例如海明威，泼列斯脱莱），这就说明了他们世界观中矛盾的性质以及他们对现实的态度，也是时时在变化的。可是，他们的创作方法基本上还是那一个，并没改换过。

我们还看到，还有些杰出的世界知名的作家，在政治上、创作方法上都坚坚定地站在进步的立场，可是在文艺思想上却还不能摆脱唯心主义的影响。他们对于抽象的“人性”、“文艺自由”、“艺术家的良心”等等一套唯心主义的话头，总还是恋恋不舍。由此可见，现实主义作家世界观中的矛盾，异常复杂。所有这一切，在资本主义国家，我们可以称之为社会矛盾在作家头脑中的反映，而在社会主义国家，我们称之为残留在人们意识中的资本主义的“胎记”。我们所进行的思想改造，就是要扫除各种式样的唯心主义思想，要肃清头脑中的资本主义残余。而这，也就是我们在创作方法上由现实主义过渡到社会主义现实主义的过程，因为社会主义现实主义者不可能再有创作方法和作家的世界观的矛盾。

在这里，我打算回过去再就所谓“历史的局限性”作进一步的说明。

所谓历史的局限性，表现在同时代的作品中，也往往不尽相同，甚至有本质上的不同。如果拿我们最熟悉的吴敬梓和曹雪芹作一比较，颇能说明问题。这两位作家是相差十年先后谢世的，那就可以说是同时代的人了。他们都剥开了封建社会遮羞的外衣，暴露其丑恶腐朽的本质，他们的笔锋所指，都集中于封建社会的思想支柱——礼教。但是，两人的“结论”（或者说，开的药方），却不相同。吴敬梓批判了他那时代的“名教中人”，但又寄托希望于古代的经过他理想化的“纯儒”。就是说，他并没从根本上否定儒家思想，因而也就没有否定儒家思想所依托并支持的宗法社会制度。这就不能不说，尽管他批判了现实，而且批判得那么辛辣，然而他的眼光却是朝后看的。曹雪芹可就不同。他是完全否定儒家思想的。贾宝玉自幼即喜所谓“杂学”，言不及“仁义”，《红楼梦》中科第出身的，没有一个是正面人物。贾宝玉之终于应试，中了举人然后出家，乃是高鹗续貂的恶札。曹雪芹以荣宁二府为典型，合乎逻辑地说明，这个宗法社会制度已经连根腐烂，不可救药的了。但是，他是在怎样的思想基础上反对儒家思想、抨击宗法社会制度的呢？他的思想基础是庄子的虚无主义思想。在这里，我打算插几句题外之言。我以为在庄子的时代，庄子思想有积极的和消极的两面：破坏偶像，要求个性解放，这是进步的要求，是它的积极的一面；然而它又有虚无主义的消极的一面。后来的庄子派，却只发挥了消极的一面，甚至连《庄子内篇》的富有积极意义的部分也被歪曲了。《红楼梦》前80回的贾宝玉是以破坏偶像、要求个性解放的思想面貌出现的，虽然作者不得不用旁敲侧击的笔法。破坏偶像、要求个性解放，这就是朝前看！很可惜，曹雪芹的这种密针细缕、曲曲折折表达出来的朝前看的态度，在后40回中却被高鹗发挥为相反的一面，正如后世的“庄子派”只发挥了庄子思想的消极面一样。（附带说一句：现在有些血气方刚、缺乏辨别力的青年，囫囵吞枣地读了《红楼梦》，的确会产生一些不健康的思想情绪，——亦“色”，亦“空”，梦魂颠倒，丧失朝气；因此，我以为普及版的《红楼梦》应当针对青年读者这些思想情况写一篇详细分析的新序。）我这里并不想做“吴曹优劣论”，我不过借此说明，过去的（19世纪及其前）现实主义作家就其创作方法而言，基本上是唯物主义的（反映论），然而他们的世界观却有许多矛盾，特别是他们的历史观，唯心的色彩十分浓重。这些所谓历史的局限性，又往往因各人的哲学思想的不同而十分歧异。要而言之，唯心的历史观是旧现实主义者之终于只是个现实主义者的决定因素。能够摆脱唯心的历史观，进而掌握唯物的历史观，现实主义者这就向社会主义现实主义跨出了第一步。

我不打算在这里重述大家都熟悉的一些论点，例如高尔基的《母亲》怎样开创了社会主义现实主义的道路，十月革命后，40年的苏联文学又怎样地为社会主义现实主义创作方法提供了丰富的实践典范和理论基础，等等。可是，我打算在结束这篇漫谈以前，再就文艺作家的思想方法讲几句话。

还得回过头去，从古典主义者之为唯理论者谈起。

常常有人说，作家写作时有三个问题很难有信心地自以为已经能够正确地解决。这三个问题就是：我所感觉到的是怎样的？应该是怎样的？实际是怎样的？这三者之间的矛盾如果解决了，作家便会胸有成竹似地放手写下去了。古典主义、浪漫主义、现实主义乃至“现代派”的抽象的形式主义，都各自有它的解决这三者之间的矛盾的办法。

古典主义者很干脆地宣布道：我怎么能够信任我所感觉到的就是实际是怎样的呢？感觉是常常欺骗人的。我只有诉之于理性。因此，不存在实际是怎样的问题，而首先应当解决我的理性认为应该是怎样的问题。

这是古典主义认识现实的思想方法。他们这思想方法是一以贯之的，——从作品的内容到形式。他们塑造的人物不是没有感情而是受理性控制或指导的感情。他们那一套严密而整齐的诗学（艺术创造的法则）是根据他们所认为合理的信念而来的；惟其认为合理，所以他们排斥其他的艺术创造的法则。

马克思主义驳斥了唯理论的偏执和错误。我们学习过《矛盾论》和《实践论》，我们都知道，认识过程的第一阶段是感觉，唯理论的错误就在于否定感性知识是认识现实的必要条件，是认识的第一或开始的阶段；但是仅仅有了感性知识还不能使我们的认识深入现实的本质而发现其规律，感性知识经过抽象的理论的思维加以概括，这就到了认识的第二阶段，即理性阶段或逻辑阶段。最后，感性知识和理性知识必须在人们实践活动的基础上统一起来，并在实践中反复检验，这才能够使人们的认识接近客观真理。也就是说，到这地步，作家所面临的三个问题，——我所感觉到的是怎样的？应该是怎样？实际是怎样的？——这才真正得到了解决。

现实主义者的思想方法是注重认识的感觉阶段而亦不忽视理性阶段的重要性，但逻辑的概括能够达到的客观真理虽然和艺术的概括所能达到的相一致，可是艺术的概括究竟有它的特殊性；这表现在作家的创作活动，我们有一句大家都熟悉的术语，叫做“形象思维”。就因为有这特殊性，作家从认识的第一阶段进入第二阶段时，常常是不自觉的；换言之，很少作家就其丰富的生活经验（感性知识）先写一篇社会科学理论性的“总结”（这是把感性认识经过逻辑的概括而归纳为几条理论），然后又依据这“总结”布置人物与情节。正因为如此，现实主义作家们实际上在运用的这个认识现实的方法，常常不是他们自己意识到的。这是他们和古典主义者不同之处（古典主义者完全意识到自己是唯理论者），也是他们和浪漫主义者不同之处。浪漫主义者一般的是就感性知识作了理论的概括，然后又加以理想化；这在他们塑造人物的方法上，大致就可以看出来了。

但是，现实主义者还不能在认识客观的过程中认真地看待生活实践这一个关键性的问题。这里说的“认真地看待生活实践”，还不是我们现在所要求于我们的全心全意参加沸腾生活的各种斗争，而只是指一个现实主义作家对于他那时代的社会运动所抱的态度。就今天的作家而言，他的何去何从，首先就取决于他是站在社会主义、民主、和平阵营这一边呢，还是站在帝国主义、法西斯、侵略阵营那一边？事实证明，站在社会主义、民主、和平阵营这一边的作家，就有可能抓住时代精神，就有可能认识到客观真理。而所谓“超然派”者，终于不免成为帝国主义好战集团的帮闲而已，在他们的作品中也不会反映出时代的“真实”（这是他们喜欢用的两个字），至多涂抹一些混乱的色彩罢了。

而且也只有通过生活实践，才可以帮助作家们摆脱唯心的历史观，进而掌握唯物主义的历史观。我们常说要学习社会主义现实主义的创作方法，从理论上来阐明社会主义现实主义的特点是什么的书籍和论文我们也印了不少，苏联和其他国家的社会主义现实主义作品我们也翻译了不少，这些都很重要，但是，没有生活实践的话，这些理论知识并不能保证作家在认识现实的时候能够真正解决那三个“怎样”，结果就是或者走入自然主义的歧路，或者陷于公式化和概念化。右派分子说，马列主义太多了，所以产生公式化概念化。可是，事实和右派分子的谬论相反，正因为马列主义太少，仅得皮毛，作家的思想方法和他的要求歌颂新社会新人新事的愿望发生矛盾而不自觉，而又仅仅从理性出发抓住了“应该是怎样”这一个环节，从而进行艺术创造，这就免不了要弄成公式化和概念化，尽管他主观上十二分不愿意这样做。

对于公式化概念化，也有一种简单化的看法，大致是这样：思想贫乏，结构简单，人物没有血肉，文字呆板，故事的发展有一套公式，看了头就会猜到结束，这就是公式化概念化。当然，你要叫这样的作品是公式化概念化，也未始不可，然而，如果以为这就包括了公式化概念化的全部意义，却也未必妥当。事实上还有这样的作品：结构也不是一根肠子到底，颇有些曲折，人物也生旦净丑齐全，而且还描写了他们的精神世界，文字呢，也还花哨，总之，该说的都说了，该做的都做了，该歌颂的都已歌颂，该抨击的都已抨击，该抒情一番，该写点风景的地方，也都抒了，写了，从各方面看，都合规格，然而这样一板三眼、合乎规格的作品在读者看来，借用评论家的口头禅，并未能“激动心弦”或者“灵魂深处受到震撼”，用俗话说，就是“看时也还看得下，看过也就忘了。”为什么效果会这样？有一句现成老话可以借来作答：没有搔着痒处。说得具体些，就是：读者没有在作品中看见自己的影子或者他的周围人们的影子，读者不能在开卷时就觉得有一股熟悉的气味扑面而来，最后，读者也不能在这部作品里发现大家意识中模模糊糊存在着而却被作者一口喝破的事理和思想。如果说这样的作品跟上面所说的那种一般被戴上公式化概念化帽子的作品是难兄难弟，那也不公平。但总不能笼统地以“平庸”二字谥之，总该从它的本质上给一个考语。不揣冒昧，我打算称之为高级的公式化概念化，——以别于一望而知的初级的同类作品。

为什么会产生这样的作品呢？右派分子大概又要叫道：“这是因为政治第一、党性……等等，束缚了作家的发挥才华的自由。”这是胡说！这里没有篇幅重述大家说过的驳斥这种胡说的话。可是，也有这样的看法：还是因为作者缺乏生活。不过，也有事实证明，这样一部作品的作者并不缺乏生活，它倒是作者长期生活在某一地方的产物呢！那么，敢情是作者缺乏观察力，不能透过表象，深入本质，故而只能宽皮宕肉来这么一部不痛不痒的作品？

我想，大概就是这样。可是我打算换一个说法来具体地说明这个问题。

什么是产生这样的作品的原因？也许可以想象作品的生产过程大体上是这样的：作者在长期“扎根”在某处而认真地生活的时候，沸腾的生活现象他都照单全收，可是他的思维器官缺少足够的分析、提炼这些生活现象的特殊装置（辩证唯物主义和历史唯物主义），因而既不能取精去芜，也不能分别主次；然而他自己并不意识到这个缺陷，不但不意识到，他还借助于从书本上看来、从报告或访问中听来的“总结”的警句，而把他所积累的素材（生活经验）加以“科学方法”的处理，换言之，他已经把“我所感觉到是怎样的”，和“应该是怎样的”结合起来了，但是可惜这只是拼凑在一处的“结合”，而不是融会贯通的结合，其结果，生产出来的东西却并非“实际是这样”。

凡是写过失败的作品的作家们大家可以想想：上面这番话是不是凭空

捏造？如果你不愿意用形而上学的说法，把这种失败归之于才华不够（当然，作家的才华有大有小，是事实，但在这里所假设的例子却不是泛论谁有八斗才，谁只有几升，而是说同一作家有写成功了亦有写失败了的作品，从而分析其原因），那就不能不承认问题在于思想方法还有主观主义的成份，还是一方面既有经验主义的成份，一方面又有教条主义的成份；有这种思想方法毛病的作家当其面对的生活现象比较单纯而且小规模的时候，还不至于出乱子，但常其面对的生活现象更复杂、变化更快、而且面也更广、规模也更大的时候，他这思想方法的缺陷就会使他大出乱子——生产了像上面所说的作品。

我打算谈的就思想方法上研究公式化概念化之所以产生，就谈到这里为止。我再用简单的提纲式的三句话来收束本节的论证：古典主义者和浪漫主义者就其思想方法而言，一个主要是写了“我认为应该如此”，另一个主要是写了“我感觉到是如此”，因而实质上是公式化概念化的东西在这两个流派的第二、三流作家的作品中，实在经常可以看到；现实主义、特别是社会主义现实主义的作家，按其思想方法而言，本来不应该产生公式化概念化的作品，但是事实上还是产生了，其原因还在于思想方法，因此，克服公式化概念化的有效方法还是在生活实践中加强锻炼，使得自己的思想方法完全摆脱经验主义与教条主义。

批判的现实主义从人和环境的关系，以艺术概括的方法，表现了社会发展的规律，——这是19世纪后半马克思主义思想的传播，以及欧洲阶级斗争的高涨，对于那时候的现实主义作家所起的影响。但是，同时期的一些反动思想，例如实证论（它和哲学上的自然主义同样为文艺的自然主义提供了思想基础），例如经济唯物主义（这个冒充为历史唯物主义的庸俗的历史观对于19世纪末年的有些现实主义者所起的坏作用尤其显著），既然也是阶级斗争中思想斗争的一面，就必然要在作家们思想意识中得到反映。这就是出现在文学作品中的社会规律（经济法则）对于人们命运的安排几乎是宿命论的思想。古典主义文学和浪漫主义文学把伟大人物（历史人物）的意志作为人们命运的风向针，他们以为历史是依照一些大智大勇的超人或伟大人物的独断、毅力或理想而转移的；这种错误，上文已经讲过，此处不再赘言。受了实证论和经济唯物主义影响的一些现实主义作家却又走到另一相反的极端，他们描出了这样一些图画：社会规律成为新的上帝，一切事都是早已安排好的，注定要来的，人们无法使其不来，注定了不来的，人们也无法使其来；早来或迟来，也非人们所能左右；它给读者的暗示就是人民大众的革命活动对于历史的转移没有积极作用，革命政党的活动乃是扯淡，人们坐待社会规律的发展阶段的到来就好了，革命理论以及革命活动的伟大的组织者（个人），对于历史是不发生作用的。这样地把人描写为绝对受着环境的支配而没有一点主观能动性的禽兽一样地生活着的高等动物，当然要发生很大的消极作用，同时也引起广大人民强烈的不满。

“太现实了，太没有一点理想了！”这是一些评论家的抗议。当然，我们要记得，这些好心的评论家对于“现实”或“理想”有他们自己的定义。如果照我们对于“理想”或“现实”的理解来批评那些景色惨淡的作品，我们的评价是：正因为它们不能用唯物主义历史观来解释社会发展的规律，所以它们既没有真实地反映现实，也提不出鼓舞人心的理想。

经济唯物主义否认政治、政治机构，思想和理论在历史过程中所起的积极作用，而且否认群众或代表群众意志的杰出的个人活动家在符合社会发展规律的条件下对于促进社会变革所起的积极作用。正和古典主义或浪漫主义一样，接受了经济唯物主义错误思想的现实主义者，也不能正确地认识个人在历史上的作用。历史唯物主义则不然。历史唯物主义把辩证唯物主义的原理运用到社会生活的研究，一方面认为物质生产是社会发展的主要推动力，另一方面也认为社会发展一定阶段上的社会经济制度（基础）所产生的政治机构、思想和理论（上层建筑）在社会发展中也能起重大作用——能加速社会的发展（如在社会主义国家），或者延缓甚至阻碍社会的发展（如在今天的资本主义国家）。历史唯物主义又告诉我们：在阶级社会中，先进思想是阶级斗争中的先进阶级的世界观的反映，代表先进思想的个人和集团的活动能够促进和加速社会的发展，因为这些先进思想符合于社会发展的规律。

但是，以上这些观点，并没表现在现实主义文学的整个发展过程中。这也决定了现实主义只能以批判的现实主义作为它发展的最高阶段，而且这也是批判的现实主义之所以被讥为“只有现实，没有理想”。

把现实和理想结合起来，或者用我们常用的更明确的说法：透过现实，指出理想的远景（所谓从今天看到明天）：这是只有社会主义现实主义才能够完成的任务。因为社会主义现实主义者是用辩证唯物主义和历史唯物主义武装了自己的头脑的，也就是说，他们的世界观，和历来的现实主义者完全不同。

古代的伟大作品之所以到今天还没有失去光芒，其原因之一便是它们描绘了理想中的美好和崇高的生活，它们塑造了一些理想的英雄人物；为了追求宏伟的理想，这些英雄人物发挥了大无畏的精神。这就是为什么革命的浪漫主义作品在今天读之犹令人神往。然而，这些英雄人物本身是不现实的，是超人，他们舍身以求的理想的生活，也是出之于幻想或空想。因此，尽管使人神往，却缺乏实际的指导意义。

社会主义现实主义所要求塑造的英雄人物既是抱有伟大理想的舍己为人的英雄，同时又是现实的人；他们不是个人主义的英雄而是集体主义的英雄；是从群众中间产生、而仍然是群众中一员的英雄，而不是从半空掉下来的超人式的英雄。他们不怕牺牲生命以求实现的伟大理想，也不是出之于幻想或空想，而是在马列主义思想指导之下，由苏联、中国以及其他社会主义国家的社会主义革命和社会主义建设的实践所证验的人类社会发展的最高阶段——共产主义社会。抱着这样的伟大理想的英雄人物就应当是丰采照人而又和易可亲，应当是随时随地都走在群众前面而又不脱离群众，应当是胸襟阔大、高瞻远瞩而又决不主观，没有空想。这样的英雄人物当然不同于革命浪漫主义的英雄人物，因为革命浪漫主义的英雄人物并不是现实的人，而社会主义现实主义的英雄人物却是生活在我们中间的现实的人；然而，从作家这边说来，这样的英雄人物之所以能够塑造成功，除现实主义而外，还要有革命浪漫主义的精神。用我们常用的一句话，就是：社会主义现实主义包含着革命浪漫主义。

在故事（这是人物的行动所构成的）和环境（这是故事发生的空间）方面，革命浪漫主义追求着超拔俗的不平凡——所谓奇事奇境。不用说，这些奇事奇境也是空想的成份多，而现实的意义少。人们常说，旧社会的生活是灰色的，平凡的；然而，也只有社会主义现实主义能够透过平凡（一般人以为是平凡）的表面，挖掘出现实的真正的不平凡，用如火如荼，惊心动魄的笔墨表现出来。我们试想：大都市和农村的生活底层，地下党的活动，异常复杂的多种多样的斗争方式，比起中世纪或古堡中的英雄，或者绿林豪杰的义侠行为，难道不是既更现实，又更不平凡？至于新社会中的不平凡，那就多到不可胜数。拿这几年我们大家亲身经历的大小事件来说，难道不是空前的不平凡？我们的富于想象力的祖先描写过许多令人拍案叫绝的奇事奇境，然而和今天我们现实世界中天天出现的奇事奇境比起来，已经大为逊色。这些现实中的奇事奇境，不论是属于社会主义改造的或是社会主义建设的，共本身的绚烂多彩和波澜壮阔，都要求我们的作家以革命浪漫主义的神韵和笔调，大气磅礴地表现出来。毋庸讳言，我们今天的一些比较优秀的作品，虽然骨格遒劲，义正词严，然而气魄不够，文采不足，还缺少革命浪漫主义的沁人心脾、使人陶醉，使人振奋的笔力。

从十月革命到今天的40年中，苏联以及其他国家的革命文学家的艺术实践已经有力地证明：社会主义现实主义创作方法体验着理想与现实的结合，也体验着革命浪漫主义和现实主义的结合。而所以有此可能，就因为社会主义现实主义的思想基础是辩证唯物主义和历史唯物主义。也就是在这一点上，说明了社会主义现实主义虽然继承了旧现代主义的传统，却完全是一种新的创作方法，因此，认为毋须另立新名（社会主义现实主义）而只要称为“社会主义时代的现实主义”就可以了的说法，是错误的；因为它抹煞了旧现实主义和社会主义现实主义这两种创作方法的思想基础的迥然不同，也模糊了社会主义现实主义的鲜明的阶级性和政治原则。

这篇漫谈，到这里应当结束了。已经拖得太长了，不合时宜。本来不打算写得这样长，但因采取了漫谈的方式，信笔所之，常如脱缰之马，离题颇远，然后再收回，这就冗长而噜苏，而全篇结构也就松弛，且有重复之处。就文风而论，这都是不足取的。可是生炒热卖，前两段既已发表，后两段亦只好将错就错。而且因病搁置，中隔两月，续写之初，虽屡经易稿，终觉前后笔调颇不一致。在这里来点自我批评，意在说明，写论文的重要原则应当是结构谨严，不枝不蔓，我这篇文章没有能够遵守这个原则，是不足为法的。

至于本篇所提出的问题，主要是两个：创作方法和世界观的关系，现实主义与反现实主义的斗争。我以为去年的一些文艺上的修正主义思想，都和这两个问题有关系，因此，本篇所论证，也始终围绕着这两个问题。文艺上两条路线的大辩论，还要继续展开，我这些不成熟的意见，聊供参考而已。

（4 月 21 日）

编者注：

《夜读偶记》系茅盾先生于一九五六年间，陆续读了国内八种主要文艺刊物登载的有关文艺问题的讨论，文章三十二篇（约五十万字），“读时偶有所感，便记在纸上。”后来经过整理，写成文章，题名《夜读偶记》。

第三辑

读西洋名著

一　荷马的《奥德赛》

古代希腊留给我们两部伟大的史诗：《伊利亚特》（Iliad）和《奥德赛》（Odyssey）。相传作者名荷马（Homer），是一个盲子，约生于公历纪元前八百五十年左右。但近代学者研究之结果，以为荷马者，未必真有其人，而两大史诗《伊利亚特》和《奥德赛》亦未必出于一人之手。近代学者如莫尔顿①以为最早的文学是“口头”的，而民族的“史诗”也就属于“口头文学”。据最合理的推论，则《伊利亚特》和《奥德赛》最初是许多无名诗人（此所谓“无名”乃名不传于后世）就同一题材所作的“口头文学”，数量一定很多，有重复，而且也互有异同。此种诗歌的繁衍，也许就在纪元前八百五十年顷，也许有名荷马者，所作独多。当时只凭口头传诵，尚未有写本，更不用说像我们现在所见的那样《伊利亚特》和《奥德赛》了。当时大概是许多诗歌形成的两大“故事的集团”，虽咏同一历史事件，但各有主题。后来纪元前五百年顷雅典执政庇士特拉妥（Pisistratus）召集了许多文人，将这些“口头文学”编次删订，写为定本，这便是我们现在所见的《伊利亚特》和《奥德赛》了。

《伊利亚特》和《奥德赛》的题材，是纪元前十二世纪发生的特罗亚战争（特罗亚在小亚细亚，近伊琴海口，是古代一个商业繁盛的地方）。希腊军远征特罗亚，十年方得攻克，《伊利亚特》就讲到第十年上战争将近结束时的事。特罗亚军的勇将海克托之死，决定了这十年相持的战局。《奥德赛》讲的，却是希腊军得胜后归国，其中最有智谋的将官攸力栖兹

---

① 莫尔顿（R. G. Moulton，1849—1924），英国作家、文学教授，著有《古典戏剧》《圣经的文学研究》《现代文学研究》等。

在海上遇险，飘泊了十年方得返国的故事。

攸力栖兹就是用了木马奇计攻破了特罗亚的英雄。特罗亚既破，希腊联军的将官们都饱载而归，攸力栖兹带了部下也航海回国，因风向不定，忽漂到了“食莲人”所住的地方，这里有一种莲花，外来人吃了就不想回家；攸力栖兹部下二人着了这道儿。后又漂到了巨人族赛克洛普斯所居的荒岛。这些独眼巨人养得好肥羊。攸力栖兹带了伙伴上岸去偷羊，却被巨人捉住，囚在一石洞内。后幸攸力栖兹用计伤害了那巨人，逃回船上。可是大祸就来了。原来那巨人是海神涅普条因的儿子，今被攸力栖兹所伤，那位海神就不肯甘休。攸力栖兹既离巨人岛，又到了快乐的伊奥拉斯他们所居的浮岛，住了三十天，后来要走了，那些良善的伊奥拉斯送给攸力栖兹一只大皮袋，内装各样的恶风，却留西风在外，吹送攸力栖兹一行人回家。航行了九天，快要到了，不幸攸力栖兹的部下偷开了那皮袋（他们以为袋里藏的是珍宝），于是立刻恶风大作，将他们吹回原路。途中在拉摩斯又遇巨人族，攸力栖兹丧失了所有的船，只剩自己坐的那一条，然后又漂流到了太阳神的女儿塞栖所住的伊耶岛。塞栖能作魔法，变人为猪。攸力栖兹的部下都被变为猪，独攸力栖兹因先得神黑梅斯赠以仙草，得不变。塞栖见自己的魔术失效，又知来人是攻破特罗亚的英雄，就把余人尽复为人形，留攸力栖兹在岛上做了夫妻。这一留，又是一年。后来攸力栖兹一定要走了，塞栖乃先教他到冥国求预言者泰里纳阿斯问将来的休咎。后又嘱咐攸力栖兹：途中将遇女首鸟身的海怪赛轮，及日神女儿牧羊的岛；赛轮善歌，能使航海人迷失本性，而日神女儿牧羊岛上的神羊千万不可伤害。攸力栖兹他们后来虽然逃过赛轮的诱惑，但到底杀了日神岛上肥腯的神牛。于是日神大怒，诉于神王宙斯，立降巨风，将攸力栖兹一行人全都溺在海里，惟攸力栖兹未食牛肉，保得一命，漂流到了奥吉吉亚岛，被美貌的女妖卡力普索绊住了，一直过了七年，还不放他走。这女妖是受了海神涅普条因的命令才这样干的，涅普条因是借此给儿子报仇。

当攸力栖兹被女妖绊住的时候，攸力栖兹的妻皮涅罗皮在家里也被许多贵族少年包围了求婚。他们天天在攸力栖兹家里喝酒胡闹，把攸力栖兹一份家产几乎花光。有耐心的皮涅罗皮很巧妙地对付这一班无赖的求婚者，一天一天拖延着，只盼望丈夫早些回来。但是被软禁在女妖岛上的攸力栖兹并不知家里的事情，并且他也不能脱身呢。幸而女神密涅发请于神王宙斯，命女妖卡力普索放攸力栖兹自由。宙斯的命令，女妖自然不敢违抗，但海神涅普条因还不肯甘休，他兴风作浪，又把攸力栖兹的木筏弄坏。复因神助，攸力栖兹得不死于水，而且游泳到了菲细亚岛的港口。仍因神助，攸力栖兹居然为菲细亚岛国的上宾，岛王替他备好了船，送他回希腊去。攸力栖兹既到了自己国土，女神密涅发又来指点他如何化装为乞丐回家去先试探皮涅罗皮的贞洁，然后惩罚那班无赖的求婚人。攸力栖兹一一遵办，恢复了家产和他的妻。

《奥德赛》跟《伊利亚特》被称为“欧洲文学的祖宗”，因为这两部书不但是最早的，并且包含着文艺上基本的技巧。《伊利亚特》的主要写法是“第三人称”，《奥德赛》的，却是“第一人称”；《伊利亚特》所述者不过是几天内发生的事，而《奥德赛》的，却是十年间的记录；《伊利亚特》描写的中心点是战争，《奥德赛》的，却是“人情世故”；《伊利亚特》的中心人物是男子，《奥德赛》的，却是女人。《伊利亚特》是雄伟的，《奥德赛》则是瑰奇的；《伊利亚特》有的是所谓“阳刚之美”，而《奥德赛》有的却是所谓“阴柔之美”。《伊利亚特》给我们看一些狮子般勇猛，老虎般暴烈的男子，《奥德赛》写的女人却柔媚如猫，狡谲如蛇。即如两书中都居于主角地位的女神密涅发罢，她在《伊利亚特》内是一个“战士”而不是女人，反之，在《奥德赛》内她却是“女人”而不是战士。

总之，《伊利亚特》和《奥德赛》完全是两种作风。大概最初的“无名诗人”从特罗亚战争的传说中找出了两个主题尽量发挥，而后来庇士特拉妥执政时的文人各从其类加以编订，所以我们现在所见的，已经完美到无以复加了。

《伊利亚特》和《奥德赛》是被称为“史诗”（Epic）的。“史诗”和“叙事诗”不同之处，即在“史诗”是民族的集团的著作，而“叙事诗”则为个人的著作。民族的史诗除希腊的《伊利亚特》和《奥德赛》而外，印度有《麻哈布哈拉塔》（Mahabharata）和《喇麻耶涅》（Ramayana）[①]，巴比仑有残缺的《吉尔伽麦西》（Gilgamesh）[②]，北欧有"Saga"[③]，而罗马诗人味吉尔（Virgil）[④] 摹仿《伊利亚特》所作的《伊泥易德》（Aenied）[⑤] 亦称为"史诗"，但亦或别加以"个人著作的"或"文艺的"形容词。

《伊利亚特》是"韵文"的，凡一万八千行左右，分为二十四卷；《奥德赛》也是"韵文"的，长短相若，也分为二十四卷。

《奥德赛》有傅东华的"韵文"译本，这是从英译本转译的，据他的自序，则以 William Cowper[⑥] 的无韵诗英译本为主，而参以 Alexander PoPe[⑦] 的韵文译本，S. H. Butcher and A. Lang[⑧] 的散文译本，以及 G. H. Palmer[⑨] 的散文译本（傅译，商务出版）。此外尚有高歌译的散文本，《伊利亚特》和《奥德赛》全有；此则是"译述"，颇有删节，盖用作儿童读物，欧、美亦通行删节也（高译，中华出版）。同性质者，又有谢六逸译的《伊利亚特的故事》（开明书店出版）。

---

① 《麻哈布哈拉塔》和《喇麻耶涅》通译《摩诃婆罗多》和《罗摩衍那》。

② 《吉尔伽麦西》通译《咏吉尔伽美什史诗》。

③ Saga 通译《萨迦》。

④ 味吉尔 通译 维吉尔。

⑤ 《伊泥易德》通译《埃涅阿斯纪》。

⑥ William Cowper W. 柯柏（1731—1800），英国诗人。

⑦ A1exander Pope A. 蒲柏（1688—1774），英国古典主义诗人。

⑧ S. H. Butcher and A. Lang S. H. 布彻和 A. 兰格，翻译家。

⑨ C. H. Palmer G. H. 帕尔默，翻译家。

二　无名氏的《屋卡珊和尼各莱特》

中世纪的欧洲在经济关系上是自然经济之支配时代，在社会关系上是封建制度的时代。那时全欧洲有许多小国，小国的国王下面又是许多各有自己采地的贵族——侯爵、子爵、男爵之类；贵族下面还有更小些也是各有自己采地的小贵族。侯、子、男爵对国王的关系是“家臣”对“君主”——国王是“君主”而侯、子、男爵是“家臣”，但是侯、子、男爵对他们下面的小贵族时则又是“君主”的身分，而那些小贵族是“家臣”了。中世纪的封建制度就建立在这样“君主”和“家臣”层层覆叠的关系上。

最小的贵族在他自己的“领地”——实际就是田庄里，也是一个主权无上的“君主”；他的堡，或者差一些只是一个庄，就是他的“国”。他要求他手下的农奴或佃农绝对忠心于他，正像他上面的“主”要求他绝对忠心一般。而这“忠心”的履行，大抵也只在发生军事行动的时候方能表见。在平时，层层下来的“家臣”各自理其“家事”，而层层上去的“君主”也不大需要“家臣”的尽忠。

然而在这封建的大机构中，还有些穷的小贵族；他们穷到没有“堡”或“庄”，甚至连“府邸”这名号也说不上，他们下面的“家臣”甚至只有一个兼牧猪奴与马夫的跟班。这一些穷的小贵族，在较上层的“君主”面前已经失去了“封建领主”的性质，而成为“君主”手下的一名武士了。中世纪满坑满谷的“骑士”的最大多数就来自这个穷的小贵族阶层。

但中世纪所谓“骑士”又是一种很尊贵的称号。实做了“君主”们的侍卫的武士固然称为“骑士”，而自有采邑的大小贵爵也得称为“骑士”；

这称号严格说来，是要国王封定的。

中世纪差不多天天有仗打。这些战争绝不是大规模的，通常不过几十到几百人（几百人已经算是大战），主要的战士就是“骑士”。不过中世纪为拥护圣教（基督教）而起的十字军，却是规模很大的战争；在十字军战事中，“骑士”演了很重要的脚色。

在“骑士制”全盛的时候，穷的小贵族生活没有办法的时候，就去跑江湖，想把自己造成“骑士”。他单靠武艺好还不够，他必须对“圣教”出过力，必须行侠——总之，必须用行为来证明了他确是合于“忠君、护教、行侠”的信条，然后可得正式的“骑士”封号。

“骑士”是译的“knight”一字，是职号。而“knight - errant”则是“侠士”的意思，不是职号了。“骑士制”是“chivalry”，这跟“专制政体”或“民主政治”同样有社会的政治的意义，又跟“宗教”一样有其社会的文化的意义。在中世纪，“骑士制”是社会的和政治的机构上一件重要的东西，是中世纪封建制度的柱石之一。拥护这“骑士制”，赞美“骑士”的生活的文学作品叫做“romance of chivalry”——骑士文学。中世纪的文学就是“骑士文学”。

中世纪的“骑士文学”第一期都是用“韵文”写的，称为“韵文罗曼司”。为什么叫做“罗曼司”呢？因为这些作品“韵文”用的并不是正规的拉丁文而是夹杂了各处方言以及野蛮民族的土语的一种叫做“罗曼司”的文字。这些“韵文罗曼司”的作者大都不曾留名，只得了个“trouvires”（法兰西北方的行吟诗人）的总称。这些作品主要的是描写骑士们的战功。同时法兰西南方的不鲁文司（Provence）又兴起了一派叫做“troubadours”的“行吟诗人”，也成了“骑士文学”的主要作家。这南方派的作品却多写骑士们战争生活以外的恋爱事件。“韵文罗曼司”兴行的时期约为第十二世纪到十三世纪。最著名的是《武勋之歌》（Chanson de Geste）[①] 和《罗兰之歌》（Chanson de Roland），这些“韵文罗曼司”的作者（trouvires 和

① 《武勋之歌》通译《武功歌》。

troubadours）大抵也是些破落的小贵族，他们在国王或什么封建诸侯的门下是“清客”的身份。他们歌颂那些封建主的武功，也赞美封建主的夫人们的美丽，自然也咏叹他们的艳史韵事了。不过这些恋爱描写是绝对带着虔敬的赞颂性质的。

从十三世纪后半起，新的经济条件到处在蚕食封建的机构了，封建社会向没落上走了。于是在文学上，韵文罗曼司让位给散文的故事了。这一些作品，就叫做“散文罗曼司”。

“散文罗曼司”的普通主题不是战功而是荒唐无稽的冒险——骑士和巨人、毒龙等的战斗和妖巫的战斗等等。也写恋爱，但也不是忠良臣民对皇后夫人之虔敬的咏赞，而是热情的变化多端的恋爱描写了。更因十字军远征而发生了僧侣派的“骑士”如泰姆不拉骑士（Templar），于是骑士文学的“散文罗曼司”也有宗教性极浓厚的故事，主人公的骑士为求灵魂超升，拒绝了一切世俗的诱惑，甚至连战功和侠士的荣名也都可抛弃的。

“散文罗曼司”的大本营在西班牙。有名的作品是《戈尔的阿玛迭斯》。到十五世纪末，西班牙又产生了“牧场罗曼司”（pastoral romance）和“恶棍罗曼司”（picaresque romance）——总称“后期罗曼司”。这两种却是当时一些从新兴的商业阶级出身（或关连于商业资产者）的文人利用了“罗曼司”的形式去讽刺骑士的。

现在我们要讲的《屋卡珊和尼各莱特》（Aucassin and Nicolette）是十三世纪的遗物，原作者大概是法兰西人。有人以为或者还要早些。这一篇罗曼司，一半是韵文，一半是散文；而且重要的叙述部分全是散文。而据茄司东·巴吕司（M. Gaston Paris）所说，则这些散文也是有旋律的，所以原来大概也合宜于歌唱，还是给耳听，而非给眼看的。但这形式分明是从“韵文罗曼司”到“散文罗曼司”中间的过渡形式（研究中世纪文学的专家有谓“圆桌故事”中间有几篇是十二世纪就写成的，因此证明散文罗曼司早在十二世纪就发生；此说如确，则半韵文半散文的《屋卡珊和尼各莱特》或者是十二世纪的东西了。但散文罗曼司即使发生很早，它取代了韵文罗曼司的地位却总是十四世纪的事。半韵文半散文的形式也许早在十二世纪就有，但倘使有过盛行的一时期，大概恐尚在十三世纪罢）。

《屋卡珊和尼各莱特》的主要动作是恋爱。屋卡珊的父亲格兰伯爵是一个老而怯弱的人，他听说伐朗司地方的步迦尔伯爵要带兵来打他的薄盖尔地方，就对年轻美貌的屋卡珊说，要他出去打仗。屋卡珊是恋爱着一个掳来的回教女子尼各莱特的，他要求打仗后许他和尼各莱特一见。他的父亲只好答应了。屋卡珊既去打仗，他的父亲却去找到那掳得尼各莱特的某子爵，命令他赶走尼各莱特。但子爵已把尼各莱特认为养女，且已使她改信基督教，所以不肯照办，只把尼各莱特关在花园内的古堡里。这时候，屋卡珊骑了一匹大战马去打仗。但他心中只是想念着尼各莱特。心神不属，马溜了缰，竟闯进了敌人营中，被敌人捉住，报告了步迦尔伯爵，请他来验明正法。屋卡珊定神四顾，就挣扎脱逃，他打倒了看守他的十多个武士，又出其不意打倒了刚刚来到的步迦尔伯爵，捉了伯爵，竟自回家。屋卡珊见了父亲，要求一见尼各莱特。父亲反悔前诺。于是屋卡珊放了他的俘虏——步迦尔伯爵，并说步迦尔伯爵可以为所欲为了。但是屋卡珊立刻被他的父亲捉住，关在地牢里。那边尼各莱特知道了这个消息，乘夜逃出去探望，她到屋卡珊的监房外，告诉他说：她将要到天涯海角去，以免屋卡珊因她而受祸。正说间，巡兵已来，尼各莱特险些被捕。她逃出了城，在森林中过了一夜，第二天早上她设计令一牧童去告诉屋卡珊，假说林中有猛兽，约于三天后来相会。她就在林中搭好一个住宿的巢，专等屋卡珊。

尼各莱特逃走的事传遍了。大家猜她已死。格兰伯爵因此放出了屋卡珊，并设筵压惊。屋卡珊却是满心不快活。宴席上有一老骑士悄悄指点屋卡珊到森林中去。屋卡珊依言偷了马出去，在林中遇见牧童，知道了尼各莱特在此林中。于是他在林中找。找了一天，还是找不到；衣服和皮肤都被荆棘扯破刺伤了。直到夜里，方才看见了尼各莱特自造的美丽的巢。两人既遇，慌忙同骑一马，从森林中跑到海滨去了。在海滨，他们看见一只船，他们招手，船即自来，于是他们到了丢留拉国。不料这国不久即有战事，回教人进攻，屋卡珊与尼各莱特被捕，分囚在两船中，彼此不能通问。囚了屋卡珊的船途中遇风，船破了边，却漂流到了薄盖尔地方——就是屋卡珊的乡邦。这时，正当老伯爵去世，国内无主，人民就拥戴屋卡珊承袭了爵位。但是屋卡珊对于土地、地位，都不看重，他一心只想着尼各莱特。

尼各莱特被掳到卡太基国，被进贡给国王。哪知一见之下，才知她就是这国的公主，幼时被耶稣教人捉了去，大家早以为她已死了。此番忽然复来，于是大家快乐得很。尼各莱特的父亲想用尼各莱特去结好强邻。尼各莱特知道了，便改装偷出宫门，乘船直赴薄盖尔城。她在城里看见屋卡珊正坐在堡门口纳闷。因为她已化装过了，屋卡珊不认识她，只以为是一个卖唱者罢了。尼各莱特乃奏提琴唱一歌，歌词即述他们二人以前的遭遇。屋卡珊一听，就跳起来抱住了她。以后他们就结婚，再没有岔子出了。这是大团圆的结束。这也是中世纪多数罗曼司的老套。

《屋卡珊和尼各莱特》有戴望舒的译本（从法文译，光华）；又有邢鹏举的译本，名《何侃生与倪珂兰》（不详所本，新月）；又有伍蠡甫、刘麟生二人的英汉对照本，名《两个罗曼司》（内除屋卡珊故事外，又有 Amis and Amilit 的故事），则多节删，然重要点是保存了的，特别是诗的一部分（黎明）。

三　但丁的《新生》

中世纪的封建制度产生了“骑士文学”，但是十字军过后，来了一个商业上的大活动，威尼斯（Venice），佛罗棱萨（Florence）①，以及日内瓦（Genoa），都因地理关系，都成为商业和手工业的都市。这些都市里中间尤以佛罗棱萨城的变化最大。这都市里的职业公会（Guild）的手工业者和商人以及银行家完全把贵族势力降服，摹仿着古代雅典的政体，建立了“自由的”都市的国家。在十三世纪末及十四世纪初，佛罗棱萨已经有相当巩固的新的都市文化形成了。但丁的《神曲》便是带有这一文化的印痕的作品。

但丁（Alighieri Dante）是一二六五年生于佛罗棱萨。他出身是骑士（破落户的小贵族），但后来不得不以药剂师的资格加入了同业公会（这是在一二八八及八九“革命”战争以后）。并且在市民政权下他打算尽力于文艺，他第一次写的诗是悼念那位正在盛年却就死了的比亚特利斯。他在九岁时在五月祭中见过这位姑娘，他就心里爱上了；这位姑娘二十五岁上就死了，但是她的影子在但丁心中永远存在着。这是他诗人活动的开始。后来他在这些诗上又附加了散文的解说，因此最后就成了一半是诗一半是散文的故事那样的作品，这，他叫做《新生》（La Vita Nouva）。

三十五岁的时候，但丁被选为市民委员会（六人）的委员。那时佛罗棱萨的市民分成了两派，市民派和贵族派，酝酿着政变。但丁属于贵族派。一三〇〇年顷，但丁正带了外交使命到罗马教皇那里，佛罗棱萨发生了政

---

① 佛罗棱萨 通译 佛罗伦萨。

变，反对贵族的市民派得了胜利，但丁的财产被没收，并且宣布了但丁和他的朋友们的终身流刑，要是他们被捉到，要用火活活烧死。但丁和他的一派也曾打算袭取佛罗棱萨，可是失败了，不得不亡命。一三一〇年，德意志皇帝亨利第七远征意大利。但丁曾把恢复贵族权力的希望寄于这位大皇帝。但亨利第七不久就死了，于是但丁断念于政争，也断念于复归故乡，成一流浪的诗人。

他的《神曲》就在那时期产生。这是从骑士的实际政治活动上退出来的他，对于中世纪的哲学的艺术的总决算的作品。

但丁最初题他的这部伟大的叙事诗为 Commedia（喜剧），为的这长诗的开头是哀切暗淡而结尾则是宁静光明；Divina（神圣）这个形容词也许是崇拜他的后人所加。在这长诗中，但丁告诉我们，怎样在一千三百年耶稣复活节前，星期四那一天，他在一个深林内迷了路，拦住他去路的是一只豹，一只狼和一只狮子。然后树林里跑出一个白衣人来，却是罗马诗人维吉尔（Virgil），说是跟了他去，便可看见比亚特利斯。于是但丁跟了维吉尔先游了地狱。地狱是漏斗形的，和地狱相对照的，是圆锥形的高山，这便是净土界。在山顶上，但丁遇见了比亚特利斯。他在她面前自白了自己的过恶，就一同飞上了永久幸福的天国。

《神曲》的要义在《地狱》篇。但丁把凡是沉迷于尘世荣华利禄的人都放在地狱的九层里——地上的生活是悲叹和罪孽的渊谷。幸福之天国只有经过净土界涤净了一切尘世污秽的灵魂才能进去。这一种禁欲主义是《神曲》的主题。

但是《神曲》在宗教的禁欲主义而外，还表现了那时渐次没落的骑士贵族阶级的意识形态。但丁在这长诗内，夸耀他的祖先是骑士望族，深恨一千三百年佛罗棱萨的市民革命性质的政变的主动者，太息于名门贵族之逃亡损伤了佛罗棱萨的美观，痛心于残余的贵族竟不顾体面向放印子钱的市侩乞怜，而且责备佛罗棱萨的市民惟利是图跟在钱袋后边革贵族的命。他竭力想以骑士的美德的过去世界来和粗野的物质的现实对立起来。

《神曲》不单是哲学的宗教的象征，而也是社会的政治的象征。诗中一切都有象征的意味。这是中世纪的文艺风格。

然而《神曲》虽是那正在死灭的封建的宗教文化最后之哀音，但因是在勃兴而且强化的都市的商业手工业文化的环境中作成的，所以也带着二重性了——即一方面也有都市市民的新的文化特征流露在那里。这些特征，一是敢于将自己的个性作为人生之中心的个人主义的色彩，二为在基督教神话之外又杂采了异教（希腊罗马的）神话，使两两并立。又在形式上，韵律是合理地组成的，地狱的构造，设想极为绵密，故事已具小说的雏形，而且诗中处处可以看出写实的手法——这些，也是和纯然的中世纪文学不同的。

至于《新生》，自然不及《神曲》那样伟大，但这是叙述但丁和比亚特利斯相识的始末的，在抒情的意味上，也有它的价值。但丁在这一半散文一半诗的作品内叙说他幼年时如何遇见比亚特利斯而生爱慕，后来这爱慕在他心中引起了如何的转换，后来隔了多年后如何又遇见了她，如何晤谈；最后则述比亚特利斯在引起了他的最深的赞颂的信念以后就死了。

但丁是他那个转形期社会中的带着过去的残痕与现在的烙印的一个二重性的作家。完全代表了市民意识而且把市民自己的艺术形式创立起来的，是不久以后也是佛罗棱萨人而且是富商的私生子的薄伽丘（G. Boccaccio）。

一三二一年九月十四日，但丁穿着佛莱雪斯教派（这是禁欲的苦行的教派）的法衣死于拉文那（Ravenna）。

《新生》有王独清的译本（乐华）。《神曲》有钱稻孙的文言译的《地狱篇》的一部分，曾登《小说月报》十二卷。又《新生命大众文库》中有傅东华作的《神曲》，是把《神曲》节述为通俗故事的，亦可略见此名著之梗概。

四　薄伽丘的《十日谈》

薄伽丘（Giovanni Boccaccio）是文艺复兴时代的大作家。像别的许多古代的大作家一样，他的作品被许多人读得烂熟，但他的身世却被知道得很少。他是何处人，他的祖上是何等样的人，甚至他自己何年何月何日出生，他的母亲是谁——这一切，薄伽丘研究的专家们就有许多不同的意见。现在只据最通行而且近情的说法：薄伽丘的祖先大概住在离佛罗棱萨（今属意大利）二十里远的赤泰尔多堡（有薄伽丘自己的话为证），后来迁居于佛罗棱萨。他的父亲是有钱的商人，曾因商业事件往巴黎，姘识了一个寡妇（也有人说不是寡妇），就生了他。所以他是一个私生子。出生的年月，也不能确知，仅从旁面考证，知道他是生于一三一三年罢了。他的父亲后来把他带回佛罗棱萨，在佛罗棱萨长大。父亲希望儿子也做商人，所以当他十岁的时候，就叫他去学生意。后来觉得商业不是这个儿子所喜欢的，于是改叫他去学法律。但是他自己喜欢的，却是文学。他这志愿，直到父亲死后，方才完全达到。他的父亲大概死于一三四八年。以后他的生活状况，也不能详细知道；只晓得他常常奉了佛罗棱萨市政府的命令到欧洲各国去办外交，并且还当选过佛罗棱萨市的"执政"之一（不妨说等于现在我们所有的政府委员罢），任军政部长。一三七三年，他又被聘为新设的但丁诗篇讲座的讲师，但丁就是有名的《神曲》的作者，也是佛罗棱萨人（比薄伽丘早五十年光景）。一三七五年十二月廿一日，他病死于赤泰尔多。他有过一件恋爱的浪漫史，他自称那女子为菲亚麦泰；有人考证说，这就是那不勒斯（Naples）国王劳勃的私生女，而且已经嫁了一个位分不小的贵族。此说究竟可靠与否，尚无定论，不过薄伽丘有过情妇却是事实。

薄伽丘生得魁梧肥壮，圆面，有笑涡，神采清朗，算得上美男子。

薄伽丘最重要的作品就是有名的《十日谈》（Decameron）；此书前半部大概在一三五三年发表，全部出世则当在一三五八年左右。至于他在何时动手著作，则据《十日谈》的引子看来，大概是一三四八年了。

《十日谈》是用意大利语写的第一部伟大的小说，也是欧洲文学史上第一部伟大的小说。在这以前，“韵文”是坐了文学的第一把交椅的，“散文”写的纯文学作品不甚发达。《十日谈》始开了散文的新纪元。又以前，文学作品的主题不外是宗教，人物不外是帝王、教皇、骑士、贵族、圣僧；《十日谈》始把商人、手艺人、农夫、诗人、艺术家，作为故事的主角。这以前，文学作品不是描写了传说中的天神，古英雄（这也是半神性的），或古帝王，就是虚幻的梦境（例如《神曲》），《十日谈》始写到平常的人，有男女间的猥亵，有欺诈拐骗，也有慷慨激昂，所有现实人生的各方面几乎被包括尽了。

然而这样一部《十日谈》不是凭空产生的。它是那时候商业都市文化的第一朵花。佛罗棱萨市那时的商业和手工艺都发达了，商人的势力已经逼迫着封建贵族不得不渐渐没落。在商业都市的环境中，贵族文化的文艺形式——“韵文”，自然也不得不让位给散文了。富商之子的薄伽丘恰好发展了商业资产者自己的文艺形式——散文的短篇故事。薄伽丘对于贵族或特权的僧侣，并不尊敬的；《十日谈》中也写到他们，可是常常把他们写成滑稽的丑角。

十七世纪英文译本的《十日谈》给取了个小标题：“欢乐、机智、雄辩和谈话的模范”。这一句话，差不多可说是《十日谈》内容的摘要。原来《十日谈》是包括人生各方面的一百篇长短不等的小说。据薄伽丘在该书的引子上所说，一三四八年大瘟疫的时候，佛罗棱萨的有钱人中间，七个女子和三个男子，约好了同到乡下的别墅去避疫。他们消闲的方法之一是说故事。每天，他们中间举一人出来充当他们一伙的“王”或“后”，在这“王”或“后”的命令之下，这一伙（连王或后也在内）的每个人须得讲一个故事。他们在乡下住了十天，就得了一百个故事。《十日谈》就包含了这一百篇故事。虽然每篇独立，可是前后衔接的两篇又是暗示着情节的互相连络。自然，所谓避疫，所谓每人每日讲一篇，都不过是托词罢了。这一百篇故事，大部分是薄伽丘的创作，小部分是他根据了旧籍的纪载（他是博学的）而加以改作。

因为每天有十篇故事，所以《十日谈》的形式是每一天为一编，每编得有一个总题目，而这总题目是要包括那十篇故事的主要意义的。第一日（即第一编）的总题是“机智的话救了不幸”（也有说第一日无总题的）。其中重要的故事是：“无赖卓泼拉临死时以虚伪的忏悔哄骗老僧，死后遂得盛名，被尊为圣卓泼拉”（故事第一）。“犹太人麦尔契得靠一个故事的力量幸免苏丹布下的陷害他的罗网”（故事第三）。“一个僧侣犯戒应受惩罚，后来他用计使修道院长也同样地犯戒，遂得免罚”（故事第四）。“一个忠厚人偶因失检，为宗教裁判所长所罚，后来他很机智地揭破了僧侣的虚伪，因而得释”（故事第六）。“波赛尔用几句伶俐的话，讥刺守财奴，促其悔悟”（故事第八）。总之，十篇的主题全是“机智的话”。

第二日的总题是“命运的摆布”（一作：“成功地克服一切的困难”）。第三日的，是“命运的无常”（一作：“结局悲哀的恋爱故事”）。这却是大都有点秽亵的故事了，而且大都是暴露修道士的淫恶；例如“一个少年修道士命浦奇奥学修行，而当浦在修行的时候，少年修道士却和浦妻取乐”（故事第四）。“一个修道士用迷药送一人入炼狱，然后假扮成了此人的样子和他的妻奸宿”（故事第八）。“一个青年女子独自到荒林求崇事上帝之法，一个隐士（修道士）却诱奸了她”（故事第十）。第四日的总题是“恋爱的悲剧”，第五日的总题是“恋爱的喜剧”。第六日的总题是“巧妙的辞令”，在这总题下的十篇故事大多数也是男女之事。第七日的总题是“妇女欺骗丈夫的诡计”，这就几乎全体是不雅的性欲描写。第八日的，是“男女彼此欺骗的诡计”；第九日的，无总题，内容也是奸情与欺诈为主，例如一个极妙的故事：“女修道院长去捉院中女尼的奸，匆忙间却拿了僧裤做头巾，被女尼斥破，遂不敢捉奸了”（故事第二）。第十日的总题是“豪侠与慷慨”。这所谓“慷慨”，有一些也是关于男女私情的。

单看了上记的总题及重要故事，就知道《十日谈》中有不少的秽亵描写，而且对于僧侣女尼尤其嘲笑得刻毒。这一种纵乐主义和反宗教的态度都是从僧侣特权太大以及禁欲主义（宗教方面的禁欲主义实在只教老百姓禁欲）来的反动。

然而《十日谈》的最大的对于后世文艺的贡献即在它那包罗万象的生活描写；它写了各色各样的人，各色各样的性格，以及各色各样的世态人情。后来许多有名的大作家，如英国的乔珊（Chaucer）[①] 和莎士比亚都曾在《十日谈》内汲取他们创作的原料。乔珊的《刚忒勃莱故事集》（The Canterbury Tales）[②] 且摹仿了《十日谈》的体裁。他在该书的“楔子”里说：有三十一位香客（乔珊自己也在内）从南华克到刚忒勃莱去进香，他们先约好，去的时候，每人要讲两个故事，回来的路上，又要讲两个，所以如果每人都讲了，便应该有一百二十四篇故事。但是后来乔珊不能达到原定计划，他只写了二十四篇。

《十日谈》有黄石、胡簪云的合译本（开明书店出版）。这是根据了英国 Thomas Wright 的英译本转译的。英译本大概不免删节了原文描写性欲的地方，但这不关重要。我们现在有的这部《十日谈》虽然不是从原文直译，而且也不怎样全，可是你要晓得薄伽丘的面目，看这《十日谈》译本也算够了。

---

① 乔珊 通译 乔叟。

② 《刚忒勃莱故事集》通译《坎特伯雷故事集》。

五　莎士比亚的《哈孟雷特》[1]

莎士比亚（William Shakespeare）是英国伊利莎伯女王时代伟大的戏曲家，也是世界上最伟大的戏曲家之一。关于这位大诗人的身世，也有许多争论；十九世纪中叶有些喜欢做翻案文章的人以为莎士比亚是假名，而且隐在这假名背后的真人是法朗西斯·培根（Francis Bacon），但此说未为大多数莎士比亚研究的专家所承认。照历来传说的记录，则莎士比亚生于一五六四年，中产人家，十八岁结婚，二十岁到伦敦，做过戏子，因此渐自编戏曲；到三十多岁，就成为出名的诗人及戏曲家了。此时他不但有钱，且贵为宫廷供奉。四十五岁左右，退居于故乡斯忒拉福特（Stratford）的庄园，一六一六年死。

莎士比亚的时代正是欧洲的商业资产者逐渐抬头，贵族势力渐受牵掣威胁的时代。“文艺复兴”是这商业资产文化的第一页，莎士比亚却是它在英国的最伟大的作家。莎士比亚的作品正反映了旧的贵族文化和新的商业资产者文化的冲突。但是莎士比亚虽然在他前期的作品内写了商人的钱袋到底不敌贵族的势力（例如《威尼司商人》[2] Merchant of Venice，1594），但在他后期的作品内又写了相反的现象（例如《雅典的铁蒙》[3] Timon of Athens，1607?），而且写失败的铁蒙狂怒到憎恨任何人了。莎士比亚虽然很“忠实”地写出了贵族的不得不没落，但他是属于贵族这方面的。他之所以享了不朽的盛名，皮相者每夸其诗句之美妙，及戏曲的技术之高妙，

---

① 《哈孟雷特》通译《哈姆雷特》。

② 《威尼司商人》通译《威尼斯商人》。

③ 《雅典的铁蒙》通译《雅典的泰门》。

而其实则因他广泛地而且深刻地研究了这社会转型期的人的性格；嫉妒，名誉心，似是而非的信仰，忧悒性的优柔寡断，傲慢，不同年龄的恋爱，一切他都描写了。他的作品里有各种的生活，各色的人等，其丰富复杂是罕见的。

通常把莎士比亚的作品分作四期：第一期从一五八八年（?）到一五九六年，凡九篇，重要的是《罗密欧与朱丽叶》（Romeo and Juliet，1591），《亨利第六》（Henry Ⅳ，1592）等等。第二期从一五九六年到一六〇一年，凡十篇，重要的是《威尼斯商人》、《仲夏夜的梦》（Midsummer Night' s Dream，1595），《亨利第五》（Henry Ⅴ，1599），《随你的喜欢》[①]（As Yon Like lt，1599），《第十二夜》（Twelfth Night，1599）等。第三期是从一六〇二年到一六〇八年，凡十一篇，重要的是《凯撒》（Julius Caesar，1601），《哈孟雷特》（Hamlet，1602），《麦克伯兹》[②]（Macbeth，1605—6?），《李亚王》[③]（King Lear，1606），《雅典的铁蒙》等等。第四期从一六〇八年到一六一三年，凡四篇，重要的是《暴风雨》（Tempest，1611?）及《冬夜故事》[④]（Winter' s Tales，1611）。他的题材大概取自旧籍，如意大利的“罗曼司”，英国的编年史，波卢塔契[⑤]的《名人传记》，而加以改作。

《哈孟雷特》是莎氏的重要作品之一，而且也是最被人研究得多的一篇。这是依据了传说中之丹麦王子哈孟雷特的故事作的。哈孟雷特的父亲（丹麦国王）死后，王后便和王弟（哈孟雷特的叔父）结婚，而且此新的丈夫又承袭了王位。哈孟雷特对于母亲的行为不满意，对于父亲的突然而死，也起了怀疑，然而他所不满或甚至憎恨的人到底是他的母亲，因此他就不知道怎样办好，于是忧悒而且厌世。是时城中忽又传死王的鬼魂常于夜半出现。哈孟雷特于是和两个朋友亲自侦之。果然看见了鬼，哈孟雷特

---

① 《随你的喜欢》通译《皆大欢喜》。

② 《麦克伯兹》通译《麦克佩斯》。

③ 《李亚王》通译《李尔王》。

④ 《冬夜故事》通译《冬天的故事》。

⑤ 波卢塔契 通译 普卢塔克，罗马帝国时期的希腊传记作家、柏拉图派哲学家。《名人传记》（全称为《希腊罗马名人比较列传》）是他的代表作。

仗剑独自追去。追着了，那鬼果然是哈孟雷特已死的父亲的鬼；于是哈孟雷特心中的疑团打开了：他的父亲果然是被害的，凶手就是他的叔父，现在丹麦的新王。鬼又嘱咐哈孟雷特报仇并夺回王位，但无论如何不可伤害母亲。这一场见鬼，使得哈孟雷特神经错乱。他的朋友（同去找鬼的）劝他假装疯狂，以便暗中进行复仇，不料哈孟雷特一时竟有些真的疯疯癫癫了。然而这仇是非报不可的。这是理智的命令。但感情使他狐疑不决。他先借演剧来试探他从鬼那里听来的话是不是确实的。既证明是确实了，他就见他母亲，骂她，并想杀她，不料却刺死了隐在帏后的宰相，他的爱人的父亲。此后，是他被放逐出国；押解他的二人本受有丹麦新王的密令要在到了英国时将哈孟雷特杀害的，不料事泄，又适遇海盗，哈孟雷特仍返丹麦。这时被哈孟雷特所杀的宰相的女儿（即哈孟雷特的爱人）已经疯而且投水死了，儿子却要找着哈孟雷特报仇。同时哈孟雷特的复仇心却动摇不决。厌世思想却更浓厚。终于他因与宰相之子决斗，王后饮了新王预备着害死哈孟雷特的毒药酒而死，于是他仗着一时之气将新王（他的叔父）刺死。但他自己也死了。

这一篇戏曲，有田汉的译本，即名《哈孟雷特》（中华书局出版），田君又译有《罗密欧与朱丽叶》（亦中华书局出版）。此外，莎士比亚的作品译成中文的，尚有《威尼斯商人》（顾仲彝译本，新月书店出版，曾广勋译本，新文化书社出版）；《如愿》（As Yon Like lt），张采真译（北新书局出版），《第十二夜》，彭兆良译（新教育社版）。又《哈孟雷特》早时尚有邵挺的文言译本，改名《天仇记》，附记于此，聊见《哈孟雷特》在中国的经历而已（邵译，商务出版，在《万有文库》中）。

六　密尔顿的《失乐园》

密尔顿（John Milton）生于一六〇八年，死于一六七四年。他的一生占去了十七世纪的四分之三，他的一生又适当英国清教徒革命；他看着克林威尔（Cromwell）率领革命的清教徒（Puritan）推翻了斯多阿（Stuart）①王朝，击破了查理第一的军队，而且俘虏了这个可怜的国王处以死刑；他亲见共和政治的成立，他曾在这共和政府内积极服务（他做了克林威尔的秘书，办理外交文牍），以至于积劳而双目失明；他又亲见克林威尔死后共和政治的瓦解，斯多阿王室复辟（查理二世）；他在这“复辟”政变时曾经被捕。他把他剩下来的短短十年光阴专致力于文学，他完成了他的杰作《失乐园》（Paradise Lost）——这是他在一六五八年就开始写的，到一六六四年脱稿——和《再得乐园》（Paradise Regained）② 以及《大力士参孙》（Samson Agonistes）。

密尔顿的父亲是新教徒，密尔顿的“启蒙师”是一个略有名气的清教徒，密尔顿的清教信仰是在幼年时代就有了根的。他在剑桥大学读书的时候就写过很优美的短诗，例如《赞耶稣圣诞的早晨》（On the Morning of Christ’s Nativity）以及《快乐的人》（L’Allegro）和《悲哀的人》（Il Penseros）。大学毕业后，旅行了法国和意大利，再回到伦敦时，他忽然热心于政治活动，和宗教论争。以后，他就没有专力于文学，直到查理二世复辟后，方因无可活动始再拾“彩毫”。然而他在政治活动的二十年间，不是没有作品的，他写了不少的论文，他是当时很重要的散文作家。他的

---

① 斯多阿 通译 斯图亚特。

② 《再得乐园》通译《复乐园》。

曾经轰动一世的论文是《离婚的原则和教训》、《教育论》、《英国教会规程的改革》，以及拥护出版自由的“Areopagitica”。在共和政府宣布查理第一死刑以后，他又写了两篇赞助政府的文章——《为英国国民辩护》。这两篇文章使他驰名于大陆。在“复辟”的前夜，他还写了一篇政治论文——《建立自由的共和国之简便现成的路》。

密尔顿这些论文就代表了清教徒的资产者对于家族、国家、教会等等的见解。清教徒资产者的革命虽因查理二世的复辟而受顿挫，但是二十年后他们又行了第二次的“不流血的”革命而完全确立了自己的支配权。

密尔顿的《失乐园》和《再得乐园》可以说是清教教义之最明白的最典型的艺术作品。资产者的清教徒憎恨贵族的骄奢淫佚。清教徒崇视禁欲生活，轻蔑世俗的利禄，不喜欢纯美学的艺术，封闭剧场；密尔顿以为艺术（诗歌也在内）并不是美学的东西，而应当是追求道德的宗教的目的的东西，诗歌应当赞美神的伟大与全能，应当歌颂圣者及殉道者的光荣的斗争，以及凡以信仰之力与基督的敌人相抗争的正大虔敬的民族的事业和胜利。他这理论的实践，就是《失乐园》和《再得乐园》；前者写善与恶的斗争，后者写殉道者的光荣及其造福于人类。

密尔顿依清教徒的世界观和人生观，取《圣经》上寥寥数语的故事，敷陈为洋洋十二卷的庄严的“史诗”。他写上帝既将叛乱的萨坦[①]（恶魔）及其同党驱走以后，就打算再创造一个世界以及这世界的居住者；他派天使们在六天内创造成功了，“人”就是亚当和夏娃（这在《失乐园》中是从天使长拉飞尔的嘴里叙述出来，因为上帝知道萨坦又在捣乱想引诱亚当和夏娃反背上帝，所以特派了天使长去警告亚当和夏娃，告以上帝和萨坦战争的经过，及世界之创造；见原书第六到第八卷）。失败后住在下界深渊中的萨坦一方面集合同党，再谋叛乱，一方面他偷到乐园去，想诱坏了夏娃；他正在夏娃梦中引诱她，不料被守护的天使所见，于是他的阴谋失败了。但是萨坦不肯罢休，他第二次偷进乐园去，那时恰值夏娃不听亚当的

① 萨坦 通译 撒旦。

劝告，独自散步；萨坦幻形为一条蛇，劝诱夏娃吃那树上的禁果。夏娃当初打算不分给亚当吃，因为她想到如果独自吃了而变得更聪明时，那就可以使亚当更加爱她些。但她一转念，倘使她因此而死了，那么亚当就要去娶另外一个夏娃了，这是她所不愿的；于是她就决意分给亚当吃。亚当初时也想不吃，后来也因为要与夏娃同运命，便也吃了。这一吃了那禁果，就是违反了上帝的话，于是亚当和夏娃就被逐出乐园。

清教徒的思想就表现在亚当和夏娃的身上。亚当是勤勉的，能够节制快乐的，正跟初期的商业资产者的清教徒一样。夏娃是一个顺从而忠实的妻子，正也是清教徒理想的良妻。亚当与夏娃的性生活正也和颓废的贵族相反。在《失乐园》中，亚当和夏娃其实正是清教徒自己的祖宗的写真。

《失乐园》的末尾已经暗示了“人”仍旧可以再得乐园。而终于能再得乐园却亏了“最高德行”之化身基督的力量。这在《再得乐园》里，密尔顿用了美丽的虔敬的诗句赞颂着。

密尔顿的“史诗”是清教徒资产阶级在英雄的革命的时代的产物。到一六八八年后，清教徒的资产阶级既已确立了政权，这种宗教的英雄的诗歌也就让位给家庭小说了。

《失乐园》有朱维基的译本（第一出版社），又有傅东华译的半部，收在商务印书馆的《万有文库》中；傅译的后半部六七两卷已经在“一二八”的大火里烧掉了，所以只剩得半部。

七　莫利哀的《恨世者》

十七世纪的法国文学是古典主义极盛的时期。不但是法国，欧洲的其他国家，也汹涌着古典主义的潮流。

古典主义文学从艺术上讲来，是以古典的古代（希腊罗马）作为题材的来源以及艺术形式的轨范的；但从思想上看，古典主义所要求者，是理性主义和统一的人生观世界观等等。因为十七世纪是所谓重商主义的时代，商业（包括银行业的渐次发达和海外贸易的盛行）和大企业的兴起，要求了行政权的集中——扫灭了大小封建诸侯的政治势力圈（这是阻碍重商主义的发展的）而建立中央集权的君主独裁政治。这经济的政治的新形势反映在文学上，就是要求建立确定艺术的标准和统一文艺的作用。路易十三朝的法国首相兼红衣大主教立殊理（Richelieu）创立了法兰西学院（L'Academie Francaise）就负有这个使命。

这时候法国的悲剧达到了古典主义的最高峰。悲剧的作者如高纳衣（Corneille）[①]，如拉辛（Racine），都是古典主义文学最明显的代表。他们作品中的人物不是有个性的个人而是表现一个观念或倾向的类型。

然而同时代的喜剧——由莫利哀所创造的喜剧，则是二重性的。一方面莫利哀的喜剧的人物虽然也是同样地综合的类型的，但另一方面莫利哀的喜剧对高纳衣他们的代表了绝对主义的贵族的意识形态而言，则是对繁荣中的商业资产者利益和意识的拥护（贵族和资产者是那时候的君主独裁政治的两大台柱）。莫利哀作品中的贵族都是些丑角，或为摆着空架子而实

① 高纳衣 通译 高乃衣。

受富人金钱势力支配的破落户；或为谄媚逢迎的寄生虫；或为玩弄多角恋爱的没有灵魂的贵夫人。

莫利哀（Molière）于一六二二年生于巴黎。本名若望·白谛斯德·宝格林（Jean Baptiste Poquelin），后作优伶时方用莫利哀这假名。他的父亲是皇家裱糊装饰匠，巨室大族常有他的踪迹。他最初学法律，后来却想做戏子，和自己的老婆还有几个朋友组织了一个戏班子。不料营业失败，欠了债，坐过牢。一六四六年出狱，他同他原来的班子到外省去走江湖；那时他自编的剧本有在里昂演过的《轻佻儿》①、《外套》等等。一六六一年，他受法王路易十四的尝识，于是就常在宫中服务。为了迎合宫廷的嗜好，莫利哀也把古代神话的题材编了些牧剧和神话剧。但是他最擅长而且杰出的，是描写性格的喜剧。他的喜剧几乎每篇写一种性格。他又在对于贵族的讽刺中寓有警告资产者的教育意味。他嘲讽仰攀贵族而和破落户的男爵女儿结婚的农民出身的富翁，求荣反辱自招上一顶绿头巾（《乔治·丹亭》②）；他又嘲笑那些不屑做良妻贤母而自命为智识女子的女学者，他警告市民们不要沾染了这种恶习气（《女学士》③、《夫人学校》④ 等）。

一六七三年二月十七日，他演他的《想像的病》⑤，不料竟得了“想像”不到的病，当场出彩，过了三天就死了。

他的作品最著名者，有《伪善者》（Tortuffe）⑥，因为攻击教士的伪善太厉害，曾受僧侣的猛烈反对，幸有路易十四包庇，方得上演。《恨世者》（Le Misanthrope）是他一六六六年的作品；在这剧里，他喊出了他周旋于虚伪阴险的宫廷和上流贵族社会所受的创伤和窒息般的苦闷。剧中的主人公——恨世者亚耳赛斯特就是莫利哀自身，也就是反抗着贵族环境的包围而又只好逃避的资产者知识分子的代表。

---

① 《轻佻儿》通译《冒失鬼》。
② 《乔治·丹亭》通译《乔治·唐丹》。
③ 《女学士》通译《可笑的女才子》。
④ 《夫人学校》通译《太太学堂》。
⑤ 《想像的病》通译《心病者》。
⑥ 《伪善者》通译《伪君子》或《塔尔丢夫》。

《恨世者》的主人公亚耳赛斯特是“看不惯那些时髦人所做的下流样子”，“最恨的是那些满口甜言蜜语人的丑态”。他狂热地爱一个有钱的年轻寡妇（不过二十岁）色里曼纳，他只知道色里曼纳也有时髦人的下流样子，对于任何追求者都一样敷衍，他却还没知道这个色里曼纳很巧妙在玩弄每一个向她表示爱情的人。他对人类是恨到极点了，他说：“我的恨是普遍的，是人我都恨；这些人，我恨他们，是因为他们凶恶害人，那些人，我恨他们是因为他们对凶恶者也是一样和蔼。”但是他有一个例外，就是色里曼纳；他恨她，但是爱她。他不愿求人，所以一桩明明是他一面有理的官司，他却失败了，因为他的对手是一个会钻营的坏人。然而他在失败后说：“不管这个判词给了我如何显著的损害，我决不愿他们撤消这原判，因为在这里面我们看得太分明，正当权利是被蔑视了，我愿它世世代代老存留着，作我们这时代里人类险诈的一个显著的标志，一个卓著的证据。它无非使我费掉两万佛郎，但是为了这两万佛郎我便有权声讨人性之不公而不共戴天的痛恨它。”他不肯敷衍人，他直说一个给他诗看的贵族奥龙特的诗只配丢在粪窖里，因此冲突，几乎又惹起官司。而这奥龙特却又是他的情敌，他还在鼓中。他是刚愎的，他不听他的朋友非兰德的劝告：在钱财官司尚未宣判时，非兰德劝他去托托宫里有势力的人；在恋爱问题上，非兰德劝他丢开了那个满身骄悍而又惯于调唆是非的时下恶习代表的色里曼纳，而去接受诚实的欧利央（她是色里曼纳的表妹）。但是他有弱点，他在色里曼纳的面前就变成一个最不中用的脓包。当他发见了色里曼纳写给另一男子的一封甜蜜的情书，他决心要报仇；而报仇的方法就是要去狠狠地责备她那种阴险行为，大大羞辱她一番，然后拿一颗完全脱离了她的欺人的引诱的心献给了欧利央。然而当他到了色里曼纳那边，却又变成了请她明白表示到底爱他否。而这请求又是和奥龙特同时站在那女人的面前像两个卖菜小贩兜主顾似的同声请求。不但如此，当那狡猾的色里曼纳不肯明白表示，而且另外几个受她玩弄的男子忽然同时进来，宣布了他们所得的关于她的多角恋爱的新证据以后，所有的男子，连奥龙特也在内，都唾弃了色里曼纳走了，却只有他亚耳赛斯特不走；他虽然想要激烈地恨她，然而他的心不肯服从命令，他愿意饶恕了色里曼纳的一切，只要她肯即刻跟他跑到与世隔绝的“沙漠”中去住。这最后的“贡献”也被拒绝了。二十岁的漂亮的色里曼纳只肯和他结婚，却不肯离开巴黎的上流社交生活。不用说，她是打算在“亚耳赛斯特夫人”的掩护下仍旧玩她的老把戏。于是亚耳赛斯特只好抱着失望的心，连那转而去爱欧利央以对色里曼纳报仇的心思也没有了，却决定要“跳出这恶习当道的深壑，远远去找一个可以自由作君子人的僻壤”。这一个恨世者是没气力的，消极的！

《恨世者》有赵少侯的译本（正中书局）。此外莫利哀的著作已被译过来的，有高真常译的《悭吝人》（内有《悭吝人》L' avare 及《装腔作势》Les precieusis ridicules 两篇，商务出版），唐鸣时译的《史嘉本的诡计》（Les Fourberies de Scapin，商务出版），邓琳译的《心病者》（即《想像的病》Maladie lmaginaire，亦商务出版）；又东亚病夫译的《夫人学堂》（Lecole de fewmes，真美善出版），现在恐怕已经绝版了。至关于莫利哀的评传有杨润余作《莫利哀》（商务）。

八　福禄特尔[①]的《戆第德》[②]

福禄特尔（Voltaire）是十八世纪前半乃至中叶的欧洲大陆上最伟大的一个名字。在文学上，十八世纪也是古典主义在法兰西开始衰落的时期，而福禄特尔便是古典主义在法国最后的最伟大的代表。不过法国十八世纪的古典主义已经和路易十四时代的古典主义不同了。而这，也在福禄特尔的身上有了显明的表征。

福禄特尔本名若望·弗兰琐·玛利·亚罗含（Jean Francois Marie Arouėt），一六九四年生于巴黎。死于一七七八年。所谓“福禄特尔”“Voltaire”者，是他在一七一八年以后发表戏曲诗歌用的笔名。后来就以笔名行世了。他幼时曾在“耶稣军”派的教会学校读书，弄笔讽刺是他的特长，因此在二十岁到三十岁这十年之内他两次被逐出巴黎，又两次坐巴士底大牢。他的得名的悲剧“Oedipe”[③]（希腊古代传说中那位有名的底比斯国王的故事）在一七一八年问世。一七二六年，从巴士底大牢里放出来后，他游历英国，一住三年；这对于他的思想很有关系。他以后在政治理想上倾慕英国的君主宪政，在宗教的和哲学的观念上他一面反对那时的唯物论哲学，力言“神”的存在而且必要，一面又与加特力教会斗争——这都是他在英国受了的影响。他的叙述法兰西内乱的亨利第四的叙事诗“La Henriade”（《亨利曲》[④]，一七二八年）是有了莎士比亚的影响的。古典主义的

---

① 福禄特尔 通译 伏尔泰。
② 《戆第德》 通译《老实人或乐观主义》。
③ Oedipe《奥狄浦斯王》。
④ 《亨利曲》 通译《亨利亚德》。

他，虽然也用了古代希腊罗马的题材——所谓古典的题材，例如上举的悲剧“Oedipe”以及一七三〇年发表的“Brutus”①（古代罗马的题材），还有《凯撒之死》等等，但是他也取了异邦（例如一七四一年的戏曲“Mahomet”②），取了东方的以及中世纪的题材（古典主义是只用古典的古代希腊罗马的题材的）。这已经跟法国十七世纪的路易十四时代的正统古典主义文学颇不相同了。福禄特尔的悲剧和高纳衣（Corneille）和拉辛（Racine）不同。不但如此，福禄特尔的大多数悲剧又是用了古典主义的悲剧的形式而反转来批评这古典主义所从产生的旧社会制度的基础。这样用了既成的文艺形式来作为批评旧秩序的武器，原是转形期社会中常见的，而福禄特尔就是悲剧方面的例子。他之所以能把渐次没落的古典主义再一度发挥光芒，原因即在于此。

福禄特尔是拥护上层的资产者的作家。但是十八世纪的上层资产者已经不能像十七世纪那时一样和教会及绝对的君权妥协，而且不得不反对了，所以福禄特尔笔下的古典主义也成为教会和绝对君权的反对了。但是他这种新的内容也掩蔽不了古典主义艺术形式的衰颓。换言之，古典主义艺术形式的衰颓却靠了福禄特尔给与的新的内容而暂时得了最后的维持罢了。在福禄特尔的诗中，这种古典主义艺术形式的衰颓而不能复振，很显明地表现着。福禄特尔在悲剧一面的成就不能同样地在诗一方面得到。

福禄特尔曾经两次应普鲁士的弗力特立大王之召，为宫廷中的文学侍从；又曾为路易十五及弗力特立大王间的密使。晚年（一七五八年）隐居于日内瓦的反尔南（Ferney），以此，世称他为“反尔南先生”。他的著作除文学外，有哲学的和历史的著作。小说《戆第德》（Cahdide）作于一七五九年，是晚年的作品了。他是很少人能够比拟的伟大的讽刺家。他是反对平等的，和平等论者的卢梭很不和。他以为“平等”云者不是财产上的平等，而只是在法律面前的平等；他不赞成普及教育，他说：“在这世上，非永久有愚蠢者不可，愚人是为智人而存在的，如果没有愚蠢的人，那么

① Brutus《布鲁图斯》。

② Mahomet《穆罕默德》。

什么都完了。”他以为世上有智者有愚者，智者劳心，使役人，而愚者劳力，役于人，好像是天经地义不可废的，废了的话，世界就不成其为世界了。

《戆第德》也多少表现了福禄特尔的“一切是为了优秀者而存在”这一思想。主人公戆第德是贵族出身，是肯芮根特男爵的义子，乐天哲学家潘格洛斯的学生，深信“一切东西是为了这最优的可能世界中的最优者而存在的”。他和男爵的女儿恋爱，可是不明白“一切都为了最优秀者而存在”的男爵居然把戆第德逐出了府邸。于是戆第德进葡尔根第军队当兵，又因不惯于战争的恐怖和残酷，开了小差，一路乞食，到了荷兰，有宗教家收留他，供给他食宿，这位宗教家总算是“为了优秀者（戆第德）而存在”了。接着，戆第德又在路上遇见了他的先生哲学家潘格洛斯，这位乐天哲学家也在乞食了。从潘格洛斯的口中，戆第德知道男爵一家都死于葡尔根第军的手中。后来戆第德引荐潘格洛斯为那位宗教家的管账，三人同到里斯本去经商。不幸半途船覆，只有戆第德和潘格洛斯不死。到了里斯本，适值一七七五年大地震之后，死者无数，满目荒凉。潘格洛斯宣传他的“哲学”了，却与戆第德一同被捕，将得死刑。这时，戆第德的爱人肯芮根特小姐突然出现了。原来她未死，只被卖为奴而已。她救了戆第德他们，一同逃走，不料途中又被捕，戆第德幸得脱逃。后来戆第德到了威尼斯，探得肯芮根特小姐又被卖到君士但丁去了；于是往君士但丁去，不料在船上又遇见了潘格洛斯和肯芮根特小姐的兄弟，他们在当船夫。于是一切都圆满解决，戆第德赎回了他的爱人，一同过着愉快的田园生活。

《戆第德》有徐志摩的译本，北新出版。

九　狄福[1]的《鲁滨孙飘流记》

十八世纪的英国是散文勃兴的时代。在这以前，文学的重心是韵文；自从斯惠夫脱（J. Swift）[2] 的《格里佛游记》以后，散文在文坛上的势力渐有代替韵文之势。这时期的散文家除小说作家李却特生（Richardson）[3]等人而外，政论家爱迪生（J. Addison）[4] 和斯梯尔（R. Steele）也是优美的散文作家。而《鲁滨孙飘流记》的作者狄福则是小说家而兼政论家的一人。

狄福（Daniel Defoe）大约是一六六〇年或六一年生于伦敦。他的父亲是屠户，又是不奉英国国教的，狄福幼年也曾在非国教的教会学校里读书。后来他投过军，做过贩卖袜子的商人，又到过西班牙、葡萄牙，做商业的投机者，甚至试过造砖的企业，然而都失败，欠了一身的债。一六八八年，他投入英王威廉第三这面，于是开始了他的政论家的生涯。他替威廉第三辩护的《嫡派英国人》（因为威廉第三生于荷兰，英人有以此攻击者），很有名。他成为当时的“钦定文人”。他曾经坐牢，因为他对于国教问题的讥讽太尖刻。他又独力编一定期刊《评论》，每期文字完全是他一人独任；在这《评论》上，他主张过所得税和女子应受高等教育。大约是一七一五年以后，他注全力于纯文艺了。作品都是冒险生活的小说。《鲁滨孙飘流记》是其中最早亦最著名的一部。这书的第一部（正编）在一七一九年出

---

① 狄福 通译 笛福。

② 斯惠夫脱 通译 斯威夫特，其代表作为《格列佛游记》。

③ 李却特生 通译 理查逊。

④ 爱迪生 通译 艾迪生。

世，他那时快将六十岁了。此后十年间，他除《鲁滨孙飘流记》的第二部（续编）而外，又曾作《辛格尔顿船长》（一七二〇年），《一个骑兵的回忆》（一七二四年），《大疫年的日记》（一七二二年）等。他死于一七三一年四月二十六日，还是一个穷人，而且是无家可归。他的著作，政论小册和小说合计有二百五十种之多。

狄福的时代正是英国的商业资产者渐取得政治支配权并且开始向海外殖民的时期。这时期的散文的文学作品正是这向上升的商业资产阶级自己的文学形式。这时期的文学都有道德的及政论的性质。狄福的作品是很明显的代表。他的冒险小说，一面是贵族的骑士的冒险小说之对立者，一面又反映了当时英国商业资产者向海外求殖民的意识；《鲁滨孙飘流记》便有了这样的社会基础。

《鲁滨孙飘流记》（Robinson Crusoe）写一个不愁衣食的中等人家（父亲是退休的商人）的第三子，在童年就渴慕冒险的流浪生活，不顾家庭方面的坚决的反对，竟在十八岁时逃出家庭，过航海者的生活。他的流浪生活开头就是不顺利的，但最困苦而且是全书的骨骼的部分，是他一人在荒岛上二十八年的生活；他这二十八年中，和自然奋斗，从匿居山洞的猎人的生活进而为建造小屋的农业者的生活，最后且救了一个遇难的土人（鲁滨孙给他取名礼拜五），以为他的部下，于是居然在荒岛上有了市民国家式的生活。所以这冒险小说是将人类从游牧渔猎的原始生活直到狄福那时的市民政权的生活，很巧妙地依着狄福（商业资产者）的人生观世界观写了出来的。而且书中主人公鲁滨孙的冒险欲以及艰苦的奋斗，刚毅的意志，创造的能力，又都是那时代的商业资产者的冒险家的典型。在形式上，这部书并不写日常的社会生活，而写荒岛；没有许多人物，却只有一个人物；这也是空前的。据说狄福写此书也有模特儿；虚拟的英雄鲁滨孙是一个实在的真人亚历山大·息尔克（A1exander Selkirk）的影子。息尔克是一个水手，也因船沉而在荒岛上住过，后遇救。这故事也许就是感发了狄福写《鲁滨孙飘流记》的诱因。然而鲁滨孙比真人的息尔克伟大得多，有办法得多。倒是这虚拟的鲁滨孙才是狄福那时英国商业资产者最好的典型。又从鲁滨孙的生活上表示出只有靠自己的力量才能在生活中胜利，这自己就是个人，不是集团；所以此书又是礼赞了资产者的个人主义和自由主义的作品。

《鲁滨孙飘流记》最早有林纾的文言译本（商务），第一部先出，第二部以《续记》的名目稍后出版。白话译本有李嫘的（中华），及顾均正与唐锡光的合译本（开明）。这两种译本都只译了原书的第一部。又以上三种译本都有删节；后二者因为是供儿童阅读的，故删节之处更多。

一〇　斯惠夫脱的《格里佛游记》

斯惠夫脱（Jonathan Swift）是一六六七年十一月三十日生于杜柏林(Dublin)①，一七四五年十月十九日死。他和狄福是同时人，他也是从政论的作者开始，而以纯文艺的作品告结束的。他的伟大的小说《格里佛游记》发表于一七二六年，比《鲁滨孙飘流记》后六年出世。

他的出身很穷，而且终身不很得意，晚年尤甚；用他自己的一句话，“像一只被毒的老鼠愤愤地死在洞里。”他在杜柏林大学的“三一学院”时，并没显出所有特殊的天才，倒是以善捣乱得名。革命后，他到伦敦，因与那时的著名的政治家威廉·顿泼尔（Sir William Temple）的夫人有远亲，故得在顿泼尔手下为秘书，于是开始了他的政治生涯的第一页。一六九四年，他不满于顿泼尔之不把他升迁，就辞职回了杜柏林。他做了牧师。在这时期，他写了《桶的故事》(Tale of a Tub)，这是辛辣的讽刺的空前作品。接着他又写了《书的战争》（Battle of Books)，也是同样的极妙的讽刺。但是这两部书都是攻击教会的，对于罗马教、英吉利教，及喀尔文教三派的弱点无情地揭露，所以教会就同他结了不解仇。一六九八年，他又回到伦敦，这次是顿泼尔请他去的。这是他的政治活动的第二页了。他的犀利的讽刺的笔写了许多政论；他先属于灰格派（Whigs)，后又转入反对方面的托莱派（Tory)；他的转变的原因大概是为的灰格派不看重他。后托莱派执政，斯惠夫脱得为圣巴德立克院的副院长（Dean of St. Patrick)，这是他一生所得最高的头衔了。然而女王安（Anne）不喜欢他，所以他还是

① 杜柏林 通译 都柏林，爱尔兰首府。

不能升迁。一七一四年，女王安死后，托莱派政治上失势，斯惠夫脱因亦退出政治圈，一七二六年发表了《格里佛游记》，极辛辣地讽刺了当时英国的政治以及社会。一七二七年，他又从爱尔兰到英格兰，翌年，他的爱人丝苔拉（Stalla）死了；这位女子还是他早年第一次到伦敦做顿泼尔的秘书的时候认识的；她本名 Esiher Johnson，是威廉勋爵的私生女，斯惠夫脱却在他的《给丝苔拉的书信》（小说）中称她为“丝苔拉”。这个女子，恐怕是斯惠夫脱唯一觉得可“爱”的“人”。斯惠夫脱的怪僻的性情简直是落落寡合，而且他看来世人都该恨的。丝苔拉的死，大概对于斯惠夫脱精神上的打击极大，他从此便有病——本来他是常常自惧会疯狂的。他的创作力也差了，不久便死。

斯惠夫脱和狄福在政治上是反对派，在文学上也走了不同的路（狄福是灰格派，女王安临朝，狄福就倒楣了，正与斯惠夫脱在女王安朝上得了副院长相反）。狄福的冒险小说表现了“商业人”的思想意识，是称扬商业资产阶级的；斯惠夫脱的《格里佛游记》却是辛辣地讽刺了他那时的（也就是狄福那时的）资产者的社会和政治。这辛辣的讽刺是很好的，它把当时的社会真相揭露；但是“格里佛”游程终点的“智马国”（Houyhnhnms）却表示了斯惠夫脱的“社会理想”不过是从前的英国——商业资产阶级兴起之前的农奴和骑士的英国罢了。

《格里佛游记》（Culliver’s Travels）在形式上是和当时盛行的冒险小说有血统关系的。书中主人公的格里佛——即第一人称的“我”，漫游世界，遇风浪船沉，只他一人得命，到一岛上，不料此岛有一小人国（Lilliputtians），于是平平常常的格里佛就成了小人国中的上宾。斯惠夫脱按照了他当时的英国社会，政治——议会和党派的斗争，来写这小人国，所以小人国者，实是当时英国的缩形，而加以丑恶的滑稽化。后来，格里佛厌倦了什么国王、公主和亲贵大臣了，和小人国告别，回到家里，恰好承袭了一份遗产。然而格里佛浪游的念头是不能息的，于是第二次航海，又遇风暴，飘流至一地，却是大人国（Brobdingang）了。从前在小人国中是英雄天神的格里佛现在到这大人国里只配做玩具。大人国的人实在是庸碌的，贪安逸，没有大志的；斯惠夫脱在这里的讽刺是针对着腐败堕落的英国上流社会。以后格里佛又一次航海，又一次遇难，到了飞岛。这岛上的人能飞，自居为优秀的民族；不过最大的理由恐怕还是因为他们老是一眼向上一眼向下。后来的冒险是到了丑猿国（Yahoos），这是跟“人”差不多了，有金钱欲，而又胆怯。在这国内，格里佛更觉得无聊。丑猿是斯惠夫脱用以象征商业资产者。他对于商业人的辛辣的讽刺在此达了顶点了。可是他又用一个什么智马国来和丑猿国对照。他把丑猿类作为智马类的卑下的臣属，而称赞智马国的合理和极乐。他借了格里佛的嘴巴说：“我愿意也是一个霍音姆人（Houyhnhnm），能够住在这国里呀。”但是霍音姆族的智马国人到底因为格里佛和丑猿族近似，恐怕他留在那里会做丑猿族的领袖而闹事，就驱逐他出境了。

《格里佛游记》和《鲁滨孙飘流记》一样是英国文学散文的“古典杰作”，有许多供儿童读的节本。

中文有韦丛芜的译本（开明），内容为大人国及小人国游记。又有吴景新译的《大人国游记》、《小人国游记》、《飞岛游记》及《兽国游记》（皆世界出版），则为儿童读物，颇多删改。最早尚有林纾的文言本《海外轩渠录》（商务），虽然完全，却也不是直译。

一一　菲尔定[1]的《约瑟·安特路传》

菲尔定（Heury Fielding）是创立了所谓Novel（近代小说）的完备形式的十八世纪的英国作家。通常一般的说法，都以为李却特生（Samuel Richardson）是家庭小说的创始者，而菲尔定则是更进一步在家庭小说的家庭一要素上再加了世态的要素，于是立了所谓“近代小说”这一文学部门的规模。原来在李却特生和菲尔定以前的狄福的《鲁滨孙飘流记》和斯惠夫脱的《格里佛游记》还只是一种新式的“冒险故事”，不是把市井及家庭的关系作为题材的；这种新式的“冒险故事”是从旧时（十六世纪）的西班牙盛行的“恶棍罗曼司”（Picarsque Romance）转变来的，而所谓“恶棍罗曼司”又是那时新兴商业手工艺阶级的文人取了贵族的“散文罗曼司”的形式而加以“戏拟”，以与贵族的骑士风的“散文罗曼司”相对立的东西。所以可说是商业资产者自己的新内容新形式的文学从“文艺复兴”后蜿蜒发展，直到李却特生和菲尔定方才完备而确定。

李却特生所完成者，已经是很重要的一步；他将十七世纪的恋爱小说（这已经是商业资产者化了的东西）改作为家庭的教训主义的恋爱小说。十七世纪的恋爱小说描写上流社交界男女恋爱的浪漫史，李却特生则描写并且宣扬那作为家庭生活基础的真挚的夫妇间的爱情。这种性爱关系是适应于资产者社会的家庭的。正像狄福他们的冒险小说是把从前贵族的骑士的“冒险谈”翻改为资产者的“冒险谈”一样。所以在这一点上，李却特生和狄福他们所完成的，也可以说是并行线上两顶点。而菲尔定却是将这

---

① 菲尔定 通译 菲尔丁。

并行的两顶点扭合为一，创立了更完备形式的一人。

李却特生是印刷工人出身，后来自己也弄得小小的印刷铺，并且还编些日用备览之类的应用书。快近五十岁时，他想写一本尺牍作法什么的，不料写出来后却并不像尺牍范本，而是小说了；他索性当作小说写下去，结果便是后来震动文坛的《巴米拉》（Pamela，亦名《得了好报的德行》Virtue Rewarded）。这便是第一部教训主义的家庭小说。这《巴米拉》出版后，忽然引起了菲尔定的来“戏拟”一下的意思。菲尔定本是写戏曲的，他“戏拟”了《巴米拉》，结果是他的第一部小说《约瑟·安特路传》，而这小说也是第一部结合了冒险小说与家庭小说两方面的要素的家庭世态小说了。

菲尔定是一七〇七年生于莎麦塞忒州（Somersetshire）的夏泼亨柏克（SharPham Park）。他的父亲是军官，祖上是贵族。他这出身已经和李却特生不同，和狄福及斯惠夫脱也不同。他先在家中受了家庭教师的教育，后入伊东学院，最后学法律。然而后来他父亲续弦，父子不洽，菲尔定只好到伦敦，打算靠笔杆儿自谋生活。他写了些戏曲，都不见得成功。一七三五年，他和美貌的夏洛帝·克拉度克女士（Miss Charlotte Cradock）结婚，她带来了一千五百镑奁资。但这一点财产不久就化光了，菲尔定再写戏曲，亦没有成功。反因讽刺了首相而几乎惹祸。此后他又去学法律，一七四〇年正式为律师。同年，李却特生的《巴米拉》出版，震动一时，菲尔定读了《巴米拉》，就起了个“戏拟”的意思，一七四二年出版，就是有名的《约瑟·安特路传》了。这书出版后，并没惹起多大的震动。以后不久，他的夫人死了，这是个很大的打击。然而他的生活倒渐渐好起来了。他主编两个官办刊物，有年金。一七四六年，他与前妻的侍女兼做孩子的保姆的玛丽·麦克但尼尔结婚。一七四九年，他的《弃儿汤琼司》（The History of Tom Jones，a Foundling）① 出世，立刻被认为杰作。在先他写过一部好的讽刺小说《大伟人威立特传》（The History of Jonathan Wild the Great）② 也

① 《弃儿汤琼司》通译《汤姆·琼斯》。

② 《大伟人威立特传》通译《大伟人江奈生·魏尔德传》。

未受应有的注意，此时却连带着被赞美了。一七五一年，他又发表了《阿米利亚》（Amelia），那时他的身体已经很坏了。为了疗病，他旅行到葡萄牙的里斯本（Lisbon），不料竟死在那边了，时在一七五三年十月八日。他的最后的作品是旅行中的日记。这一年，他的同时人而又是他所创立的文学新型的光大者斯莫莱[①]（Tobias George Smollett，1721—1771）发表了他的《菲迪南的经历》；这一位作家在菲尔定的《弃儿汤琼司》出版的上一年又曾发表了他的最好的作品《莱顿的冒险生涯》。

到斯莫莱，我们才达到了十八世纪英国商业资产者文学的新型——小说——的发展长练上最后的一环了。

菲尔定的《约瑟·安特路传》（Joseph Andrews）本是对于《巴米拉》的“戏拟”。《巴米拉》中的女主角巴米拉是一个贫穷的女仆，然而她的贞洁是金钱地位所不能玷污的；她的男主人用金钱诱惑她，用小惠小恩去结好她，用地位去威胁她，然而她的道德观念抵抗了这一切，她并不是一定不爱她的男主人，但她以苟合为羞；于是结果她的本来未必有多少好心的男主人受她感化了，尊重她而且愿意和她正式结婚了；“德行得了好报”，一场恋爱喜剧很道德地圆满地结束了。菲尔定的“戏拟”就反过来写一位同样地位的男子——约瑟·安特路；他是李却特生的女主角巴米拉的“哥哥”，他被金钱和地位都很高的一位夫人恋爱着，然而他也勇敢地拒绝了不正当的结合，保守他男子的贞操。在《巴米拉》中，是一个女仆拒绝了男主人的诱惑，这是喜剧的；但在《约瑟·安特路传》中，是一个男仆拒绝了女主人的诱惑，这就是滑稽的“戏拟”，而在那可敬的男子方面贞操被破坏的“悲剧”的意味也似乎太夸大。但是菲尔定在这样“戏拟”当中却发展出更有社会意义的东西来了。倘使开头握笔的时候是匿笑着在“戏拟”，那么后来他愈写愈严肃了。他在“戏拟”的表面后，很无情地鞭打那些所谓贵妇人者的庄严圣洁的假面具，他也无情地嘲笑那些带假发的道貌岸然的所谓上流绅士之卑鄙无耻；总而言之一句话，他用了他那粗犷的

① 斯莫莱 通译 斯摩莱特。

然而尖利的讽刺和打诨，把世俗所谓“正经”的假面具攻击得体无完肤了。这世态的描写，这高大门墙里的暧昧的剥露，使得菲尔定的《约瑟·安特路传》成为十八世纪英国文学史上划时代的杰作。那位可敬的男仆约瑟·安特路——书中的主角，倒并不引起我们的热烈赞赏；不但如此，我们觉得这个人物未免夸张到使人失去真实的感觉。但是此外的配角却是我们喝采的对象。围绕在理想的不真实的约瑟·安特路的周围的世界却是个真真的现实世界，其中的人物如司洛泼夫人，如亚当牧师，全是有血有肉的活人。

菲尔定不是向都市的（商业资产者的集中地），他是向农村的（小地主的世界）。他的书中的人物大都厌倦了都市以后回到农村去过小地主的生活。菲尔定在他那时代的资产者作家中是属于小地主这一面的。他在这一点上，和斯莫莱一样。

《约瑟·安特路传》有伍光建的译本（商务）。伍君又译了《大伟人威立特传》（History of the Life of the Late Mr. Jouathan Wild the Great），亦商务出版。

一二　卢梭的《新哀绿绮思情书》

卢梭（Jean Jacques Rousseau）的父母都是法国人，但他生于日内瓦，时在一七一二年。他的父亲是修理钟表的手艺人，又兼跳舞教师；他的母亲是一个牧师的女儿。两个都是感情旺盛的人。卢梭生后，他的母亲就死了；他是“把母亲的生命牺牲了，这才落地”的。他的父亲抚育他。瘦弱的他却早慧，七八岁时他读了他母亲遗下来的书，大都是十七世纪的感情主义的小说；他又读了波卢塔契（Plutarch）的《希腊罗马名人传》，非常的喜欢它。他自己说，“这些书，养成了我的平民的思想和爱自由的心。”（《忏悔录》）十二岁时，他恋爱了一位二十岁光景的女子别尔苏，同时又爱别一女子名谷顿。十四岁时，他学习雕刻；他的师傅脾气很坏，时常虐待他，因此激起了他天性中的反抗，甚至想以偷窃为他反抗的表示。后来，他竟从师傅处逃出，到他叔父那里，叔父也不肯收留他，于是他拿着叔父给他的少数盘川，开始流浪生活。

他到了邻县。因为身上没有钱了，他找到一个旧教的牧师求援助。牧师要他改信旧教，又介绍他到瓦兰夫人处；这位夫人是二十八岁的美人，虔信的旧教徒。卢梭在她家里做了食客。这时他十七岁了。但是他的进入旧教便可以解决生活问题的希望结果是失望，所以他不久以后又开始流浪生活。他到一个寡居的伯爵夫人家做“二爷”，爱上了夫人的女仆美貌的玛利洪，在夫人处偷了一根花带以献媚他所爱者。不料事发，他又诿罪于玛利洪。结果，二人一同被逐。这件事，他在《忏悔录》中表示了深切的自责。这以后，他又投靠了古彭伯爵。伯爵很赏识他的才能，以为他倘使受了教育，便做外交官也不难。伯爵就给他受教育。但是因为他又去爱恋伯爵的侄女，于是和伯爵也闹开了。

这时候，他轧了不好的朋友，过了若干时的浪漫生活。最后，连皮鞋也没有了，他重新去找第一次加惠于他的瓦兰夫人。夫人仍旧待他很好，因想给他职业，打发进神学学校。但他不惯拘束，夫人因使改习音乐，而音乐他也不喜欢。夫人遂有丢开他的意思，派他到里昂去，夫人自己却到巴黎去了。此后他流浪了许多时，曾做过两次音乐教师。终于又在巴黎找到了瓦兰夫人。

从一七三〇年起，他常住在瓦兰夫人家里。他呼夫人为母，但实在他是夫人的爱人。夫人曾与另一男子发生过关系，被骗去了许多钱，这时夫人就教卢梭经理她的财产。那时卢梭暂时安定，很读了些书。但是不久两人都厌倦了，卢梭到蒙巴利去养病，途中与另一妇人发生恋爱。等到钱用完，再回瓦兰夫人处，夫人却也另有了人了。他只好离了夫人，再过流浪生活，那时他已经二十九岁了。

那时期，他编过乐谱，编过滑稽喜剧，但都失败。最后得朋友帮忙，得为驻威尼斯大使的书记。住了十八个月，又和大使闹翻，仍回巴黎。他住在一家客店里，和客店的女仆旦莱丝恋爱，但有约不结婚也不抛弃她。这约他总算保守了三十八年。

一七四九年，他应征第琼（Dijon）学会①的征文“科学与艺术是使道德破坏的呢，还是使道德向上的?”他当了选。这是他文艺生活的开始。其后四年，他又作《人类不平等的起因》②，指出文明进步是惹起人类不平等的根本原因，而主张复归于原始的自然生活。一七五九年，作小说《新哀绿绮思情书》；翌年，他的最有名的《民约论》和教育小说《爱弥儿》脱稿。但是《民约论》使他不能在巴黎安居了。他避居于瑞士。但是也不能安居，终于因英国哲学家休谟（D. Hume）之邀，得到了英国。他的《忏悔录》便是在英国写的。

一七六七年，法政府以不再著述为条件，许他回国；一七七八年死于巴黎近郊。

---

① 第琼学会 通译 第戎学院。

② 《人类不平等的起因》通译《论人类不平等的起源和基础》。

这上面所述，大部是卢梭的自传《忏悔录》的概要。他的《爱弥儿》虽然是小说的形式，但其实是他的教育的哲学的主张而披了小说的外衣的。在他的作品中，最能表示他和同时代的文学思潮通声气的，莫过于小说《新哀绿绮思情书》。

《新哀绿绮思情书》是所谓感伤主义的文学。这一倾向，是古典主义文学衰落期中在英、德、法各国首先发生的属于第三阶级（向上的中小资产者）的文艺上的新精神和新样式。哥德①的《少年维特的烦恼》属于此类，李却特生的作品亦属于此类。

感伤的主情的文学是和古典主义的合理观念相对立的。这一新的倾向是把感情的放纵为最重要，不爱都市而爱自然。古典主义文学不描写自然，而感伤的主情主义的文学则一定描写自然。极端的神经兴奋、哀愁、厌世，等等，凡是由于旧生活组织之崩坏而惹起的心理上的变态都是主情主义文学的特质。形式上取了信札体及日记体，也无非因为这种体式最便于主观的抒写罢了。这感伤的主情主义的文学成为后来十九世纪浪漫主义很早的同调。

《新哀绿绮思情书》（Julie，ou nouvelle Heloise）这书名是从传说的哀绿绮思（Heloise）的故事感触来的。高僧亚佩腊为少女哀绿绮思的美色所动，竟破了色戒：这是那老故事。卢梭写的却是女学生瞿丽为教师圣普侣所诱，互相恋爱。但是出身的高低不同，成为这一对恋人中间的阻力。学生的瞿丽是贵族出身，而圣普侣不过是平民。这一阻障使得瞿丽不能不从父命嫁给了特伏尔玛。圣普侣由此亦浪游四方去了。但是男女两方面的爱情不是形体的隔离所能消灭的。而圣普侣浪游回来后，却又与旧情人的丈夫交往，能够一见旧情人的颜色。瞿丽在忠于丈夫和忠于自己的感情两者之间苦闷矛盾到了极点，于是病了，于是死了，死时尚把她的丈夫和她的儿女托她的旧情人善为照顾。这小说和《少年维特的烦恼》是同样地所谓“哀艳”的。瑞士山乡的美丽的大自然是这书的背境。

---

① 哥德 通译 歌德。

卢梭因为他的女主角瞿丽爱了一位事实上不能和她结婚的男子，所以想起中世纪那位同样被剥夺了结婚之可能的高僧亚佩腊的恋爱故事，称他的小说为“瞿丽：新哀绿绮思”。在这书中，卢梭攻击贵族的偏见和冷酷，宣言了真实的恋爱应该不受阶级身分悬殊的阻碍；人类平等的思想在这小说的第一部中本来是有的。然而卢梭写女主角和她的情人竟已秘密发生了肉体关系。这不是那时资产者对于恋爱关系上认为正当的。卢梭因此加上了一个续编，使女主角到底作了正当的妻，且劝她的爱人断念。这一续编是具有“消毒”作用的，是使得卢梭这书成为李却特生的教训主义的家庭小说的同类，而不是十七世纪贵族的恋爱小说。据说这书的第一卷实在是卢梭根据了他自己写给某伯爵夫人的情书改作而成。

《新哀绿绮思情书》有英汉对照的节译本，伍蠡甫译（黎明），删节颇多，惟故事首尾大致尚可看见。又有题名为《阿伯拉与哀绿绮思的情书》者，未详译者何人，亦未见其书，然疑或为此书第一卷之译本；此外卢梭的作品如《忏悔录》有张竞生译本（世界）及章独之不全译本（商务）；《爱弥儿》则有魏肇基译本（商务）。

一三 哥德的《浮士德》

哥德（Johann Holfgang von Goethe）生于一七四九年，死于一八三二年，是一个少有的寿长的文学家。然而他一生的著作的数量，跟别的寿数相若的大作家（譬如说托尔斯泰罢）比较起来，却只能算是少。他在二十一岁就有诗集刊行，他的轰动一时的《少年维特的烦恼》出世时，他不过二十四岁，他的最后的杰作《威尔赫姆的浪游时代》[①] 完成于一八二九年，《浮士德》第二部出版于一八三一年，第二年他就死了；他的文学生活开始得不为不早，他可说是写到老死的，然而他一生著作的数量比不上享寿较少的其他作家。这是因为他一生精力都放在《浮士德》里了。

哥德出身中等社会。少年时学法律，又热中于医学和自然科学，研究各国民歌。他初开始文学生活的时候，正是德国文学史上第一次浪漫主义运动——即所谓“狂飚运动”兴起的时期。这“狂飚运动”（或者“暴风雨和突进”）是反古典主义的；反对古典主义的合理主义而主张感情主义。在英国和法国早就产生了此种感情主义的感伤的文学作品（例如英国李却特生的小说以及法国卢梭的小说《新哀绿绮思情书》），现在却在德国发生了。哥德的《少年维特的烦恼》就是代表。这一文学上的新运动是刚刚开始向上走的德意志“第三阶级”（中小的资产者）的意识的反映。

但是由《少年维特的烦恼》而成名的哥德，在一七七五年（就是《维特》出版的隔年）应威玛（Weimar）[②] 大公之招请，到威玛大公国做官去了。他从“第三阶级”一跳跳到贵族爵爷班里去了，这于他的作品不能无

① 《威尔赫姆的浪游时代》通译《威廉·迈斯特的漫游时代》。

② 威玛 通译 魏玛，当时德国境内一个封建小“公国”的名称。

影响；因此在《少年维特的烦恼》以后他写的一部巨著《威尔赫姆的修学时代》[1]（小说）便跟《维特》的面目不同。维特是感伤的，厌世的，终至于自杀；但威尔赫姆却是和哥德一样的“平地一声雷”上跻于贵族世界的得意人。后来哥德又写了古典的题材的剧本《伊弗几尼》[2] 和《塔梭》[3]。而在“十年从政”之后游历了一次意大利，在罗马的古迹前哥德更明显地投入于古典主义的怀抱。这时期，欧洲的文坛正也回到古典主义，倒也不是哥德一个人。不过这个十八世纪八十年代乃至十九世纪初十年间的古典主义跟从前十七世纪的古典主义到底不同；这是资产者用了贵族的艺术形式却代以新的内容来反攻贵族的，所谓新的内容就是题材的对象是希腊、罗马的反抗专制政治的平民。

哥德也是这潮流中的一人。但是哥德之转向古典主义又有不同。这在《浮士德》中，可以看到。《浮士德》的第一部是礼赞中世纪的德意志的，《浮士德》的第二部却以浮士德和海伦（荷马的史诗所歌咏的绝代美人，希腊与特罗亚战争之导火线）结婚，来象征了哥德所憧憬的德意志精神文化与古典文化之融和。其实不但是哥德，当时德国其他的大作家（如席勒）的古典主义的作品中也都没有市民的调子；这时期的德国古典主义文学只是对于希腊文化之赞赏崇拜而已。当时在经济上落后的德意志“市民”还不能产生和法、意同样的特有市民性和革命性的古典主义文学作品。

《浮士德》第一部出版于一八〇八年，但此书之开始制作，尚在三十年以前。第二部则在哥德逝世前半年脱稿的。所以此书之创作时间几乎就是哥德文学生活的一生。哥德前后思想的变动就表现在《浮士德》中。这书的第一卷的初稿，曾经有过大大的改动。

浮士德是传说中的术士。这传说最初盛传于德意志，旋即为十六世纪英国的戏曲家马洛威[4]（Marlowe，他是莎士比亚的前驱）改编为剧本，把

---

① 《威尔赫姆的修学时代》通译《威廉·迈斯特的学习时代》。

② 《伊弗几尼》通译《伊菲格涅亚在陶里斯》。

③ 《塔梭》通译《托夸多·塔索》。

④ 马洛威 通译 马洛，英国文艺复兴时期剧作家，诗人。

主人公的浮士德下了地狱。十八世纪时，浮士德的木人戏，在德国很为流行。其后莱辛（Lessing）和“狂飚运动”中的克令格（Klinger）都用过这题材。然而把这位古代的术士完成了艺术的创造的，只有哥德而已。哥德的《浮士德》在全体上是反映了整整半世纪的资产阶级德意志的知识阶级的历史的。哥德在此书开头先来一个“舞台上的序剧”（就是开场白的意思），说明诗人非为投合一般观众的好尚而作此剧。接着就是“天上序曲”，说明恶魔与神相赌，谓能把浮士德诱离真理的路。

于是正场来了。浮士德住在街道窄狭，房屋低小的小小市镇内，埋头读书，想要从此发现真理，认识自然。他研究了中世纪的一切科学，然而他的目的达不到。因此他转而向魔法书中求索，但是也没有得到什么。浮士德失望了，思欲仰药自杀，适闻复活节的钟声与歌声，乃止。然而恶魔糜非时特却变形为卷毛小犬的形状来了。他跟进了浮士德的书斋后又变形为游历的学者，向浮士德指出另一条路——生命的认识和生命的支配之路。于是浮士德从他的狭窄的书斋出来，到人生的广场了。但是抱负巨志的人，在锱铢必较的市民环境中，是无可展施的。糜非时特的魔法引起了浮士德的青春之火，他诱惑了少女玛甘泪，于是产生了悲剧，浮士德受不住良心的苛责，与糜非时特共入山中，借大自然的力量得到精神的苏生。第一部止于此。第二部的场面可阔大多了。浮士德住在王宫里，演假面剧作乐。他借糜非时特的魔力与古希腊的绝代美人海伦结婚（在这里，海伦是希腊文化—艺术的象征）。他又以平定强敌的功勋得国王赐以海边的一片荒土。可是永久不能安定于个人的幸福而自认满足的他，又狂热地想在此荒土上建设新的生活。他幻想着数世纪以后，这海边的荒野将有一切平等的互助的分工的人群；如果他当真能够亲眼看见了这样黄金时代的人生，他大概便要说一声“好了，够了”罢，但浮士德终于未能亲见完成而死了。糜非时特是赌输了。因为浮士德始终不为个人的幸福而说过满足。

浮士德的经历就是哥德自己一生的写照。哥德也是从书斋的苦读者而恋爱浪漫（这是他的生活诗剧的第一部），而为大臣（威玛公国的），而且也不过在幻想中垒起“新的人类生活”的七宝塔罢了。然而浮士德那种产业的（Industrial）大计划也是资产阶级文化的基础——也正是那时向上的市民阶级的憧憬，而由哥德给以艺术的形象化了。

《浮士德》第一部有郭沫若的译本（现代书局）。又哥德其他作品已有汉译者为：《少年维特之烦恼》，亦郭沫若译（现代书局）；《威尔赫姆》之一部分《迷娘》，余文炳译（现代书局）。又有伍蠡甫译英汉对照的《威尔赫姆修学时代》不全本（黎明书局）。又有《歌德名诗选》，张传普译；《哀格蒙特》，胡仁源译；《克拉维歌》，汤元吉译；《史推拉》，汤元吉译（皆商务出版）。关于哥德的传记有张竞生译《歌德自传》（世界），徐仲年著《歌德小传》（女子书店），陈淡如编《哥德论》（乐华），柳无忌译《少年哥德》（现代），陈西滢译《少年歌德之创造》（A. Maurois 原作）（《新月》），宗白华及周辅成合编《歌德之认识》（南京，钟山书局）。

一四 席勒的《强盗》

席勒（Johann Christoph Friedrich von Schiller）是和哥德齐名的戏曲家，一七五九年生于胡敦堡（Wiirttemberg）的马尔巴哈镇（Marbach）。他的父亲是军医出身，后来做了皇家土地园庄的总管。他在十四岁时进过军医学校，然而他自己教育成了一个诗人，他的杰作《强盗》就是在学生时期写的初稿。据说他那时还只有十七岁。他这剧本在一七八二年上演，受到了热烈的欢迎。他的第二剧《菲司柯》（Fiesco）① 更保证了他是个革命的诗人。此后他做过曼亨（Manheim）戏院的编剧者，又办过一个叫做"Thalia"② 的杂志。这大概是一七八四年年尾的事。这算是席勒文学生活的第一期。在此期中他尚写了第三个剧本《奸计与恋爱》（Kabale und Liebe）③，用了阴惨的色调写出宫廷贵族的生活，更明白地反抗着贵族的绝对主义，而表现了革命的资产者的意识。

从《强盗》到《奸计与恋爱》首尾不过两年，这在席勒生活上真可以说是"狂飚和突进"的时期。然而也正像德国文坛上的"狂飚和突进"很快就过去一样，席勒的"狂飚"也很快地落下去；这时候，哥德已在威玛公国做了大臣，一七八七年秋，席勒也到威玛去，但他得不到官爵，只由哥德的斡旋，得了耶拿（Jena）大学一席历史教授的地位。《堂喀罗斯》（Don Carlos）④ 在上年出版，亦只平平。并且表示了席勒正在转换方向呢。

---

① 《菲司柯》通译《斐爱斯柯》。

② Thalia《莱茵塔莉亚》刊物。

③ 《奸计与恋爱》通译《阴谋与爱情》。

④ 《堂喀罗斯》通译《唐·卡洛斯》。

他在耶拿住了三年，娶了妻，又离开一年，到一七九四年再进耶拿，则已经完成了他的转向古典主义的路程。他以希腊时代的生活和现代的相对立，写了《耶尔拉达的神》；他又从写实的社会剧转到古典主义形式的历史剧，写了《瓦轮斯丹》（Wallenstein）① 和《马利·斯多阿忒》（Maria Stuart）② 而且更想将古典剧之典型的要素，如命运观及合唱队之类复活起来，他写了《麦西娜的新娘》（Die Braut von Messina）。

他的最后的杰作《威廉·退尔》（Wilhelm Tell）是用的瑞士的革命的传说神箭手威廉·退尔的故事，这和他在前四年发表的用了法国的爱国女子贞德的传说作的《奥里昂的女郎》（Die Jungfrau von Orlean）可说同属一类：他在此两剧中试想再燃起他青年时代的火，然而好像并没成功。

席勒的文学经历与哥德是完全一样的；不过因为二人出身及境遇之不同，席勒之转向古典主义较为不坚决而且不明显得多罢哩。他死于一八〇四年，在被授为贵族以后。

《强盗》（Die Raiiber）和哥德的第一篇戏曲《勃列青根》（Goetz von Berlichingen）③ 很相似的。伯爵莫亚的长子少大人卡尔本是受了大学教育的，也聘定了妻，可是因为他爱自由，跟父亲思想冲突，而他的父亲又听信了次子佛朗斯的谗言，因此卡尔便被逐出爵邸。卡尔被逐以后，也曾给他父亲一信，表示认错；但是佛朗斯早已存了坏心，既想独占家产，又想占有卡尔的未婚妻，于是竭力从中破坏，使得老伯爵更加憎恨卡尔。这一切，便激成了卡尔反抗的决心。他投入了一群从前也是和他一样的自由主义者而现在却成为强盗的小团体里，企图“替天行道”，改造这恶劣的社会。过了多时，卡尔的志愿并没达到，而他的老家里却起了很大的变化。佛朗斯竟把他的父亲老伯爵幽囚起来，僭窃了爵位，又打算强占卡尔的聘妻。这一件事，没有成功，为的那女子逃到了尼庵里。这一切，卡尔在外并没知道，不过他因为觉得他的同志们到底只是杀人越货的强盗，并没有

---

① 《瓦轮斯丹》通译《华伦斯坦》。

② 《马利·斯多阿忒》通译《玛丽亚·斯图亚特》。

③ 《勃列青根》通译《铁手骑士葛兹·封·贝利欣根》。

高尚的理想和大志，早就倦了，便归故乡来看看。但是一到故乡，他知道一切了，于是杀了佛朗斯，又救了父亲，但和尼庵中出来的未婚妻见了面后，他就觉得要用法律以外的力量来维持法律，用“暴”来讨“暴”是不可能的；他愿意自投给正义的裁判的手里了。卡尔这一结局和哥德的《勃列青根》内的做了强盗的贵族勃列青根是一样的。

《强盗》有杨丙辰的译本（北新）；此外，《瓦轮斯丹》有胡仁源的译本，《奥里昂的女郎》有关德懋的译本（皆商务），《威廉退尔》有马君武的译本（中华）。

一五　司各德[①]的《萨克逊劫后英雄略》[②]

欧洲文学上浪漫主义的兴起是从十八世纪最后的二三十年开始，到十九世纪的三十年代方才确立的。

因为各国的社会经济的发展有先后，所以浪漫主义运动在各国也有先后。英国是最先走上了资本主义道路的国家，所以英国文学上的浪漫主义的倾向在十八世纪四十年代李却特生，菲尔定的作品里就有了。此后，一七八五年顷，神经病而兼忧悒病的考贝[③]（William Cowper，1731—1800）发表了长诗《工程》（The Task）——六卷的巨著，不啻在古典主义的诗坛上投下一个炸弹。接着来的，是本士（Robcrt Burns）[④]，勃拉克（William Blake）[⑤] 以及三位“湖畔诗人”华兹华士（William Wordsworth），柯尔律治（S. T. Coleridge）和苏散（R. Southey）[⑥]。

这时候，加入了这一群浪漫诗人的又一苏格兰作家便是司各德；他的长诗《湖上美人》（The Lady of the Lake）很传诵一时的。

但是在诗一方面将古典主义完全扫荡了的大将却是拜轮（Byron），雪莱（P. P. Shelley）和济兹（J. Keats）。司各德知道在诗这上头他无论如何做不过拜轮，于是在一八一四年顷转向了小说。他的历史小说，全是中世纪的题材，而且创作了历史小说的新形式。

---

① 司各德 通译 司各特。
② 《萨克逊劫后英雄略》 又译《艾凡赫》。
③ 考贝 通译 柯珀。
④ 本士 通译 彭斯。
⑤ 勃拉克 通译 布莱克。
⑥ 苏散 通译 骚塞。

在英国，也和别的国家一样，浪漫主义的文学中显然有两种社会集团（贵族的和市民的）的不同的倾向。拜轮和华兹华士属于贵族的，而司各德也是。特别是司各德，他是社会经济发展中受了压迫的贵族由现实逃避到封建的过去的——没落中的贵族意识的艺术家。他的早年的叙事诗的背景大都是中世纪的堡寨，他不写都市，因为中世纪的都市已经是商业资产者势力最雄厚的要塞了；他从诗而转到小说，还是那些题材。

司各德（Walter Scott），苏格兰人，生于一七七一年八月十五日。他的祖上和外祖家的先代全是英国的世家，不过到他父亲时早已式微了。他的父亲做律师，人极端方严肃，《洛伯·洛安》[1]（Rob Roy，小说，一八一八年）里的老商人就是他的影子。司各德在两岁时右足得疾，后来医好，就带着跛。

他自小喜听苏格兰的民歌。他爱好“自然”。但是华兹华士爱“自然”本身，而司各德则爱“自然”的历史的背景。

从爱丁堡大学毕业后，他就在他父亲的办公室里学习；一七九二年，得准出庭；此后，一直在司法界办事，仅以余闲著作。

他的最初的著作大概是附在他所编辑的《苏格兰乐府集》[2] 内的“近人拟作”一章。这《乐府集》（共三册）出版于一八〇三年。第一册出版后（一八〇二年），司各德便动手写一长篇小说《华弗莱》[3]（Waverley，又名《这是六十年了》），但写了一二章，就搁置了，因为他想做诗人。第一本诗是《苏格兰乐府集本事》，但更成功的诗篇却是一八〇八年出版的《玛米翁》（Marmion）。此后，《湖上美人》于一八一〇年出版，更见精采。但是再下去就不行了。一八一七年的《无畏的哈罗尔》（Harold the Dauntless）遂告失败。司各德从此就专作小说。他晚年对人说起他的洗手不作诗，直捷地说：“因为拜轮将我打败了！”他那时就把从前计划过而且起了头的《华弗莱》再续下去，据说三星期就脱稿了；一八一四年，不署名出

---

① 《洛伯·洛安》通译《罗布·罗伊》。

② 《苏格兰乐府集》通译《苏格兰边区歌谣集》。

③ 《华弗莱》通译《威弗利》。

版，立即震动了文坛。《华弗莱》是借了史事的骨架来写现代人生的。

这时候司各德的创作力正到了顶点。《吉玛纳令》（Guy Mannering）只写了二十五天。接着是《古董家》（The Antiquary）和《黑侏儒》（The Black Dwarf）。一八一九年出版了《腊末摩的新妇》（The Bride of Lammermoor）和《蒙德洛的传说》（Legend of Montrose）。

直到此时为止，司各德的小说的背景，都在苏格兰，而且时代最远也不出十七世纪中叶。《萨克逊劫后英雄略》（Ivanhoe）在一八二〇年出世，他第一次写到了苏格兰以外，而且远征至十二世纪末。这书比以前各书更为成功。同年，他又发表了《寺院》（Monastery）和《寺院》的续集《方丈》（The Abbot，次年则有更好的《肯尼尔华斯》（Kenilworth）。一八二三年，他发表了《昆丁·杜华特》（Queutin Durward），他的描写范围又放大了；他跨出英伦三岛，从大陆上取题材。但第二年出版的《圣洛南的井》（St. Ronan’s Well）又回到苏格兰，而且时代也近了。接着他又用第三次十字军的题材写了《允婚》（The Betrothed）和《符咒》（The Talisman）。这时候，他同人家合股的印书局倒闭，亏欠至十一万七千镑之巨。司各德本有卸责的理由，但是他把全部责任勇敢地放在自己肩上；他要用他一枝笔来还清一切亏欠。当时国家银行的委员极愿无条件帮助，又有人匿名送他三万镑，但司各德都拒绝了。他和各方面订立售稿的契约，每年限定须有若干部小说。他机械似的赶写。从一八二六到三一年，他写了《木柱》（Woodstock，又名《骑士》），《外科医生的女儿》（The Surgeon’s Daughter），《干尔斯丁的婀娜》（Anne of Geierstein），《恐怖堡》（Castle Dangerous）等十余种。一八三二年九月，因积劳而死，刚巧在哥德去世后六个月。

司各德的小说里没有都市生活。他的人物大都是类型的人物。他的史料是很靠不住的。但是作为一个浪漫主义作家的他，对于当时欧洲大陆上的文坛影响很大。欧洲浪漫主义初期的作者，如德国的福沟（Fouqué，1777—1843，他的小说《涡提孩》，有徐志摩的译本），法国的大仲马，都是受了司各德的影响的。

《萨克逊劫后英雄略》是他的著名作品之一。故事是十二世纪末年英国的政争。第三次十字军东征无功，英王李却第一归途遇风舟覆，谣传已死，李却的弟约翰勾结骄横的教会派骑士，僭窃了王位，于是萨克逊族的旧臣凯特立也打算乘机拥立萨克逊族的王室后裔（英王李却是脑门豆[①]族）。但是凯特立的儿子挨梵诃却是李却王手下的骑士，政见跟父亲不对，因随李却王东征，亦久无下落。凯特立又为萨克逊族贵女公子鲁温娜的保护人。鲁温娜和挨梵诃一同长大，二人已有爱情。这又是老头子所不喜欢的。这时约翰王举行了比武大会，用意在收罗英雄并夸耀他一派的武力。这比武大会就成为全书的总结构。约翰王所恃为干城的勇将是白拉恩，一个教会派的骄横不法的骑士。那时英国没有白拉恩的敌手。但是挨梵诃已经秘密回国，在比武场中打败了白拉恩，卸盔后露出面目，大家方知此无名骑士便是挨梵诃，于是又猜想到李却大概未死，且已回国。约翰和他的一党立时恐慌起来。然挨梵诃已受伤，为犹太富人以撒救去，以撒的女儿美貌的吕贝珈为之裹伤。次日，挨梵诃卧舆中，与以撒父女将同往尧克，路遇凯特立及鲁温娜等，凯特立不知道遮蔽的舆中病人就是挨梵诃。但是白拉恩和他的同党白拉守已扮为强盗伏于半路，尽劫凯特立等一行人，囚于雷极那德的堡中。白拉守志在鲁温娜，白拉恩要得吕贝珈，而雷极那德则要勒逼以撒的金钱。但此时凯特立的家奴黄霸与歌斯已得一无名骑士黑蜗牛为助，来挑战了。白拉恩等忙于防守应战，吕贝珈遂得偷空看护受伤的挨梵诃。她也很爱这位英雄。无名骑士黑蜗牛就是微服的李却王。他破了堡，救了挨梵诃等，只有吕贝珈在堡将陷时被白拉恩劫去，逃往太姆不拉会堂（这是大寺，也就是一个堡）。太姆不拉会的长老以吕贝珈为妖女，将付大刑，但以撒既竭力运动，而白拉恩亦未断念，所以改为比武定谳。白拉恩代表教会（即法庭）方面的骑士，吕贝珈则可自觅一骑士做代表。白拉恩自谓无敌，拟在比武后强取长老之位，并可屈吕贝珈为情妇。不料吕贝珈请来的代表又是挨梵诃，两骑相交，白拉恩气厥而死。到这时候，

---

① 脑门豆 通译 诺曼底。

故事也就完了；挨梵诃与鲁温娜由李却王做主结了婚，约翰王也就让位给李却。

《萨克逊劫后英雄略》很早就有林纾的文言译本（商务），删节甚多。林译的司各德小说尚有《剑底鸳鸯》即《允婚》（The Betrothed）之改名，《十字军英雄记》即《符咒》（Talisman）之改名（皆商务出版）。其实此二书合共四卷，本总称为《十字军故事》（Tales of the Crusades）。以上各译本，皆有删改处，与原文面目颇不相同，仅能略见故事之梗概罢了。

一六 拜轮[1]的《曼弗雷特》

英国的浪漫主义文学在拜轮身上达到了高峰。

拜轮的作品常常为诱起其他各民族的浪漫主义文学的重要因素；拜轮的身世常为浪漫派的文学青年所景慕。

拜轮（George Gordon Byron）在一七八八年生于伦敦。他的父亲是个放荡的浪子，他的母亲是苏格兰人，承继了一笔遗产的。拜轮的父亲花光了他老婆的钱，就抛弃了她。拜轮是在无父状态下由母亲带大的；母亲对他也并不见得好。十一岁时，他的外叔祖死了，给他一份遗产并男爵的称呼。他这屋子是英国最老的房屋之一。他的脚是跛的，可是长得极漂亮。

他在哈罗（Harrow）学校和剑桥大学，并不留心功课，反而喜欢运动，虽然他的尊足不大像是运动家。他的脾气不好；自尊、粗暴、浮躁、反抗——原是他从家里带出来的毛病。不过有时候他也是很温柔的。一八〇七年，他出版了第一本诗集《闲暇时》（Hours of ldleness），《爱丁堡评论》对这诗集下了个严厉的批评，这很伤害了拜轮的自尊心。他反抗，结果便是著名的讽刺诗《英国诗人与苏格兰的书评人》[2]（English Bards and Scotch Reviewers）。在这首诗里，他不但讽刺了他的敌人，甚至于词连及于司各德、华兹华士——差不多是当时文坛的全体。

一八〇九年，拜轮旅行欧洲和东方。这次旅行所得是《恰尔特·哈罗尔》[3]（Childe Harold）的前二节，这诗一出，他的名声就盖过了那时正以

---

① 拜轮通译拜伦。

② 《英国诗人与苏格兰的书评人》通译《英国诗人和苏格兰评论家》。

③ 《恰尔特·哈罗尔》通译《恰尔德·哈罗尔德游记》。

诗闻名的司各德。“我一夜醒来已经成名!”这是有名的拜轮的得意语。他立即自称为“诗国的伟大拿破仑”。他的著作很快地被译成各国文字。

一八一五年，他和密尔朋克（Milbanke）结婚。她也是一个承继了遗产的富家女。第二年生了女儿，夫妇间忽发生意见而离婚。什么意见呢?密尔朋克女士不肯说。于是外界的猜测多不利于拜轮。“舆论”从赞扬而变为攻击了。拜轮悒悒无聊，就离开了英国，从此没有再回。他旅外八年，居意大利时间较多；在意大利，他和雪莱订交，直到一八二二年雪莱溺海而死。他的房子常是革命党或爱国志士的集会所。他很慷慨地给他们钱。一八一七年时他有一句话：“我的政治学极简单，就是极端憎恨一切现有的政府。”他那时续完了《恰尔特·哈罗尔》，又作了《吉伦的囚徒》[①]（The Prisoner of Chillon），戏曲《该隐》（Cain）和《曼弗雷特》。还有那脍炙人口的《唐裘恩》[②]（Don Juan），这一篇是他对他那伪君子风的同国人的报复。

一八二四年，他帮助希腊的革命，投身于革命军。他被任为独立军总督。然而希腊革命没有成功，他却害热病在梅所龙奇（Missolonghi》死了。这是一八二四年四月十九日。

拜轮的作品是混淆着古典主义的特性和浪漫主义的特性的。他站在中世纪的封建制度的精神中，用强盗的服装披在那些对社会不满的新教徒和革命者的身上。他是用了诗的艺术把封建阶级没落的历史渲染至于不朽的。他的人物常常一面是纨绔的浪子，一面又是革命煽动家，但在此两面的中心却是个孤独的厌世的人。《恰尔特·哈罗尔》就是这些人物中间的一个代表。

《曼弗雷特》也是拜轮的代表作之一。主人公曼弗雷特从小便是一个落落寡合的人，壮年时独自居于阿尔卑士山的大自然中，但是他的心境无论如何不得宁静。他埋头研究科学，然而从知识内亦不能得见幸福。“知识的树，终非生命的树。”曼弗雷特在这样的苦闷中厌世。

① 《吉伦的囚徒》通译《锡伦的囚徒》。

② 《唐裘恩》通译《唐璜》。

拜轮用了很怪异的故事来把他这样的思想形象化。

曼弗雷特有一个继妹安丝塔帝，容貌神情都与曼弗雷特一模一样。他和她发生了恋爱关系，既又自悔，便杀了她。然而从此以后他的精神上便极端痛苦，永无平静。他不肯依赖宗教求灵魂上的安静。他独居于阿尔卑士山中。有七个精灵来问他所求的是什么。他们什么都能给他，就是威权，也可以给。曼弗雷特回答是：他什么都不要，只求能忘掉了自己。因为自己忘掉了，自然一切痛苦也忘掉了。精灵们因问他，所谓忘掉自己是不是就指死。曼弗雷特又说不是。因为死后而灵魂不灭则仍然未能把自己真正忘掉，所以他对于死也并不措意，虽则死好像是可以解决一切的，但其实死并不能解决什么。他这样苦闷又苦闷，有一天就想从岩石上跳下，但是一个猎人又阻止了他。后来，他呼着安丝塔帝的灵魂，请求宽恕，但亦无效。这时，有恶魔来，要他服从。但是曼弗雷特这自我主义者回答道：你没有比我更大的能力，你不能左右我。我所要的事都已做过了。我对于自己的苦痛甘心忍受着。心，本来就是自己的恶及苦痛的根源。你决不能引诱我，使我灭亡。去吧，现在“死”在我的手上了，不在你的手上。曼弗雷特以为“我”是绝对自足毫不用他物相助成的。但在这样力说了罪或无罪只是“我”自己的事以后，曼弗雷特到底气绝死了。

《曼弗雷特》虽然说是诗剧，但只是一首戏剧形式的诗，并不是舞台剧。

《曼弗雷特》（Manfred）有傅东华的译本，曾载于《小说月报》十五卷四号拜轮专号。好像没有出过单行本。此外惟各处散见他的抒情诗的译文。苏曼殊用旧体译有《拜轮诗选》（泰东），仅《哀希腊》等六七首而已。

一七　大仲马的《侠隐记》[①]

司各德是从诗转到小说的，大仲马却是从戏曲转到小说。司各德让位给他同时代的浪漫派大诗人拜轮，大仲马也让位给他同时代的以戏曲《欧那尼》取得了浪漫派首领地位的雨果。

大仲马的历史剧《亨利第三》在八二九年二月十一日由法兰西剧院公演，这是他第一篇成功的戏曲。这戏曲，可视为法国浪漫派戏曲的前驱。《亨利第三》公演后一年，雨果的《欧那尼》就把古典主义的势力完全打倒。在这新起的少年英雄面前，大仲马知道舞台上将没有他的份了，虽然一八三一年五月（那是在《欧那尼》公演后一年了）他的《恩托南》仍得青年们的欢迎，但他知道他不能跟雨果争短长，一八三九年起，他就专作小说了。他受了司各德的影响，也成为那时最伟大的历史小说家。

在各方面看来，大仲马也属于浪漫主义中贵族的一派。

大仲马的出身也是贵族。他的全名就是贵族式的，就是一长串：亚历山大·仲马达维·特·拉·班来泰尔（Alexandre Dumas – Davy de la Pailleterie）。班来泰尔是地名，这地本是他家的产业，一七〇七年受法王路易十四封为侯爵的采地。在姓名上带着这条采地为尾巴，就表明是贵族。大仲马的祖父恩都奈·亚历山大·达维·特·拉·班来泰尔侯爵（Antoine Alexandre Davy，Marquis de la Pailleterie）曾在一七六〇年卖掉了在法国的地产，搬到隔着大西洋的汉第（Hayti）住了许多时。在那边，他娶了黑种女子玛丽亚·珊三德·仲马（Marie Cessete Dumas）为妻，一七六二年生托玛·亚

① 《侠隐记》通译《三个火枪手》。

历山大·仲马（Thomas Alexandre Dumas），这就是文学家大仲马的父亲。

托玛于一七七二年回法国，入骁骑兵队。大革命时，托玛是站在共和政府一面的。后升师长，又任西巴仑尼司（Pyrenees）军总司令及阿尔卑士（Alps）拉文特（LaVende）等处军队的司令。拿破仑征埃及的时候，托玛亦随往，然因不赞成拿破仑称帝，解甲归隐于维莱尔·考忒莱（Villers Cotterets），一八〇六年逝世，身后萧条，遗产仅荒地三十余亩。

大仲马就是托玛在维莱尔·考忒莱时生的，时为一八〇二年（或谓〇三年）。自从父亲死后，大仲马和母亲的生活很困难。他母亲开了一爿小小的杂货铺，整天在湫隘的店铺的小窗洞下很小心地伺候一个苏（法国铜子）两个苏的主顾。因此，四五岁的仲马的幼稚教育，做母亲的就无暇留意。仲马自己教育自己。一副百兽图板（玩具）是他的宝贝；他从这里认识字，从这里知道亲爱野兽。十岁时，他在一个私塾里念书。法国复行帝制那一天，他十二岁；他把姓名上的附带品194“De laPailleterie”去掉，单叫“Alexandre Dumas”，虽则他家和奥林斯皇族有旧，然而他只做平民。

十五岁时，仲马做乡间律师的书记。但他很喜欢文学——尤其是戏曲。他第一次看了舞台上的《哈孟雷特》，就很崇拜莎士比亚，他不大喜欢本国的古典主义的戏曲家高纳衣和拉辛。

那时大仲马有一个朋友阿道耳夫·特·留文（Adolphede Leuven），本是瑞典贵族，因本国政变，亡命法国，也在穷途。这两个少年很投契，两人合作了戏曲，但都被戏园拒绝排演。

一八二二年顷，留文先赴巴黎；次年，大仲马也到了巴黎。

他往巴黎，倒不是为了文学，实在为了面包。他那时穷得连盘缠都没有，一路上靠打些野味换几个钱，好不容易这才到了巴黎。到巴黎后，得他父亲的朋友福将军的介绍，在奥林斯公爵府里当一名书记，年俸一千二百佛郎。于是他迎母亲到巴黎。他这时觉得“将来之门”已开了；他已有生活的职业，是书记；他又看得见将来事业的高台，就是戏曲。

他用功读书。先读司各德的著作，他说，“浮云散了，我看见新的天空了。”后又读拜轮和考贝。他在莎士比亚的影响下写了《克列司丁》

(Christine)，居然能在法兰西戏院演出，然而结果失败。他不灰心，再作《亨利第三》，一八二九年二月十一日上演，竟得意外的成功。这上演的第一晚，他的母亲忽患疯麻症很危险；他一面要照料病床上的母亲，一面又要到戏院内照料《亨利第三》上演，一面还要拉奥林斯公爵到戏院给他做脸，他真忙得很。这一晚，他认识了当时文坛上的巨头——雨果和尾尼①。他在母亲病床边听报说全剧将毕，匆匆赶到戏院里，刚好是幕落的时候，当观众请他上台见面的时候，全场一致鼓掌。

一八三〇年革命时，大仲马也参加了巴黎市街战。这一年，他没有新作。第二年，他在历史剧《拿破仑》以后忽然来了一篇现代生活剧《恩托南》，又得了意外的成功。恩托南是一个浪漫的青年，爱上了有夫之妇亚台尔；她也爱他，但又常常避他。有一次，在旅馆中，恩托南用了点强迫，破坏了亚台尔的贞操了；然而他旋即自悔，又恐事泄，亚台尔的名誉将受损，于是他竟杀了亚台尔，当场自首。这戏演时，青年观众都被刺激到如疯如狂；戏完后大家围住了大仲马，把他一件外褂撕得粉碎，都说要得一片去作纪念。

但这一次是大仲马在舞台上最后一次的大胜利了。一八三九年，他开始写历史小说。有名的“达特安三部作”的第一部《三个火枪手》（Les Trois Mousquetaires）在一八四四年发表，次年，第二部《二十年以后》（Vingt ans après）发表，他的名声就和司各德一样大。沙克莱②读《三个火枪手》，什么都丢开，赶着在一天之内一口气读完了它。从此以后，大仲马的历史小说像潮水一般来了。十年之内，他写了二百五十卷，最著名的除“达特安三部作”，尚有《蒙德克利斯都》（Le Comte de Monte Cristo）③ 和“伐洛华三部作”。

这些历史小说给大仲马挣了许多钱；他在圣遮猛附近造了一所大房子，即名为蒙德克利斯都；他又在一八四七年办一历史戏院，专演他的历史剧。

---

① 尾尼通译维尼，法国浪漫主义诗人，作家。

② 沙克莱通译萨克雷，英国小说家。

③ 《蒙德克利斯都》通译《基度山伯爵》。

然而他的经济恐慌也跟着来了。他造房子借的债还没还清，他的开销却一天比一天大。蒙德克利斯都内男女食客——做诗的、唱曲的、击剑的，骑士、猎师、女伶，足有路易十四王宫那么热闹，都恣情代大仲马挥霍。单是他的爱犬，也要引进十三头野犬来帮着吃。大仲马还养了猴子、猫、老鹰、秃头鹫，以及其他飞的走的，简直是开着一个动物园；在这上头，也要每月化上千把佛郎。一八四八年的革命，历史戏院受了损失，宣告破产。负有经济责任的大仲马只好逃到比利时去避债。一八五三年回巴黎，办日报名《火枪手》，但结果又是亏本。

于是在游了俄国，游了西西里以后，再回到巴黎时，他看见他的时代已经过去了。倒是他的儿子——小仲马，正在大出风头，在戏曲界有他老子当年的气势。这小仲马是大仲马初到巴黎时和女裁缝玛丽·加太令·拉勃（Marie Catherine Labay）所生，大仲马曾经过法律手续，正式承认是儿子的。

一八七〇年十二月，大仲马死于儿子的家里。

大仲马是少有的多产的作家。他雇用了大批书记，帮助他搜集材料，甚至代他写初稿。所以有人说他好比开了一个“小说作坊”。他的书记中间最有名的是马格（Auguste Maquet），拉克罗滑（Paul Lacroix），鲍卡其（Paul Bocage），麦勒菲（J. P. Mallefille），飞阿伦帝诺（P. A. Fiarentino）等。这些书记在大仲马的作品上当然尽了很多力量，但最后的定稿是大仲马自己的工作，大概是事实。不过这样的开作坊似的大量生产就使得大仲马的作品大半被现代人忘记了。

大仲马的作品又是并不一定真所谓历史。他有时只用了历史上几个人名，而事实完全是他杜撰的。有时书中的主角也不一定真有其人。例如“达特安三部作”的达特安。但也有人给他详细考证说是真有其人。约尔甘（Jaurgain）曾费了大工夫写一部《特拉维、达特安和那三个火枪手》（Troisvilles，D’artagnan et les trois Mousquetaires）证明达特安确是历史人物。不过无论这人是真有呢或是不真，达特安却是大仲马创造的一个有血有肉的人物。而且在这人物身上，也反映着当时往上爬的青年市民的气分。

和达特安相反的、蠢笨然而可爱的颇图斯却是没落的贵族反面的影子。大仲马在“达特安三部作”中对于英国克林威尔革命的态度是贵族的立场，这又是很显明的。

《三个火枪手》及其续编《二十年以后》是把路易十三、十四朝的贵族与主教派的暗斗为背景的。中间也写了巴黎市民的未成功的革命（路易十四时)。《三个火枪手》就是阿托士，阿拉密斯和颇图斯三个性格完全不同的人物。达特安是这三人以外的另一型。和政争交错的，又有路易十三的王后的秘密恋爱史。达特安——一个到巴黎碰运气的乡下青年（很有点像大仲马自己年轻时)，是这一切复杂动作中的一根线索。在《二十年以后》中，这达特安和他的老朋友——三个火枪手——分离了，并且几乎立在敌对地位了，但是他们又合在一处，因为达特安知道他的上官——爱钱如命的首相兼红衣大主教马萨林，不值得受他的忠心。阿托士是一个纯粹的贵族，但他是没落中的悲观的贵族的典型。阿拉密斯是教士的典型。他有时联合贵族，有时却也利用市民来打击贵族。市民——商人和手工业者，在书里常被写成讨厌的丑角。达特安身上虽然反映着往上爬的青年市民的气分，他虽然嘲笑颇图斯的爱学贵族排场，然而他是倾向着贵族的。他所以看不起马萨林，就因为马萨林本来是一个意大利的光棍。

然而这一部书又是二重性的。贵族在这书中，也是很可笑的丑角。路易十三的首相红衣大主教立殊理在这书中也被写成了秘密党的首领那样的人。这又表示了在市民争夺政权很剧烈时代写此书的大仲马也受着那时代的烙印。

《三个火枪手》有伍光建译本，改名《侠隐记》；《二十年以后》也有伍氏的译本，改名为《续侠隐记》，皆商务出版。两者都有删节。

又大仲马的儿子小仲马的有名的作品译为中文的，有小说《茶花女》（A. Dumas fils：Le Dame aux Camelies)，夏康农译（知行）；剧本《茶花女》，刘半农译（北新）；《金钱问题》（LeDemi - Monde，剧本)，陆侃如译（开明）；同书又有王了一译本，名《半上流社会》(商务)。

一八　雨果的《欧那尼》

在法国，十九世纪的三十年代浪漫主义在文学各部门中显示了决定的胜利。大革命以后的法兰西的社会经济组织已经走上了资本主义的路。大商人和大企业家的资产阶级的支配权渐将确定。这新局面必然要产生新的文化。它的自已的新的艺术式样就是写实主义的文艺。但在这新的艺术式样产生以前须经一度扫清道路的过程。而在各方面都是古典主义（贵族的艺术式样）的否定的浪漫主义就执行了扫清道路的使命。不过法兰西的浪漫主义文学也和其他各国一样有贵族的潮流和小市民的潮流。并且也是由贵族的移行到小市民。

雨果是小市民潮流的代表。在他以前的夏多布里昂（Chateaubriand），尾尼（A. Vigny），都是属于贵族的。

雨果（Victor－Marie Hugo）是一八〇二年二月二十六日生于白桑松（Besancon）。他的父亲乔失夫（Joseph）在大革命时是激烈派，后为拿破仑部下的军官。生下雨果的时候，那父亲正任旅长。后来乔失夫在西班牙王（拿破仑的弟弟）手下直做到陆军总监，升授上将，封伯爵。但西班牙王失了王位时，这位雨果伯爵也便什么都丢得精光，只以少校的衔头在法兰西军队中服务。当蒲尔邦王室谋复辟的时候，乔失夫·雨果以拥戴之功，复了上将的头衔。他是热心的王党。

维克多·雨果幼时也是个王党；他青年时代写了许多歌颂王室的诗歌，又和他的两个哥哥（阿白尔与友琴）合办《文艺保守报》，颇为古典主义张目。一八二二年，他的《颂歌》集出版，很得法王路易十八的称赏，给他年金每年一千法郎。

然而在一八二六年以后，雨果就转变了方向。他的第一次反对古典主义的宣言是一八二七年十月间他的戏曲《克林威尔》（Cronwell）的长序。在这序内，他说明人类历史是不断地进化的，进化的人生当然产生进化的文学，人类在原始时代的文学形式是抒情诗，在古代是史诗或叙事诗，至近代更要求一种新形式——戏曲。而这新形式不应该受古代的成规所束缚。

当时法国的古典主义派戏曲就只知死守古代成规的。

雨果说“戏曲的作风要有自由，爽直，忠实的诗句，什么都敢说出来，有什么话说什么话”。不要矫揉造作的风雅字句，要用自然而活泼的方言俚语。

这都是针对古典主义下的攻击。所以他的《克林威尔》的序言实无异是一篇浪漫主义的宣言。

一八二九年九月二十五日，雨果的新作《欧那尼》脱稿。次年二月二十五日在法兰西戏院第一次上演。在正式上演以前的三四个月中，这剧本已成为古典主义者和浪漫主义者争闹的题目。古典派用政治力量压迫它，又在报上丑抵不已，然而《欧那尼》到底公开上演了。这一夜，浪漫派和古典派在戏院里旗鼓相当，一边喝采，一边就叫倒好。但结果是浪漫派胜了。这剧本接连演了四十五夜，第三夜以后，古典派就知道再捣乱也无效。

《欧那尼》开演的第一夜是浪漫主义运动史上有名的纪念日；这是古典主义和浪漫主义决战的日子。这在其他国家里都没有的。只在社会矛盾非常尖锐的十九世纪三十年的法兰西才会发生这样的现象。

一八三二年，雨果的第一部小说《巴黎圣母院》（Notre Dame de Paris）出世。翌年又作了戏曲《嬉游的国王》（Le Rois’ amuse），这却被政府禁止了，理由是煽动暴乱，讽刺现当局。

在一八三〇到四〇年十年之间，雨果发表的诗集有《秋之叶》（Feuilles d’ Automne）等四种，戏曲有《吕伯兰》（Ruy Blas）① 等四五种。在诗集《秋之叶》内，雨果表示了他的社会思想是贫富协调；他觉得世上有贫

① 《吕伯兰》通译《吕伊·布拉斯》。

富阶级是不对的，然而要消灭此阶级只有富人自愿牺牲了去给贫人的一法。

一八四五年，雨果当选为上议院议员。这开始了他的政治活动。二月革命后，他当选为国民议会的议员。那时议会中的派别非常纷歧，自极左到极右。雨果常常摇曳不定。一八五一年十二月政变，雨果因为是极力反对路易·拿破仑的，就被视为要犯，他只好亡命到比国①去了。以后他常常换他的亡命地点，直到一八七〇年九月革命，第三次共和成立后，他方能回法国。

在亡命的二十年内，雨果做的，以小说为多。《哀史》（Les Misérables），《海上劳工》（Les travailleurs sur la mer），《笑面人》（L' hmme qui rit）陆续出来，震动了世界。《九十三年》（Quatre vint—treize）作于一八八三年，是他最后的长篇杰作。他死于一八八五年五月。

《欧那尼》（Hernani）是根据了古代西班牙的传说欧那尼而作的。传说中的欧那尼是一个贵族而做了强盗的。剧本《欧那尼》的结构是一个三角恋爱。沙尔公主已许嫁给老侯爵，但她爱着欧那尼。西班牙王却也爱着公主。这样复杂的三角恋爱故事的展开是非常浪漫的。首先是国王和欧那尼不期遇见于公主的密室中，王不知面前的男子就是他要捉的盗首欧那尼，而欧那尼既知此不相识之男子是国王，就宣誓必要报杀父之家仇及夺了恋人的私仇。但第二日夜半国王单身来探欧那尼与公主的私会，被欧那尼捉住了时，欧那尼却又很慷慨的释放了他。在老侯爵和公主正要行结婚礼的当儿，欧那尼忽又乔装进香者见了公主。于是在老侯爵面前，公主表示了她爱欧那尼。老侯爵大怒。在这当儿，国王带兵来了，老侯爵乃藏匿了欧那尼。公主亦避去。国王索欧那尼不得，将捉老侯爵，公主忽挺身而出，讥王不武。国王遂劫了公主去，说是暂当作押头。国王去后，欧那尼與老侯爵共谋报仇。欧那尼回到他的盗群中，抽签决定谁当去杀国王，刚刚抽得了欧那尼。但老侯爵忽奔至，坚持要去。正不决，国王已从藏身处出来，并指挥埋伏之武士擒捉了欧那尼和他的同党。但因公主求情，国王不杀欧

① 比国 即比利时。

那尼，反命与公主为夫妇。欧那尼和公主婚礼之夕，二人正在情话，欧那尼忽闻角声，忆及自己要报父仇的誓，心绪立刻不安起来。老侯爵蒙黑衣忽来，责以破誓，欧那尼乃要饮预储之毒药。公主亦抢来吃了，二人相抱而死。老侯爵亦自杀。

《欧那尼》就是这样一件恋爱故事。但这故事并不是这戏曲的主体，主体是火一样热烈的情绪，和高贵的理想，以及甘愿为这理想牺牲的精神和勇气。欧那尼的自杀不是为了爱而是为了有违誓言（理想），所以要用自杀来校正他的错误。当时法国的市民正在革命的前夜，他们在欧那尼的性格和行动上发见了自己。《欧那尼》的受到热烈欢迎，不是偶然的。

《欧那尼》有东亚病夫的译本（真美善，现已绝版）。雨果其他作品译成中文的有《活冤孽》（即《巴黎圣母院》改名），俞忽译（商务），然有删节。此外如《哀史》及《九十三年》等书曾有文言译本，但因删改太多，面目全非，这里也不提了。

一九　莱芒托夫[1]的《当代英雄》

在十九世纪的前半，俄国的社会生活也有了显著的变化。落后的俄罗斯走上了资本主义长梯的第一级，地主贵族阶级开始崩坏了。于是浪漫主义文学在俄国开了第一朵花。

这就是伟大的普式庚[2]（Alexander Sergeevich Pushkin，1799—1837）和莱芒托夫（Michael Iurievich Lérmontov）。

普式庚是十二月党的好朋友，十二月党是一些自由主义者，曾在一八二五年举事，反抗农奴制度和沙皇的专制，普式庚的著作就是这个历史时代的艺术的纪念碑。

普式庚和拜轮很相像；他虽有许多自由思想，可是他的心是贵族的。跟许多别的转型期社会中的文学家一样，普式庚是二重性的。但是在俄国的特殊社会生活中，纯粹的浪漫主义文学是不会发生的，所以普式庚虽然强烈地混合着浪漫主义的倾向，大体上他的艺术是写实的。他是一位充满了矛盾的诗人，然而正惟他的矛盾是他那时代的写实，所以他的作品呈现了他那时代的一幅生动的图画。

他虽然出入于宫廷，然而他像莫利哀一样憎恨宫廷，而廷也很猜忌他；后来沙皇觉得终于无法收服这诗人的时候，就授意他的官吏用决斗的形式谋杀了他。

普式庚的死激起了二十三岁的骑兵小军官的义愤，写下了第一首诗，而且这诗便引他上了文坛；这人便是普式庚的后继者莱芒托夫。

---

① 莱芒托夫 通译 莱蒙托夫。

② 普式庚通译普希金。

因为这首《哀普式庚》[1] 是诽谤朝廷的，而且用手抄本流传，于是莱芒托夫被捕，被放逐到高加索；跟普式庚的前例一样，莱芒托夫的文学事业也是从一次放逐开场。

莱芒托夫的出身是土拉（Tla）省的穷贵族。一八一四年生于莫斯科，三岁时丧母，由外祖母抚养，带到塔克汉（Torkhán）村，在那边进了小学。他的父亲的身世，不能知道。十岁时，跟了外祖母，他到过高加索，他遇见一个也是十岁的碧眼淡黄头发的小姑娘，他像大人似的爱上她。这件事，他终身保着强烈的印象。一八二六年顷，他进了莫斯科大学附属的贵胄学校，五年后毕业，以作文及历史科优秀得了头奖。此后就进莫斯科大学，但不久就因为闹风潮被开除；一八三二年到圣彼得堡进了军校，两年后为见习官，一八三七年调往高加索的尼支古洛特联队，是年十月，又被调回圣彼得堡，任骁骑兵联队的下级军官。

写了《哀普式庚》诗而被放逐到高加索后，居一年得赦，复回圣彼得堡，这时他的诗名已为文坛所公认了。一八四〇年，他又因与人决斗第二次被放逐到高加索。次年四月回圣彼得堡一次，七月再赴高加索，就和一个无聊的军官争闹而又决斗。决斗时他轮到先放枪，但他故意不瞄准；他的对手却不客气，一枪就打死了他。他的死法，正也和普式庚一样；但普式庚接受檀底司的决斗的挑战时，实在是和整个“社会”决斗，莱芒托夫却因偶然的争闹而决斗，他的对手是个无聊的人，他死得非常冤枉。

莱芒托夫不但是伟大的抒情诗人，也是伟大的散文作家。后来另一位俄国文学史上伟大的散文作家果戈理晚年时说起莱芒托夫的散文，表示了异常的佩服。莱芒托夫的作品也是混和着浪漫主义和写实主义，不过他是更显明的从浪漫主义推移到写实主义的。可惜他死得太早。他的充满了义愤的“钢铁般的诗”是给他那时代一般卑怯而不动的人们一记热辣辣的耳光。

但是莱芒托夫虽和普式庚差不多同时代，他们所处的历史的阶段可又

---

① 《哀普式庚》通译《诗人之死》。

完全不同。普式庚天才的发展而且达到成熟是在十二月党起事以前的社会动乱酝酿的时期；莱芒托夫的作品却产生在三十年代的反动时期。卑怯而不动是那时期一般的社会现象。

莱芒托夫也是被兴起的资本主义从古代相传的封建的保险箱里赶出来的贵族知识者。他在普式庚的影响和西欧浪漫主义的影响下，而且也在他所目击的黑暗反动政治的影响下，渐渐注意着社会的变故。他常说他不能像普式庚那样容易说话。但是他这“自由的末堂儿子”在普遍的萎弱和沉闷中间也颓然若失了。孤独与消沉于是乎成为他作品中主要的音调。他的重要作品《魔鬼》① 就是这方面的表现了。他的长篇小说《当代英雄》亦然。这两部作品里的主人公都是些富有能力的伟大人物的“非凡的精神”，可是在卑琐可怜的俗人中间，这个伟大人物只落得默默无所作为，于是活厌了。

《当代英雄》可说是莱芒托夫的自画像。主人公配旭林（Pechorin）是一个活厌了的人。他感得到处是平凡灰色，总想找些什么事来激动一下生活的死波，然而在平凡灰色的环境中，什么伟大的事都没有法子找到。他恨那些卑怯自私的人，他也藐视他们——不把他们当一回事。他最初恋爱一个女子，带她到自己家里，可是他旋又觉得这样沉闷微温的生活着还不如死好。这女子和另一人发生恋爱，打算私下逃走，但是逃的勇气也没有的那个男子——或者说，忍受逃的困难的勇气也没有的那男子，倒用谋杀了他的恋人（那女子）的方法来解决了自身上的难题。当配旭林看见了是那样一个卑怯无聊的男子时，他觉得真不值得拿他当作自己的对手；他也就不去过问他的罪。后来配旭林又在高加索遇见了玛丽公主和她的“面首”。他并不觉得公主可爱，他又知道那公主实在也未尝爱她的“面首”。于是一种干点什么事来解闷罢的意思又激动了配旭林想要取得公主的爱情。他把这当作一件事去干。居然成功。但他又立刻觉出和这风骚美貌的贵妇人享点温柔幸福也是无味，也还不如死了好。他挑怒了那曾充公主“面

① 《魔鬼》通译《恶魔》。

首”的男子——他所蔑视鄙夷的男子，而且在决斗中让自己被这自己所鄙夷的男子打死。

这《当代英雄》的主人公的死法好像就是莱芒托夫后来自己在决斗中让人打死的预言似的。

大批评家倍林斯基（V. Belinski）[①] 分析《当代英雄》的主人公的心理，以为这不过是“磨练一个前途远大的青年人的凶恶的病痛”。而这“病痛”，就是对于那时候的卑琐无耻的人生的鄙夷和憎恨，所有俄国三十年代的最好的人都忍受过的。在莱芒托夫这消沉活厌了的表面下，我们看见一个三十年代血性男子的最好代表的莱芒托夫。

《当代英雄》有杨晦的译本（北新）。又普式庚的作品，长篇小说《甲必丹之女》[②] 有安寿颐的译本（商务，但现在好像已经绝版了，这译本颇有看不懂的地方）。又有赵诚之译的《普希金短篇小说集》（亚东），内包括九篇，有名的《铲形的王后纸牌》[③] 也在内。这是神秘主义气味很浓厚的一篇，译本仅得轮廓而已。

---

① 倍林斯基 通译 别林斯基。

② 《甲必丹之女》通译《上尉的女儿》。

③ 《铲形的王后纸牌》通译《黑桃皇后》。

二〇　显克微支的《你往何处去》

欧洲的许多小民族或被压迫民族，都曾受过浪漫主义的洗礼。不过在英、法、德、俄等大民族，浪漫主义是市民阶级要求更大的支配权时的意识的表现，但在被压迫的小民族或本是强大民族然而衰弱了而且降为强国的半殖民地的民族（如波兰），那么，浪漫主义便常常是要求民族解放的民族主义的代用物。波兰就是一个例。在这些弱或小的民族内，浪漫主义文学的诱起，大概是拜轮的作品。这里，波兰又是一个例。

但是像波兰那样一个有它自己“过去的光荣历史”的被压迫民族，往往亦能在一度兴奋（革命）失败以后，转了个方向，不再去正视现实，而回到“过去的光荣”里去找求空虚的慰安。这现象在波兰十九世纪后半的大作家显克微支的身上就有了明显的表现。这时虽然也还是民族主义的，可是已经失去了革命的意义。显克微支的后半期作品就是一例。

波兰的浪漫主义时代首尾约五十年。可以分为三期：第一期是从一八一五年起的民族革命酝酿时代到一八三〇年民族革命的爆发。第二期是一八三〇年到四八年的高潮时代。第三期是革命失败，民气颓丧，跟着浪漫主义也衰落，到一八六三年的完全失望消沉。

一八六三年以后，一方面是从革命的热情转入于反省静观，因而实证主义的思想流行起来，另一方面波兰的社会生活也经历着转变。俄罗斯的殖民地的开发政策把波兰渐渐逼上了殖民地资本主义的路。波兰的贵族地主阶级受了这经济的刺激，有的是破产了，有的却转成了买办阶级，而贵族的知识分子虽然披上了雇员或工程师的外衣在殖民地资本主义化的都市中生活，他们的胸中却还藏着慕念过去的好日子的一颗心。这两方面的情势的交错，使得波兰在第一次浪漫主义（民族主义）的文学潮流以后接着是一个实证主义的写实主义的时代，但因殖民地的资本主义社会中客观的写实主义文学只使人更加消沉悲观，所以不久就来了个对于实证主义（写实主义）的反动了；这反动是从破落的贵族地主阶层的知识分子那种怀慕过去的心理出发，起了所谓第二次的浪漫主义（还是民族主义的，但不是革命的，而是保守的），而显克微支成为最大的代表。

显克微支（Henryk Sienkiewicz）出身是小地主，一八四六年生于列善尼亚（Lithuania）的瓦拉·奥克赛斯卡（WolaOkrzejska）。曾在华沙大学读书。一九一六年死于瑞士。他早年的作品是革命失败后普遍的悲观心理的表现，例如那中篇小说《炭画》。又如《乐人扬珂》、《老仆》、《安妮》，也都属于这一类的。然而同时他也还有根据于现实的较为乐观而革命性的作品，例如《小学教师的日记》和中篇《得胜者巴尔坦克》。后者写一个愚直的农民受了普鲁士官吏的欺骗替普鲁士出死力和法国作战（一八七〇年普、法之战），然而得胜回来时他的老家已被普鲁士的移民所占，像踢开一只老狗似的将他赶走了。同样的然而“温和些”的民族思想也见于他的短篇《灯台守》①。

但是这《灯台守》一方面也是显克微支文学事业上转变的一个支点。爱国的守灯台的老人离他故国的现实生活几千里路远，在孤悬大洋的海岛上，只能读过去的光荣的大诗人米基维支（Mickiewicz）② 的民族主义的诗以寄心怀。这正是后来显克微支写他的历史小说的心情的预告。

他这转变——从正视现实到回顾过去以自慰自欺，是在他游了美国开一开眼界以后起的（《灯台守》也是这时期的作品）。他写了一本《游美杂记》，就有了这样的回顾的气息。后来他晚年又游过非洲，写了一本《游非日记》，则连民族主义的立场也好像已经放弃了。

显克微支的卖弄波兰过去光荣的粉红色膏药式的作品开始于一八八四年的《火与剑》。这跟后出的《洪水》（一八八六年）和《胡洛提绮俄斯基

① 《灯台守》通译《灯塔看守人》。

② 米基维支通译 A. 密茨凯维奇（1798—1855），波兰诗人、民族解放运动革命家。

先生》（PanWolodyjowski，一八八七年）在波兰是有名的“三部作”。第一部是写十七世纪哥萨克农民暴动时波兰怎样防守了乌克兰，那时波兰还是个庞大的帝国。第二部写波兰拒退了瑞典的侵略。第三部写土、波战争中波兰人怎样勇敢地打败了土耳其。这三部作正是那时垂头丧气嫌苦闷而又无力抗争的波兰人所需要的安慰的空心汤团。显克微支这三部书，实在不及他前期的写实的作品；这三部书的人物描写是夸张而虚骄，历史的根据是杂乱而错误的，但是渴求在过去中得一点自欺的慰安的波兰人却不暇顾到这些小地方了。

司各德和大仲马的影响在这“三部作”里很明显。

其后，显克微支又写了一部现代生活的长篇小说《波朗尼克家族》。在这里，显克微支把不通时务的守旧的波兰土财主地主理想化了，用“回到农村”的口号反对殖民地资本主义化的急流。日、俄战争以后，一九〇五年的俄国革命曾激起波兰的青年企图乘机挣脱了俄帝国的羁绊。但是自号民族主义者的显克微支则在小说《旋涡》上加以非难。

但是再回到他的历史小说。一八九六年他取衰颓中的罗马文化和勃兴中的基督教文化的冲突为主题，写了《你往何处去》。这本书使他闻名于世界。其后他又用十字军故事写了《十字军骑士》；这书表面上虽然是写波兰民族与列善尼亚民族对日耳曼民族的胜利，好像还是民族主义的，但实际上不是那么一回事了。这是他最后一部完稿的长篇小说。他还有未完的几部，还有一些像是短篇而其实是长篇的大纲的东西。其中应该提一笔的是题名为《我们跟他去罢！》的一篇。好像是《你往何处去》的回答。

他得过一九〇五年的诺贝尔文艺奖金。

《你往何处去》（Quo Vadis?）的主题是罗马末期市民的颓废和基督教徒的坚行苦志。罗马的爱国者维秋丝恋爱着公主丽徐婀；她是外国公主来为质的，住在尼罗①皇帝的大臣普鲁秋士的家里。维秋丝因为他的叔父颇得尼罗皇的宠信，所以请他助成这桩好事。但是丽徐婀是一个基督徒，她

① 尼罗 通译 尼禄。

还有随身护卫的勇士威尔史士。维秋丝虽然得了他叔父的帮忙，得了尼罗皇帝的御允，终于不能如愿。丽徐婀看不惯宫廷的颓废生活，便带了她的勇士逃在教徒彼得家里。维秋丝知道了，就带了许多人搜查彼得的家。但是勇士威尔史士是万人莫敌，所以维秋丝倒受了伤。天仙般的丽徐婀本着基督教爱敌如邻的宗旨看护着受伤的维秋丝。他的欲念因此净化而为真挚纯洁的爱。这时候，尼罗皇帝大捕基督教徒，丽徐婀与她的勇士都不能免。尼罗皇帝乃开斗兽之会，将以所捕之基督徒供猛兽搏噬。并召维秋丝列席，意要观维秋丝亲见爱人为猛兽所裂的痛心状态。尼罗皇帝已先令将丽徐婀裸体缚于勇猛牡牛之巨角上，然后放牛使与威尔史士斗。不意大力之威尔史士竟能打死了牡牛，救得丽徐婀的性命。所有的观众都大感动，而自始就惊骇失色的维秋丝此时遂从观览席中飞身入斗兽场，并袒示昔年战时的创痕大呼请满场的罗马市民主张正义，保全了丽徐婀，亦就是保全了曾为祖国流血的他自己。市民都被感动了。尼罗皇帝却不动。终因市民鼓噪，尼罗皇帝不得不允。然而他恨基督教徒如故，仍在秘密搜寻彼得。于是彼得虽不惜为教义而牺牲，到底挡不住维秋丝和丽徐婀等人的力劝，乘天未明时离开了罗马城。在路上，彼得见有光近来，光中是基督迎面走来。彼得就跪在地上问道："主呀，你往何处去?"基督回答道："因为你离弃我的子民，我现在要到罗马重竖十字架去。"彼得憬然，知为主点化，遂仍返罗马。过不了几天，彼得被捕，死于十字架上。他死时预言罗马将大乱，尼罗自杀，而基督教必然的兴昌。他就这样以最坚定的乐观和勇敢殉道了。

《你往何处去》有徐炳昶、乔曾劬的合译本（商务）。又《炭画》曾有周作人的文言译本，近已绝版。此外有鲁彦译的《显克微支小说集》（北新），内有《乐人扬珂》、《老仆》等篇。

二一　萨克莱[①]的《浮华世界》[②]

欧洲最先进的工业国英吉利首先从浪漫主义解放出来而走近写实主义的路。这时期是十九世纪的三十年代。

这一派的作家中，萨克莱和迭更斯[③]同时代而且齐名的。不过两人走的方向不一样。萨克莱写上流人的丑恶和上流社会的黑暗面；狄更斯则写贫苦人（小市民）的痛苦。

三十年代和四十年代的英国写实主义作家跟他们前辈的浪漫主义作家恰相反。浪漫主义的英国文学在贵族的知识分子之手表示了轻蔑都市而慕爱农村——贵族大地主采邑的农村风景；但写实主义者却描写着都市的资产社会，而这资产社会当时一面正被主张保护关税的地主与主张自由贸易的企业家两者的冲突所苦，另一面却又被普选运动[④]（这是对于地主和企业家都不利的）所威胁。当时的写实主义作家们正目击了这社会动摇的展开以及结果——普选运动（Chartist）失败而保护关税政策亦被废弃，得了全胜的是产业资本家。

夹在这社会动乱中间的小市民出身的各位写实主义的作家如萨克莱和迭更斯等，对于那时的社会生活是不满意的，他们用否定的态度去描写这时的社会生活，但同时他们没有一个人理解他们当前的现实，他们没有一个是革命思想的拥护者。

---

① 萨克莱 通译 萨克雷。

② 《浮华世界》通译《名利场》。

③ 迭更斯 通译 狄更斯。

④ 普选运动 通译 宪章运动，指发生于英国十九世纪三十年代中叶至1848年的群众性政治斗争。

萨克莱（William Makepeace Thackeray）生于印度的加儿加答（Calcutta）①，一八一一年；那时他的父亲正任东印度公司的重要职员。他们本来是阀阅旧家，不过此时已经衰落了。一八一六年，萨克莱的父亲死了，他被送回英国读书。后来他的母亲又再嫁了斯密实少佐——据说萨克莱后来写《纽康氏》（Newcomes）小说中的纽康大佐，就是斯密实少佐的影射。一八二九年，萨克莱进了剑桥大学的三一学院，只住了一年，功课并不见怎样好，但他却认识了许多后来是大文豪的朋友。那时他已投稿到学校的刊物。第二年，他到欧洲去旅行，在法国住了一些时候，又到威玛，见过哥德。从大陆回来，萨克莱又进过学校，但不久立即抛弃，专心于报章文学了。他办过两个杂志，可是都失败。第二次游大陆时，他结了婚，旋即回到英国，在杂志及报上投稿。一八四七年他的第一部长篇小说《浮华世界》开始发表，他在文坛上的地位方才巩固起来。他被认为菲尔定以后第一个伟大小说家，而同时代人能与竞争者仅有一迭更斯。

一八五二年他发表了"Esmond"②，次年又发表了《纽康氏》。一八六〇年，他任新办的"Cornhill Magazine"③的主编。在这刊物上，他发表了《鳏夫洛委尔》（Lovell the Widower，1860），《费力泼的冒险》（The Adventures of Philip，1861—2）以及其他短文无数。

他害心脏病已有多年，一八六三年十二月二十三日，突然发作，就死了。

萨克莱一面极辛辣地描写英国社会中上流资产者的守钱虏、大傻子、酒鬼、利己主义者等人的丑相，一面却也用了厌世的冷眼看着他的周围。他也写到一些从下层爬上去的人——用了不正当手段爬上去的人，他用这些人跟上流人对立，然而他对于这些爬上去的人的态度也是辛辣的。

《浮华世界》（Vanity Fair）就很可以作代表。这冗长的小说，主要是描写两个身世性情完全相反的同过学的女子，如何一个是因为忠厚而吃亏，

① 加儿加答通译加尔各答。

② "Esmond"《亨利·埃斯蒙德》。

③ "Cornhill Magazine"《康希尔杂志》。

一个因为浪漫自私而得志。塞德力·阿米利安小姐在平克吞小姐的学校里六年毕业出来，已经教育成一个文雅懂礼节的——不过太懦怯忠厚的——大姑娘了。她和她的要好同学利贝克·沙普小姐一同回她的家。利贝克是无家可归的，这时正要到庇得·克洛里爵士家去做家庭教师（这是校长平克吞小姐介绍的，平克吞推出了利贝克，就好像推出一条毒蛇那样快活），所以先到塞德力家住几时。这利贝克很美，又风骚，父亲是荒唐的酒鬼，母亲是歌女，利贝克从小在不良环境中，据她自己说，她八岁时就已经不是处女身了。

这样一个风骚的女子一到了塞德力府上，开头就和阿米利安小姐的哥哥穿麂皮衣服长统靴的约瑟闹起恋爱来——是利贝克先去勾引的；但是被阿米利安小姐的恋人佐治·奥兹本所阻挠，于是利贝克就离开了塞德力一家。

利贝克到了庇得·克洛里爵士府。这儿是很热闹的。重要的人有庇得爵士的老处女的姊姊以及爵士的次子罗登。那位老处女小姐有七万镑财产，而且早就有意想过继罗登为子。但是克洛里家的其余一些人也正在觊觎这笔遗产。罗登一见了利贝克，就有点着迷，而老处女小姐也很喜欢这位风趣的姑娘。利贝克要是存心想取得谁的欢心，她是没有办不到的。

这当儿，阿米利安小姐在伦敦却也忙着。她那蜡制洋囡囡式的面孔虽然远比不上利贝克，但是也有些青年人向她献媚。她和佐治·奥兹本订了婚。虽然佐治的姊姊说："我不懂佐治取中这姑娘些什么？"人家的议论竟也使佐治的爱情动摇起来。但是阿米利安小姐是崇拜佐治的。这时拿破仑的战争正在一天一天猛烈，阿米利安的最宝贵的佐治也得去从军。

同时，利贝克小姐跟着老处女克洛里小姐到派克莱了。这位老小姐离不开利贝克。罗登也常常来拜访他的老姑母。实在是要见见利贝克。忽然庇得爵士的夫人死了。死了不久，庇得爵士就来请利贝克回去再任家庭教师。利贝克不允。她说："你府上只有你和我两个，算什么样子？"于是爵士立即说："那么，请你去做太太罢！这你可满意了罢？"爵士竟跪了下去。但是利贝克哭着——当真哭呢！——说道："呵，呵，爵士，呵呵，我已经嫁了人了!”

利贝克的秘密的丈夫就是罗登。这件事很僵，不过也就过去了。利贝克和罗登的关系于是亮了出来。

佐治·奥兹本因为他的做生意的父亲不赞成他和阿米利安小姐结婚，就闹断了父子关系，并且由好友多宾的帮忙，和阿米利安结婚旅行到勃立东去度蜜月。

这就遇见了利贝克，这一位宝贝姑娘阔绰得很，风头足得很。男子们见了她，总要着迷。佐治·奥兹本也不能免。在滑铁卢大战以前，跟着惠林吞公爵去的武官在不鲁塞尔[①]的，有佐治，但在不鲁塞尔的社交界，也有利贝克。这两人打得火热。佐治完全忘记了他的新婚六个月的阿米利安，私约利贝克逃走。幸而利贝克尚没给回信，而佐治已被调上前线，参加滑铁卢大战。这一战，佐治·奥兹本死了；但是罗登却升了官回来，和利贝克在巴黎过了一八一五年的冬天，穷极奢侈。利贝克的“客厅”非常有名。罗登在利贝克的训练之下，每博必胜，这样赚着不义之财支持他们的挥霍。

这时阿米利安已有一子，但她的公公不认她为媳，一点钱也不帮助，阿米利安除了自己，却还得供养父母，所以穷迫得不堪。利贝克也生了孩子，可是她既不尽母职，也不守妇道，长日只和有钱的献媚者鬼混，特别和斯提晤贵族的关系密切。

罗登发现了这丑事时，打了那贵族，就丢开利贝克自顾去了。于是利贝克更加放荡了，从这城到那城，有时债台高筑，有时勾上了一个有钱人就又阔绰得了不得。末后，她的名誉愈加坏，她的债也愈加多，正过不下去的时候，她被阿米利安的哥哥约瑟找见了。两人的旧情便又复活，于是温柔的大度的阿米利安引这位从前的老朋友到她家里。然而从前曾帮忙阿米利安他们结婚而现在则请求过寡居的阿米利安却很反对，在利贝克的面前数斥利贝克的坏事。阿米利安颇悔，于是多宾再提出嫁他

① 不鲁塞尔 通译 布鲁塞尔，比利时首都。

的请求。阿米利安拒绝了。多宾乃去，誓言不再来。

知道了这经过的利贝克就把佐治曾约她私奔的事告诉了阿米利安，并以佐治之薄情和多宾之诚实相较，劝阿米利安不必恋念已死者而拒绝多宾。因此阿米利安招多宾回来，二人结婚。至于利贝克就和约瑟成为非正式的夫妇。约瑟做牛马似的供养这位夫人。并且为她的缘故去保了寿险。这真是为她保的。因为不久，约瑟就死了。

利贝克一个人过得舒舒服服，时常在慈善事业上化几文。阿米利安和她的丈夫不和她往来，路上遇见时，他们也掉头不顾，但是利贝克只低了头微笑。浮华世界呀！在这世界中，到底谁是幸福的？作者是用了这样的询问收束了他的书。

《浮华世界》有伍光建译本（商务），但此为根据了赫茨堡（M. J. Herzberg）的节译本再加以删节的。萨克莱其他作品译成中文者有《玫瑰与指环》（顾均正译，开明），则为儿童读物。

二二　迭更斯的《块肉余生述》[①]

迭更斯（Charles John Huffam Dickens）和萨克莱是同时代人，而且同是小市民层的写实主义作家。萨克莱用了厌世的冷眼写他那时代的贪欲、利己的人生，迭更斯则思以谐谑的态度来否定这种人生。萨克莱贬责富者，迭更斯赞美贫者，两人所要指摘者同为人类之不平等。

迭更斯生于一八一二年，在朴资茅斯（Portsmouth）附近。出身贫苦，没有受到正式教育。他的想以文字糊口大概在读了他父亲所藏的几本破书时起的。一八三三年，他的一个短篇小说在《月月杂志》（Monthly Magazine）上登了出来，这算是他的文学生活的发轫。这篇小说是描写伦敦下层社会生活的。接着，他用同样的材料，写了好多篇，连续在《晚报》（Evening Chronicle）上发表。到一八三六年，他集为小册子，题名为"Sketches by Boz"[②]。这虽然都是短篇读物，可是他后来的长篇巨著的优点都已见了端倪。翌年，他的"Pickwick Papers"[③]发表，于是他的地位确定。

他的第一部长篇巨著"Oliver Twist"[④]（林纾译本题名《贼史》）于一八三八年出世，接着是"Nicholas Nickleby"[⑤]（林译名《滑稽外史》）和"Old Curiosity Shop"[⑥]（林译名《孝女耐儿传》），都是成功的作品。从一八

---

① 《块肉余生述》通译《大卫·科波菲尔》。

② "Sketches by Boz"《波兹特写集》。

③ "Pickwick Papers"《匹克威克外传》。

④ "Oliver Twist"《奥列佛·特维斯特》。

⑤ "Nicholas Nickleby"《尼古拉斯·尼克尔贝》。

⑥ "Old Curiosity Shop"《老古玩店》。

三八年到五〇年，十二年之间，他差不多平均每年有一部长篇小说——竟可说每年有一部半。一八五〇年是他的“David Copperfield”（林译即名《块肉余生述》）完稿的时候。这一部半自传性质的巨著，公认是他的杰作。他又写过戏曲，办过杂志。当过报馆主笔。一八七〇年六月九日死。

迭更斯幼时很贫苦，所以他的小说大都描写贫苦的生活。他用稍稍理想化的色调来赞美贫苦的人。可是他写到冷酷的唯利是图的富人时，他是很写实的。《劳苦世界》（Hard Times）[①] 和《圣诞祭之歌》（Chrismas Carol）[②] 内的没有感情没有理想只是个聚财机器的那些富人就是很好的标本。然而迭更斯虽憎恨贫富之不平等，他却以为只要富者能够像父亲一般地对贫者慈爱，就可以达到理想的和平的社会。他这意见，在《劳苦世界》中有之，在那以革命中的伦敦和巴黎为背景的《二城故事》[③] 中也有之。

迭更斯是出身于渐次贫穷化的小市民阶层的，他幼年时代是这世界中的一个：他明快地确实地而且很有风趣地描写了这个世界。但是除了这“世界”以外，不论是上层的大企业家、银行家、贵族地主，或是下层的农民和劳动者，他都没有理解。他是代表那时候贫穷化的小市民层意识的作家。

《块肉余生述》（David Copprfield）是半自传的小说。主人公戴斐德是一个孤儿，母亲再嫁，后父性情很坏。后父的妹子也帮同虐待戴斐德，后来他进了小学校，那学校的校长和教员也都是坏蛋。然而戴斐德因为家庭中实在太黑暗，也就觉得学校生活好多了。不久，他的母亲死了；他的后父就不再让他读书，送他到伦敦的酒坊里当学徒。酒坊的主人是正在贫穷化的小商人，脾气也不大好，但不是坏人，待戴斐德还好。可是戴斐德觉得天天在酒坊里洗瓶子，总不是办法，所以他就逃到了杜法地方伯母那里。这伯母是略有财产的寡妇，也没有儿子，就收容了戴斐德，送他再进学校。毕业后到了伦敦，在一个牧师处办事，和牧师的女儿恋爱。此时他的伯母

① 《劳苦世界》现译《艰难时世》。

② 《圣诞祭之歌》通译《圣诞欢歌》。

③ 《二城故事》通译《双城记》。

破产了，戴斐德不能不赶紧设法自谋生活，他进了一个报馆。

这是戴斐德的半生的经历，是迭更斯按照他自己半生的经历写的。但这戴斐德的遭遇在书中只是一根线索，迭更斯用这线索把贫穷化的小市民层的生活的各方面描写贯连在一处，成为一大串连续的（虽则不是有机关系的）画片，和大群的人物的画像。尤其是对那些趋于破产的厄运的小市民人物描写得异常真切生动。这是此书之所以被认为迭更斯的代表作的原因。

迭更斯的作品，很早就介绍过来了。除《块肉余生述》有林纾的文言译本，林氏又译了《孝女耐儿传》（Old Curiosity Shop），《贼史》（Oliver Twist），《滑稽外史》（Nicholas Nickleby），《冰雪因缘》（Dombey and Son）①，皆文言（商务）。《劳苦世界》有伍光建的白话译本，《圣诞祭之歌》有谢颂羔译本，改名《三灵》（皆商务）。惟以上各译皆有删节之处，而林译文言本尤甚。

---

① 《冰雪因缘》通译《董贝父子》。

二三　戈果里[①]的《巡按》[②]

戈果里是俄国第一个写实主义的作家。他的文学事业开始于十九世纪三十年代，和普式庚与莱芒托夫正是同时代人。但他比较的寿长，他的文学事业的终止已在四十年代的中期。他的著作，主要是小说，但戏曲如《巡按》也是非常有名，直到现在，舞台上常在排演。他所处的历史的阶段虽然正就是莱芒托夫所诅咒的卑琐与不动的时期，然而他不像莱芒托夫那样忧伤悲愤——他将他的悲愤化成了讽刺的微笑，但这笑背后有热情的火，也有对于将来的确信。

戈果里（Nicholas Vasilievich Gogol-Ianovski）是小俄罗斯[③]人，生于一八〇九年三月十九日。他的祖上是乌克兰的贵族。他的父亲也有文学天才，曾用小俄罗斯文写过几篇剧曲。一八二一年，他进了高等理科学校，但他并没学到什么，除了图画。他倒偷读了许多文学书，上课的时候也偷读诗集。一八二八年毕业；次年，到彼得格勒任官厅里的书记。不久即去职，漫游了几月，再到彼得格勒，想在戏院方面找点事做。他应了演员考试，可是没有被取。他先在各杂志上投稿，一八三一年他的《农家之夜》发表，立刻证实了他的文才。普式庚很称赞他。翌年，他从家乡出来，带了来的是《老乡绅》、《两个伊凡打架的故事》和《塔拉斯·布尔巴》；后者是以小俄罗斯为背景的历史小说。这些作品以外再加上描写都市生活的《外套》、《肖像》、《鼻子》等作，使他成为当时文坛上最伟大的散文作家。

---

① 戈果里 通译 果戈理。

② 《巡按》通译《钦差大臣》。

③ 小俄罗斯 即乌克兰。

一八三六年，喜剧《巡按》发表。据说这篇戏曲因为是嘲笑官场黑幕的，检查员不许排演；后来俄皇无意中读了稿本，读了大笑，特许排演。除《巡按》外，戈果里又写了些喜剧，如《结婚》和《乌拉地米斯勋章》，后者并没有完篇。

但是他随即旅行西欧去了。先到巴黎，第二年（一八三七）到罗马，住得很久。他的著名的长篇小说《死掉的农奴》[①] 第一部就是在外国写的。一八四〇年出版。那时他已经写了这小说的第二部，但后来他自己把它烧掉了。一八四七年发表了他的《书信集》。翌年游耶路撒冷，归国居莫斯科，正拟重写《死掉的农奴》第二部，却就在一八五二年死了。

《死掉的农奴》故事的基础，据说是他从普式庚处听来的。俄国当农奴制尚未废止的时候，农奴等于货物，主人可以买卖。政府每隔十年调查田主们的农奴数目，凡在十年内死亡的农奴，田主应付奴税。有一个穷苦的少年便想借此贸利。他带了少数的钱到各处去收买死掉的农奴的名籍；田主们因为把“死人”卖掉，可以免付奴税，就都卖给他。他这样收买了二三百死人名籍，便又去买一块地，将两者作为他的财产的凭证押在银行里，便可得许多的钱了。这是“幽默”的故事，但实在是对于农奴制的反抗。

《巡按》描写俄国官场的贪污与地方绅士的逢迎。巡按微服私访的消息到了某村[②]，该村的村长就召集了村中医院院长，小学校长，邮政局长等等，总之是村中的一应要人谈话，请大家事前提防。他请医院院长把医院里弄干净些；又请邮局长私拆邮信检查，因为听说村中人民有人要去告发村中各要人的劣迹。此时忽又有两个地主赶来报告村长，说村中某客店一青年寓客已经住了两星期，没有付过钱，也不走，形迹很可疑。遮莫这就是私行暗访的巡按罢？村长他们心里都转着这样一个念头。

然而这青年实在是浪子，化光了钱，呆在旅馆中走不动而已。客店的老板待他也很不客气。这一天端上来的饭菜是不能吃的，这位年青人正在

① 《死掉的农奴》通译《死魂灵》。

② 某村应为某偏僻城市，下文的“村长”等，应为“市长”等。

生气，村长却就来了。村长是来试察这位古怪的外路人是否当真是微服暗访的巡按。但青年以为村长是来捉他——因为他欠了房饭钱。他绝望了，心一横，态度和口气是很倨傲的。怀着鬼胎的村长就误认他一定是暗访的巡按了。青年觉得了这一点，也就将计就计。于是这位落魄的浪子居然在村长官舍住了起来，对村长的妻女大吹牛，将这两个眼孔小的女人颠倒得无可无不可。所有村里的要人都送贿赂。同时又有人来告发村长等人劣迹的，也送了贿赂。村长的手段很高妙，一面使女儿侍寝，一面就说，既这样了，只好屈大人为婿。合村都庆村长好运气。

正在鬼混得热闹，邮局长忽然偷拆了这位伪巡按写给城里朋友的信，才知是错认了人，急去报告村长。村长又气又羞，说要办他；村长的女儿却在里边哭，倒弄得村长使不出威。于是大家一口冤气都呵在那两位最初报告消息的地主身上。大家都说是他们俩多嘴招出来的笑柄。可是正闹不清楚时，村中警兵来说："钦差巡按大人已到本村，正在客店里呢！"这是一个晴天霹雳，村长以下都吓得变成了石头。

《巡按》中的人物也都是类型的。跟莫利哀的相同。

《巡按》有贺启明的译本（商务），现在好像已经绝版了。此外戈果里的作品已译的，有《外套》，韦漱园译（现代），《肖像》鲁彦译（亚东），《两个伊凡的故事》，侍桁译，《塔拉斯·布尔巴》，亦侍桁译（皆商务出版）。此两篇又有别译本，一见李秉之译《俄罗斯名著二集》（实皆戈果里作品），改名为《二田主争吵的故事》（亚东）；同集又收有《维依》、《鼻子》及剧本二篇。一为顾元民的译本，名《泰赖·波尔巴》（南京书局）。《鼻子》一篇，又有许遐的译本，见《译文》一卷一号，尚来有单行本。

二四 屠格涅夫的《父与子》

屠格涅夫（Ivan Sergeevich Turgénev）是一八一八年十月二十八日生于奥列乌（Orio’l）。他的家族是俄罗斯很老的贵族。他家有好几位家庭教师，分任各项功课，但这些教师没有一个是俄国人。屠格涅夫幼时就在这样贵族的家庭教育中过了去。

这些外国教师并不教他们的小学生读俄罗斯文学。倒是屠格涅夫的母亲属下的一个农奴引导这位小少爷去注意俄国文学——凯拉斯可夫（Kherάskov）的《洛雪阿特》（Rossiad）。

这就是屠格涅夫所读的第一本俄国文学。

一八三四年，他进了莫斯科大学。可是第二年就转到了彼得堡大学。他修的是哲学。他因为更求深造，出国留学。以后他住在外国的时候多。一八五二年因作文哀悼戈果里，文字中有“不检”之处，险些被放逐到西比利亚①。此后他就长住外国，居法国之时最多。一八八三年死于巴黎。

普式庚，莱芒托夫，乃至戈果里，他们的文学活动的年数都不长，但屠格涅夫的文学活动时间首尾却有三十年之多。他是在一八四五年开始著作的。他的作品横跨了四十、五十、六十年代。这三十年间正是俄国向资本主义急进的时候，从这样剧烈的社会生活的变动所引起的思想上的变动，在屠格涅夫的作品里都反映着。他创造的那时候俄国青年的典型——罗亭（小说《罗亭》中的主人公）和巴柴洛夫（小说《父与子》中的主人公）在俄国是非常有名的。

---

① 西比利亚 通译 西伯利亚。

屠格涅夫最初的作品是总名为《猎人日记》的短篇小说集。这些故事并没联络，但同是写农村，同是对于农奴制的抗议。这部书对于俄国的“舆论”有很大的影响，普遍一致的对于农奴制的憎恶是此书所唤起的。农奴制之终于废止，此书尽了相当的力量。这些小说是在一八四四年到五〇年之间发表的。

一八五五年出版的《罗亭》（Rodin，长篇小说）开始了他的长串的俄国知识分子心理的检讨。罗亭是四十年代俄国知识分子的典型：能说而不能行，空想、热情，而又意志薄弱的人物。罗亭死于一八四八年法国六月革命的巴黎巷战中，但他这死与其说是殉自由，毋宁说是他因厌世而要得一死所。

隔了二年，屠格涅夫又发表了《贵族之家》。这书中的主人公是不满于罗亭式的，他有了理想就打算实行。可是他的毛病是不能在纷歧的思想中找得一条正确的路。

这时候，屠格涅夫抱着乐观的心理。他的精神是亢进的。一八六〇年发表的《前夜》便表示了他这时的心情。在《前夜》中，他把《罗亭》内的女主人公娜泰莎更推进一步，在海仑的身上表显出是一个革命的女性。海仑是有崇高的理想和火样的热情的。她不满意卑怯灰色的环境。她热爱一个保加利亚的革命者，抛弃了一切，同他一同到保加利亚去革命。

两年后，《父与子》出世了。典型人物巴柴洛夫就是《父与子》内的主人公。这是比《前夜》或《贵族之家》更其有深切的现实基础的作品。这写了父的一代（旧）与子的一代（新）的冲突，但是更其富于社会意义的，是写了巴柴洛夫那样的虚无主义的青年。虚无主义是那时候俄国很流行的青年病。

但此时，屠格涅夫所期望的改革运动失败了，俄国政局来了个反动，于是屠格涅夫消极失望了，在一八六七年发表的《烟》中他喊出了这样失望的呼声——什么都是空的，像烟一样消散了——失败的社会改革家离开了俄国时在火车中看着车头烟囱喷出滚滚的黑烟，这样无力地独自感伤。

屠格涅夫这种悲观消沉的情绪持续了许久，他在别的短篇里亦流露了这样的心情。直到七十年代“到民间去”的运动发生了，他又看见了一点新希望。他的《新时代》[1]，在一八七七年发表的，就表示了他所见而且信仰着的新光明。但是和“到民间去”运动的实际很隔膜的他，并不能抓住这运动的中心意义以及这运动的一些观念上的错误。

屠格涅夫是一个很优美的散文家，但不是一个很好的社会观察家。他思想上是巴苦宁主义者，而这，又指使着他的创作常常陷于观念的毛病。

《父与子》中间有两重的悲剧：一是“父”与“子”的冲突，又一是“父”的一代想要了解“子”的一代的思想而办不到。巴柴洛夫是一个乡下军医的独子，在大学毕了业，并没研究了诊人的病的医学，却满脑子是诊时代的病的“哲学”——虚无主义。这个青年到了同学阿儿加田的家里。这是个地主的家庭。阿儿加田的父亲尼古拉虽已老了，却想追随青年人的思想，要了解青年人。但是同在一家住的阿儿加田的伯父白威尔却顽固得很，要拿自己的尺度去管理青年人的思想。但阿儿加田是比较柔顺的青年。所以“老年”和“青年”的冲突话剧由巴柴洛夫演了主角。于是由一幕恋爱的穿插，阿儿加田从思想转到恋爱，而巴柴洛夫也什么都忘了，把恋爱当作生活第一意义。他先恋爱了一个女子，不成功，又碰着尼古拉的年轻管家妇（实则是尼古拉的情人）也就恋上了。但这年青的管家妇除有正主儿的尼古拉以外，那位顽固的白威尔也是久想染指的。因此在巴柴洛夫与白威尔之间又发生了恋爱的冲突，终于决斗，白威尔受了伤。巴柴洛夫此时却又遇见了他第一个初恋的女子，立即他就忘记了那管家妇，紧追这女子。结果又是失败。这位虚无主义者回到自己家里就害病了。他这病使得医学家的他的父亲也失望。然而即使不病，巴柴洛夫自知自己也是绝望的人了，因为恋爱失败，生活的意义也完了。他病中常喊那女子的名字。果然有一天那女子像天使般地来了时，巴柴洛夫已经不能开口了。这就是“父与子”冲突中“子”的收场。自然，“父”与“子”的冲突是一个大题目，但是《父与子》最有意义的还在巴柴洛夫这个典型人物的描

① 《新时代》通译《处女地》。

写。想诊时代的病的巴柴洛夫终于什么也没有做，只在热病似的单方面的恋爱中颠倒。而他倒又用虚无主义来辩护他的行为。这实在把虚无主义者的青年刻划得深刻极了。

《父与子》有耿济之的译本（商务），又有陈西滢从英文转译的译本（商务）。

此外屠格涅夫的作品，已译者，《猎人日记》有耿济之的译文，曾登《小说月报》，未有单行本。《罗亭》有赵景深译本（商务），《贵族之家》有高滔译本（商务），《前夜》有沈颖译本（商务），《烟》有樊仲云译本（商务），又有黄药眠译本（绝版），《新时代》有郭沫若译本（商务），《初恋》有徐冰弦译本（北新），《春潮》有张友松译本（北新），《浮士德》有顾绶昌译本（北新），《畸零人日记》有樊仲云译本（开明），《够了及其他》有效间译本（亚东），《两朋友》（Punin aud Baburin），刘大杰译（亚东），《难忘的爱侣》（短篇集）袁家骅译（北新），《薄命女》，张友松译（北新），《胜利的恋歌》，李杰三译（光华），《十五封信》，黄维荣译（开明），《阿霞姑娘》，席涤尘译（笔耕堂，北平），《村中之月》（剧本），耿济之译（商务）。

《屠格涅夫散文诗》，徐蔚南译（新文化），又有白未清野译本（大东）。又《贵族之家》尚有席涤尘译本（现代），改题《一个虔敬的姑娘》。《蠢货》（短篇集）曹靖华译（开明）。

二五　托尔斯泰的《复活》

托尔斯泰（Leo Nikolaevich Tolstoy）生于一八二八年，卒于一九一〇年。是贵族，大地主。他的杰作《战争与和平》中间的几个主要人物就是他的外祖父、舅父、姑母、姑父、祖父母、父母。但是托尔斯泰老早就丧了母，九岁时又丧了父，所以这些关于他家族的掌故，是他从姑母那里听来的。

他的文学事业开始于他在高加索军队里服务的时候。这是自叙传式的《幼年》[①]（一八五二年）。一八五四年，他以炮兵大队长的资格参加了克里米亚战役。这次的经验就是他的《塞伐斯托波尔》（Sevastopol）。一八五六年战事告终，他到彼得堡，就被欢迎为文坛的巨人。这时他和屠格涅夫订交。一八五九年，到外国去考察了一次。一八六三年结婚。《战争与和平》大概在此时起草，易稿多次，至一八六九年方才完成。

据他自述，他本来想以十二月党为题材，写一小说，但随即觉得要写十二月党之由来，非先写十二月党以前的俄国社会生活不可，所以他先成了伟大的《战争与和平》。这是从一八〇五年起至一八一二年拿破仑战争时期俄国社会生活的大纪念碑。这里有与拿破仑的战争，有莫斯科被焚及拿破仑退军，有恋爱，有上流社交界的生活，有乡居的贵族生活，有农民生活——真是包罗万象的巨著。《战争与和平》最后一卷附有“尾声”数章，就是托尔斯泰最初造意的十二月党故事的大纲的开头一部分，但是托尔斯泰到底不曾写完，就因为写好了《战争与和平》之后他的思想变了，

---

① 《幼年》通译《童年》。

无意于十二月党的描写了。这就是他开始倾向于原始的基督教教义乃至最后建立了他自己的无抵抗主义。

一八七六年他发表《婀娜小传》（Anna Kareuina）[①]，这是俄国上流社会的描写。这以后，他的作品就有浓重的原始基督教教义和无抵抗主义。他是先有了一时的思想矛盾苦闷，后来才找到了这条路的。这思想上矛盾苦闷的纪录就是他的《忏悔录》。

他的最后的杰作《复活》是一八九九年他七十岁时的作品。这书很能代表他晚年的思想。

在他思想转变了以后，他住在乡间想在农民中间推行他的主义。他又要把他的大家产分给农民，不过这并没有办到，因为他的夫人宣言家产是归在她名下了，托尔斯泰无权支配。他要实行劳动则得食。一九一〇年早春，他突然离开家庭，中途到一小车站，就死了。

托尔斯泰的生活和思想决不是一篇短文里讲得详尽的。这里有几本书先介绍一下：《托尔斯泰论》，列宁等著，何畏、克己译，这是论他的艺术的（国际书局)。《托尔斯泰印象记》，黄锦涛编（女子书店)。《托尔斯泰生平及其学说》，郎擎宇编（大东)。《托尔斯泰》，刘大杰著（商务)。《托尔斯泰传》，徐懋庸译（华通)。以上五种内，可先看第一及第五。

托尔斯泰在思想转变以后，曾著了一部《艺术论》，主张艺术必须有教训，负改良人生之责任。此书有耿济之译本（商务)。

《复活》，据说也有托尔斯泰少年生活的影写在内。从全体上说，这是托尔斯泰精神生活历程的象征的作品。主人公涅夫利哀陶夫年轻做武官的时候，曾在偶然过访的姑母家里诱惑了一个年轻美貌的使女加久沙；她原是好人家女儿，不过孤苦，在老夫人那边陪伴老夫人，且是在老夫人家长大了的。少年军官的涅夫利哀陶夫原不过满足一时的兽欲冲动，事后他到军队里去了，把这短时间的情人忘得精打光了。但是加久沙却就此怀了孕，事发被主人逐出，就此开始堕落。过了七年的娼妓生活，已经是没有灵魂

---

① 《婀娜小传》通译《安娜·卡列尼娜》。

的人，却又因偷了狎客的钱，且犯有毒毙狎客的嫌疑被解到法庭，不料从前做了她堕落之根因的涅夫利哀陶夫恰正做了陪审官，高坐堂皇，还认得这阶下囚就是从前可爱的加久沙（做娼妓的她已经换了名字），一时就来了良心的责备。

涅夫利哀陶夫为要减轻灵魂上的重荷，力主这女犯无罪。但是他的同僚不答应。他又到牢里探视加久沙，在她面前自白他的罪过。但是失去了灵魂的加久沙已经不是从前的加久沙了，她的感情已经麻木，她只有对任何男子献媚求利的习惯，现在她亦同样的对付着掏出良心来给她看的涅夫利哀陶夫。凄惨生活的磨折已使她完全忘记了从前的事，便是回忆起来也等于她无数的出卖肉体活剧中的一幕而已。这使得涅夫利哀陶夫非常痛苦。他明白知道从前的天真纯洁的加久沙已经实际上不存在了，然而他决心要救这没有了灵魂的顶着马斯称槐名字的堕落到不可救药的女子。他要救她出牢和她结婚。

他经过了灵魂上的痛苦的挣扎，这才能把自己灵魂净化，立定主意走新的生活的路。

他请了律师给加久沙辩护，他又预备请愿书，求皇帝特赦这加久沙。他用尽了他的力量，但是加久沙终于被判决充军到西伯利亚做苦工。涅夫利哀陶夫又经过了绝大的自我斗争，终于毅然丢掉了贵族的地位和财产，单身跟加久沙一伙的囚犯同往冰天雪地的西伯利亚做苦工。

但是加久沙最初对于涅夫利哀陶夫的行为是不了解的。她以惯习的对付狎客的虚伪狡诈对待涅夫利哀陶夫的真情。她以恶骂回答涅夫利哀陶夫含着眼泪说的他决定要毁家荡产弄她出牢并且正式和她结婚。她以为涅夫利哀陶夫是恐怕自己灵魂入地狱所以如此，所以也还是自私。不错，涅夫利哀陶夫相信只有加久沙灵魂得救然后他自己的灵魂也得救，所以也好像还是自私，但他这自私已经成了博大的基督殉道似的精神，他是这样确信着的。

于是在赴西伯利亚的途中，加久沙固然又回复到当初的纯净的加久沙。她不再是感情麻木没有灵魂的人了。她和同行中一个政治犯有了爱情。明白了这一点的涅夫利哀陶夫就抛弃了最初的想和她结婚的念头。并且把保护加久沙的责任托给那政治犯，他就决心要再为加久沙以外无数苦恼人的幸福把自己牺牲。他要把原始的基督教教义还原过来引导人类走上得救的幸福的路。

《复活》就是这样充满了说教的精神，社会意义自然不及《战争与和平》那么大了。

《复活》有耿济之的译本（商务）。《战争与和平》有郭沫若的译本，共四册（文艺书局）；但此书译笔颇多费解之处。

此外，《托尔斯泰短篇小说集》，瞿秋白、耿济之译（内有小说十篇，商务）。《托尔斯泰小说集》二册，译者多人，小说十余篇（泰东）。以上二书恐已绝版。又温梓川译《托尔斯泰短篇小说集》（女子书店）。

剧本有《黑暗之势力》，耿济之译（商务）。《黑暗之光》，邓演存译（商务），《活尸》，文范村译（商务）。《教育之果》，沈颖译（商务）。

《我的一生》，陆鸿勋译（大东），《我的生涯》李藻译（商务）。《托尔斯泰夫人日记》，李金发译（华通）。《托尔斯泰的情书》，吴曙天译（北新）。

《高加索囚人》，刘大杰译（北新）。《假利券》，杨明斋译（商务）。《儿童的智慧》，张墨池译（北新）。《伊凡之死》，杨绶昌译（北新）。

还有从前文言的译本，《心狱》（即《复活》），马君武译（中华）。《骠骑父子》（即《哥萨克》），朱东润译（商务）。《现身说法》（即《幼年》等三种），林纾译（商务）。《克利米血战录》（即《塞伐斯托波尔》），米世溱译（中华）。《婀娜小史》，陈家麟译（中华）。旧译短篇集尚有《恨缕情丝》，林纾译（商务）。《社会声影录》，林纾译（商务）。《罗刹因果录》，林纾译（商务）。

二六　陀思妥以夫斯基[①]的《罪与罚》

陀思妥以夫斯基（Theodor Mihailovitch Dostoivski）不是贵族，他从小就穷，一直到他成了名，还是穷。他的作品大都是在等着换钱来“量米”的状态下做成的，他绝对没有托尔斯泰那种易稿七次方才写定的“有闲”的福气。

他是一八二一年生于莫斯科。进过兵工学校，当过见习尉官，做过小职员，后来打算另谋生计，一八四五年到彼得堡，将他的处女作长篇小说《穷人》送给当时的大诗人耐克拉莎夫（Nekrasov）[②] 请求批评，他那时梦想不到这部东西竟可以出版的。但是第二天一早耐克拉莎夫就来找他，庆祝他的成功。这时候，屠格涅夫的《猎人日记》方在一篇一篇的发表；而戈果里的《死掉的农奴》第一部亦只出版了四年光景。但是陀思妥以夫斯基继续《穷人》发表了《白夜》和《耐托乞卡·耐司伐诺瓦》（Netochka Nesvanova）等短篇以后，他的文学事业忽被飞来的横祸打断了。因为在一八四八年欧洲的革命浪潮波及了俄罗斯时，俄国的青年组织了一个急进的社会党，并建立秘密的印刷所，陀思妥以夫斯基加入了这团体，在一八四九年被捕，同时被捕者有同志数人。判决下来都是死刑。十二月的风雪天，陀思妥以夫斯基和他的同志被解到刑场，执行死刑。照名单上，陀思妥以夫斯基是第三。他以为他的生命不过只剩几分钟。但是正要轮到他时，忽然来了赦令——皇太子诞生，死刑犯赦减为充军到西伯利亚做苦工。

这“牢城配军”的生活共是四年；这时的非人生活，后来陀思妥以夫

① 陀思妥以夫斯基 通译 陀思妥耶夫斯基。

② 耐克拉莎夫 通译 涅克拉索夫，俄国诗人。

斯基记了出来，就是长篇小说《死屋的回忆》[①]。后来又改服兵役五年，直到一八六〇年方才得了自由。他回到彼得堡，自由果然有了，但面包问题也来了。他只好卖文——也只有这条路。但此时文坛上正在欢呼着屠格涅夫的《前夜》，曾经发表过《穷人》的陀思妥以夫斯基不大被人记得了。陀思妥以夫斯基先打算办一杂志，这就是一八六一年发刊的"Vremya"[②]，登载了他的西伯利亚配军生活的《死屋的回忆》，和另一长篇小说《被践踏者与被损害者》[③]。可是又触犯了忌讳，杂志停刊。同时他的杰作《罪与罚》却在"Russky Vestnik"[④] 杂志上连续登载了。那时因为他自办的杂志惹过祸，他为暂避风头计，出国了一次，自然他是穷旅行，他将写稿寄回本国换面包；他在外将近十年，所写长篇小说有《白痴》和《魔鬼》[⑤] 等作。一八七一年回国，仍居彼得堡。七三年，被聘为"Grajudanin"[⑥] 杂志的编辑主任。这要算他生活最宽裕的一时期了。因为当编辑主任的条件还算不差：有编辑费，另外又给他自己的文章每页一百卢布的稿费。那时他发表了《著作家的日记》等新作。

他死于一八八一年。他的最后的杰作——而且也是篇幅最多的《卡拉马卓夫兄弟》在他死的上一年方才完稿。

陀思妥以夫斯基描写复杂的隐藏的心理变化是特长，他用了可惊的细腻和深刻显示出他那动荡时代下层社会的心理。他爱那些"被践踏者与被损害者"，他在他们的污秽的生活中找出灵魂的洁白，可是他并不是将他的人物来理想化。他这种倾向在《罪与罚》中间始成了确定，一直继续到最后的《卡拉马卓夫兄弟》。有点跟托尔斯泰把原始基督教教义来作为当时的罪恶时代的出路，而且由此造成了自己的乐观一样，陀思妥以夫斯基是把"罪恶是灵魂净化所必要"这一"哲理"来支撑他自己的

---

① 《死屋的回忆》通译《死屋手记》。

② "Vremya"俄语"BpeM"的译音，即《时代》。

③ 《被践踏者与被损害者》通译《被欺凌与被侮辱的》。

④ "Russky Vestnik"俄语"PycckH BecTHNK"的译音，即《俄罗斯通报》。

⑤ 《魔鬼》通译《群魔》。

⑥ "Grajudanin"俄语"rpaKyTaHHH"的译音，即《公民》。

对于人生终极的乐观的。

《罪与罚》代表了他这样的思想。穷学生拉斯考尼考夫为了母亲和姊姊的将要饿死，杀了他邻居的盘剥穷人的老婆子，并且正想拿她的钱来救自己的穷，那当儿，他忽然心上一震，就仓仓皇皇跑走了。他在杀那老婆子以前，他确信杀她是正当的。然而见了血，他的思想就转了路，他明白是不过为了一二人（他的母姊）而杀死另一个“人”罢了。于是他的“他可以杀人”这一信念动摇了，他觉得是犯了罪了。而罪必得罚。他知道他不是超人，还是一个平常人。他精神上痛苦了许多时候，也做了无数恶梦，他矛盾了许多回数，结果从他这罪恶中却产生出一个“超人”的他来了。他去自首，他被充军到西伯利亚。在西伯利亚的苦工中他得了报偿——就是他的灵魂的净化或“复活”。犯罪而受罚是拉斯考尼考夫所付的灵魂净化的代价。

在《罪与罚》中，陀思妥以夫斯基对于现实的态度是二重性的。他一方面否认了人造的法律有裁制罪犯的权力——拉斯考尼考夫的行为是超于善恶之外的，法律不配去制裁他，然而另一方面陀思妥以夫斯基却又要借法律的手来实现拉斯考尼考夫的“灵魂的净化”。否定了现存制度，然而又屈伏于现存制度之下，而又创造出一种神秘的“哲理”来调和这矛盾——这便是小市民知识分子的陀思妥以夫斯基的思想。

《罪与罚》有韦丛芜的译本（开明）。韦君又译有《穷人》（亦开明出版）。此外，陀思妥以夫斯基的长篇小说已译者，尚有《死室的回忆》，改名为《西伯利亚的囚犯》，刘曼译（现代）。《淑女》，何道生译（商务）。《赌徒》、《地下室手记》，皆洪灵菲译（湖风，今已改归春光经售）。短篇集有《一个诚实的贼》（内及其他五篇），王古鲁译（现代）。关于陀思妥以夫斯基传记或研究的书，有李伟森译的《朵斯退夫斯基》（北新），韦丛芜译的《回忆陀思妥以夫斯基》（现代），两本都是可读的书。

二七　柴霍甫[①]的《三姊妹》

屠格涅夫的《前夜》反映了一八五四年克里米亚战役以后所谓俄国的“政治上的春天”——改革运动中急进乐观的心情。他的《烟》反映了太短的“政治上的春天”以后的俄皇亚历山大第三的更高压政治时一般的失望和悲观。在这悲哀的七十年代末和八十年代初，托尔斯泰在原始的基督教教义找得了自信和安慰，陀思妥以夫斯基在他的“罪与罚”的哲理中亦找得了自信和安慰，屠格涅夫呢，在“到民间去”的呼声中看见了幻想的“新时代”。然而那时代的知识分子的苦闷悲观到底在文学上得到了反映。这便是迦尔洵（Vsevolod Garshin，1855—1888）和柴霍甫。

柴霍甫对于人性及其弱点是有深刻的理解的。他走上文坛的时候还能轻松地笑，但立即他沉入悲哀失望的浓雾。直到他死，他是悲痛地呻吟着，他不曾有过乐观。

柴霍甫（Anton Povlovitch Tchekhov）是一八六〇年生于南俄的塔冈洛格（Taganrog）。他的祖父本来是农奴，后成了自由身体，便做生意。他的父亲娶一商人女为妻，住在塔冈洛格（在黑海沿海），所以柴霍甫生长于此。父亲也是做小买卖，挣不了多少钱；幼年时代的柴霍甫在这样艰难的家境中虽尚不废学，可是家里以及店里的杂务劳作也得他担任一部分了。

那时他的祖父在塔冈洛格附近的顿河流域的哥萨克村里给人管理田地。柴霍甫每年暑假，就到祖父那边住几时，白天钓鱼，野马似的满处跑，晒得像吉卜西人一样。晚上呢，他赖在厨房里，和庄主大官人所雇用的那些

---

① 柴霍甫 通译 契诃夫。

长工们厮缠，常常用他的小聪明的话语使得他们大笑。

十四岁时，他的父亲搬家到莫斯科去了，却把他留在塔冈洛格。这正是他求之不得的，他没有了课外的家中的劳作，于是他的功课就进步得非常快。在学校中，他是高材生。十七岁时他就写了一篇悲剧，可是后来他把这剧毁了。从塔冈洛格的中学毕业后，他进了莫斯科大学，进的是医科。他一面读书，一面写文章，想卖点钱来补贴他的艰难的家境。

他的第一个短篇小说在一八八〇年见于莫斯科一个报纸上。他经过了相当的困难，居然同几个小杂志、小报馆有了关系，能够常常卖文给他们了。他那时功课以外有一点时间就做他的小说，闹杂的房里他也能写，一天工夫就可写成一篇。他还写过一篇激烈的剧本，被检查官压下，后来就不知下落。

到一八八七年，他的第一个短篇小说集出世了。这些都是诙谐的讽刺的短篇——有几篇是速写。

医科毕业后，柴霍甫曾在莫斯科附近小镇上的医院里任事一年光景，后来他就专去做他的作家。但是医学对于作家的他实在有很大的帮助。

一八八七年以后，柴霍甫始写较长些的小说。但亦在这时候，时代的黑影爬上了他的心，他早年的轻松的笑声变为阴郁的呻吟。后来他愈出名，他这忧悒悲观的调子也愈加浓厚。那时他的身体也很坏。八八年，因为肺病，他到南方休养，但是在八九年忽又添了心脏病了。那时他想再写剧本，结果就是《伊凡诺夫》——这是两个半星期写成的，悲观的色彩非常浓厚。伊凡诺夫是典型的灰色平凡人生的代表。他看不见人生有何意义，甚至无可喜亦无可悲。这是一个麻木的人。

《伊凡诺夫》的上演是失败的。柴霍甫重写一过，移到彼得堡去排演，结果却大受欢迎了。这第二次稿在技巧（演出的技巧）上比第一次好，根本思想并没改动。

接着他又写了一篇调笑剧《乡下人》，也很成功。第三篇是《魔鬼》，失败，十年以后，他改作了，又改名为《万霞舅舅》①。

① 《万霞舅舅》通译《万尼亚舅舅》。

这时，对于柴霍甫要求他写点长而伟大小说的呼声渐渐高了。柴霍甫也这么想试试。可是他的最长的小说《草原》实在只是些用了一根极细的线索串起在一处的短篇速写。他的长处在短篇——差不多愈短愈好。

一八九〇年起他的身体更加坏了，他到克里米亚养病，以后十年，他长住在那边，不过常常到莫斯科“作客”。

这期间，他写了戏曲《海鸥》（一八九六年），这是同样的充满了悲观的哀呼的著作。主人公本是有“理想”的，后来失败了，绝望地说：“我不知道为了什么人做事，也不知道做事有什么目的，我不相信一切，我不知道我要的是什么！”

一九〇一年，他写了《三姊妹》。这一篇剧本却混和了悲观和希望——极辽远的希望。他用了阴暗的色彩描出现在的卑怯、无聊，他憎恶这种卑怯、无聊，预言着在极辽远的将来会什么都不同了。一九〇二年，他将早年的《魔鬼》改作为《万霞舅舅》。[①] 一九〇四年他又写了《樱桃园》。这两篇都和《三姊妹》相仿。尤其是后者，表示了柴霍甫的更进一步的向乐观的转向。象征了旧的卑怯平凡人生的《樱桃园》伐去了，而在这地基上，将有新的东西起来。

然而就在《樱桃园》公世这一年，柴霍甫突然死了。

然而也就在柴霍甫他们一伙“哭丧着脸叹气呻吟”的当儿，猛唱着《鹰之歌》的高尔基浑身一股锐气来了。

《三姊妹》的三姊妹中间，大姊是一个小学教师，渴望嫁人，可是终于不成，只好以老处女终身了。三妹是电报局女职员，和所谓男爵者有了交情，婚约也差不多要订了，她并不爱这男爵，不过为了虚荣，但在这当儿，男爵和人决斗送了命。于是三妹的希望的肥皂泡也破碎了。那二姊却是嫁了的，丈夫是中学教师，虽然嫁他的时候二姊视这中学教员是比她自己高一等，但是既嫁以后她就一点一点看他不起，觉得生活干燥无味，终于偷了汉子——一个年纪比她大了一倍的小军官。这算是二姊的灰色生活

---

① 此处作者原文有误，应改为：“一九〇三年，他写成了《新娘》。”

中唯一的快乐。她倒不一定是爱这小军官，她所以和他发生关系，还是为的同情他。因为他有一个疯老婆，正像她自己有的是一个不解风趣木头样的书蛀虫的丈夫。然而她这偷偷摸摸的幸福也不能长。小军官要随军开往波兰去了。他和那二姊作别，好像没有什么恋恋，什么难过。二姊却有点凄然，正抱紧了他的时候，忽被丈夫撞见了。要是这木头样的书蛀虫一见之下会生气，会打她，那她倒觉得痛快，她要感谢他，可是真不料这书蛀虫只用他从学生那里没收来的假胡子装个鬼脸就没事儿似的了，这真将二姊气死。她反倒和这书蛀虫的丈夫吵闹，说她和他这样半死不活的人过不下去。这当儿，军队开拔的军乐声远远传来，报告她的没真心的情人走了。于是二姊突然喊道："他们都走了，永远不来了！我们必须开头重新生活过！"这最后一转，算是这一出灰色人生的辽远的希望。而且二姊这人也就是不能安于灰色人生的时代的象征。

《三姊妹》有曹靖华的译本（商务）。此外，《海鸥》有郑振铎译本，《樱桃园》、《伊凡诺夫》、《万霞叔父》有耿式之译本，然未见单行。

此外，柴霍甫的小说现在有赵景深译的《柴霍甫短篇小说集》，共八册（开明），几乎可算是收罗全了。

关于论柴霍甫的书有毛秋萍译的《柴霍甫评传》（弗里采原著，开明）。其余散见于杂志者，例如《译文》二卷一号所登的高尔基的《回忆》，等等，尚多。

二八　弗罗贝尔[①]的《波华荔夫人传》[②]

法兰西的最早的写实主义作家是巴尔札克（Balzac），他的百多篇小说组成的（而且是他有计划地写成的）《人间喜剧》是法国从贵族的君主政治的终于没落，到资产者政权的终于完成而巩固——这一大社会转型期的风俗画。巴尔札克和雨果时代相接（论生卒年月，他们是同时代的），雨果扫清了的资产者文艺的道路，由巴尔札克以《人间喜剧》来填充了。文艺史上有计划地要把他那时代的社会全般面目描画出来的，在先文艺复兴时代有薄伽丘的《十日谈》，在后就有了巴尔札克和左拉。

由巴尔札克开了路的法国写实主义文学，其后不久就起来了许多的巨匠。从六十年代到八十年代是法国写实主义胜利的时期。其中最伟大的作家当推弗罗贝尔（现在还没有巴尔札克的长篇重要作品译过来，所以我们只好缺了他）。

弗罗贝尔不但把写实主义的手法用在描写当代社会生活的作品，并且还输入到历史小说的领域（如《萨兰坡》[③]）和幻想的领域（如《圣安多阿努的诱惑》[④]）。

弗罗贝尔（Gustave Flaubert）是一八二一年生于鲁杏（Rouen）。他的父亲是外科医生。他先到巴黎学法律，并没学成。因了神经衰弱，就回了故乡，从此以后就专心在他所喜欢的文学。他的生活是安定的，舒服的，

---

① 弗罗贝尔 通译 福楼拜。

② 《波华荔夫人传》通译《包法利夫人》。

③ 《萨兰坡》通译《萨朗宝》。

④ 《圣安多阿努的诱惑》通译《圣·安东的诱惑》。

也是少变化的，他除了因为要写历史小说《萨兰坡》（Salammbo）而到突尼斯（Tunis）考察过，此外他不大作远程的旅行，不过常常到巴黎罢了。

一八五六年，他的长篇小说《波华荔夫人传》忽然出现了。这给法国文坛一个震动。有些人说这书不道德，有些人说这书写那么平凡的事，而且琐琐细细写，所以——不好。维持风化的官厅的手终于也压到这小说上。

弗罗贝尔静静地不说什么话。到一八六二年，忽然他的第二部长篇小说出来了，这又值得大家骇了一跳。因为这第二小说跟第一部好像是两个人写的。题材差得那么远呀！然而细细一读，知道到底不能不是一个人写的，因为细腻的写实的手法是一样的。谨严的文字也是一样。这第二部就是《萨兰坡》。

这是把汉密尔加（Hamilcar）时代的加太基复现了的作品。弗罗贝尔为写这部小说，曾经参考了九十多部的古代人和近代人作的讲到加太基历史和文化的书，他到博物院研究加太基的遗物，特地到突尼斯实地考察山川形势。于是他用了他的科学的写实的手腕，在最大可能的范围内，忠实地再现了古代加太基的城市、商船、兵队、矮房子、大建筑，他给读者看突尼斯文化，泰涅（Tanit）崇拜，摩洛西（Moloch）赞美，给看交战和围城，无数的恐怖，几万人的全军饿死，以及一位利比亚（Lybia）酋长的牺牲。是这样一件用科学方法新造的古董！

将《萨兰坡》和司各德、大仲马，乃至显克微支的所谓历史小说一比，然后知道司各德他们的作品不过是小说，来尝有历史。他们的所谓历史只是主观的杜撰，不是真正的历史。

但是第三部小说《感情教育》（L' education Sentimantale）[①] 在七年后又出来了。这是要正确地再现出四十年代的巴黎的。弗罗贝尔曾经为要知道那时候的户外生活、巷战，等等的真实情形，他研究过无数的旧画、旧图样、旧地图，披阅过几千份旧报纸。真所谓“像的座儿比像的本身大了”。

① 《感情教育》通译《情感教育》。

一八七四年，第四部长篇小说出版了。这又使大家吃了一惊。这就是《圣安多阿努的诱惑》（Tentation de Saint Antoine）。这书最初属稿实在《波华荔夫人传》以前，经过了二十年方才告成的。人们读了这书，方才知道弗罗贝尔的科学的写实的手法即是写一部幻想的小说也是照样在用着，一丝不苟。

这书出版后六年，即一八八〇年五月十八日，这位大作家也就去世。

弗罗贝尔是冷静的，客观的。他的弟子莫泊桑是承继了他的《波华荔夫人传》这世态小说的衣钵。和莫泊桑同时代的都德（A. Daudet）也是。不过像《萨兰坡》和《圣安多阿努的诱惑》这样的作品却没有了继承。

《波华荔夫人传》（Madame Bovary）有一个中心：人生的丑恶。弗罗贝尔用了完全不动心的客观态度去写这丑恶。虽然他后来曾说："当我写到波华荔夫人吃毒药的一段，我的嘴里感到这样强烈的砒霜的滋味，以至接连有两天我不能吃东西。"他是这样全身心跑进了他自己的故事的，然而他对于人生的态度是完全不动情的客观态度。

波华荔夫人恩妈是幻想极多的感情浮动的女子。她嫁了医生波华荔时，打叠起无数美丽的空幻的梦想。然而她不久便觉得生活淡然无味。于是偶然遇见了一个青年李昂，就又在这青年身上寄托她的美丽的梦想。这梦旋即又破了，李昂也走了，恩妈无聊已极，则向珠宝商人处赊买珠宝，这也是一种刺戟。可是赊账总得还的，她没有钱，又舍不得珠宝。于是两种本能上的弱点会合起来，造成了她第二次的不贞。她和一个上门来诊病的罗特尔夫又勾上了，特到树林里去幽会。一度未足，她想常常幽会，于是罗特尔夫当她是色情狂者，也就丢开了她。这是恩妈所承受不了的。于是大病。病稍痊可，她和丈夫去里昂听音乐，不料又遇到了第一情人李昂。这又惹起了她的老病。她偷出家去和李昂续欢。于是不久又一度被弃。这当儿，珠宝账又逼得紧，她再找第二情人罗特尔夫，这可糟了，她的希望达不到，反受了侮辱。于是她只好吃砒霜了。她死后，她的丈夫知道了一切。他想想又恨，想想又爱，不久也死了。仅余的一个女儿进了工厂。

波华荔夫人是脆弱的，色情狂的，贪婪的；弗罗贝尔是认定了这些丑恶点写的。但是波华荔夫人她那爱美的追求的呻吟中，那求觅理想的憧憬中，那顽固地忠实于恋爱的浪漫的趣味中，都有一些好的根芽，只要作者的笔锋稍稍一偏，未始不可以把这平凡、色情，叫人几乎作呕的女子弄成可爱一些，可以使人同情一时。然而弗罗贝尔并不！所以他的态度虽然是纯客观的，但反过来看，他在客观中有主观，即他的着眼点只在丑恶。这和他早年的悲观思想（他早年得的神经衰弱病跟这有关系的）是有因果的。而从另一方面看，这也是工业资本主义的内在矛盾所造成的世纪末的心情在作家身上最早的反映。以后这样的作家在各国都有，而莫泊桑就是其中之一。

《波华荔夫人传》有李青崖的译本（商务），又有李劼人的译本，名《马丹·波娃利》（中华），都是从原文译的。李劼人又译了“Salammbo”（《萨郎波》），亦中华出版。

关于都德的作品，已译者有《小物件》（Le Petit Chose）和《达哈士的狒狒》（Tartarin de Taratcon），皆李劼人译（中华）。《磨坊文札》（Lettérs de mon Moulin），成绍宗译（乐华）。《萨夫》（Sapho），有王实味译本（商务）及王了一译本（开明）。后者名《沙弗》。

读了弗罗贝尔以后，再读读都德的《小物件》等作，是很有意思的。故亦附纪于此。

二九　左拉的《娜娜》

法国第二帝政时代由商业金融资本转到工业资本这一转形期的社会相，在左拉的著作里表现着。左拉继承了巴尔札克的《人间喜剧》那样的大计划，用毕生的精力写了总名为《罗贡·马加尔》（Les Rougon Macquart）[①]的二十部长篇小说。

左拉的时代，贵族阶级在实际生活已经失去其从前的地位和意义，所以左拉的《罗贡·马加尔》里很少写到贵族。反之，他却注意了上自大企业家、大银行家，下至娼妓优伶、各色人等的阶层。左拉也崇奉弗罗贝尔的科学的实验的写实手法。他为要描写旧教徒，就到寺院里住了几时，为要描写矿工，就下矿穴，为要描写娼妓，他也去逛窑子。左拉又应用了遗传学说，把他的二十巨册的《罗贡·马加尔》组成为一枝遗传的大树；他又接受了环境的学说，在他的人物身上指出环境的影响。

然而左拉虽则那样力求精确，但他到底不能完全摆脱了浪漫派的手法以及浪漫派的观念论（左拉是很反对浪漫主义的）。左拉常常观念地处理他的题材。他也是社会风俗的批判者，但他批判的立场是改良主义，其后则为空想的社会主义。

左拉（Emile Zola）是一八四〇年生。一九〇二年死。母亲是法兰西人，父亲却是意大利人，祖母是希腊人。他在成名以前，境况也是很艰难的。由于在出版界任事而接近文学，一八六七年发表了小说《代来司·拉昆》（Therése Raquin）[②]，那时离《波华荔夫人传》出世已有十年光景，他

① 《罗贡·马加尔》通译《鲁贡玛卡一家人的自然史和社会史》。
② 《代来司·拉昆》通译《黛莱丝·拉甘》。

在这部小说的序文内发表了他的“自然主义”的理论。一八六九年，他开始实现他的《罗贡·马加尔》大计划。这费了他一生的精力。一八七〇年，巴黎有自然主义者的团体。一八八〇和八一年间，左拉的重要理论文《实验的小说》（Le Roman Expérimental），《自然主义在戏院》（Le Naturalisme au Thiatre），《自然主义小说家》（Les Romanciers Naturalistes）等相继出世。这些理论的实践，除二十册的《罗贡·马加尔》，尚有《卢耳德》（Lourdes）（一八九四年），《罗马》（一八九六年），《巴黎》（一八九八年）——所谓“三都记”，以及拟包括了《肥沃》（Fécondité）（一八九九年），《劳动》（Travail）（一九〇一年），《真理》（Vérité）（一九〇三年），《正义》（Justice）——所谓“四福音书”。《正义》一部他没有写成即去世了。这“三都记”和“四福音书”又是左拉本他的“遗传树”的手法写的。“四福音书”已成三部的主人公都是“三都记”里的曾为宣教师者的弗罗芒的后裔。

《罗贡·马加尔》的二十册是可以各自独立的长篇小说，时代背景为一八五二年的政变起，直到拿破仑第三覆亡，第二共和政治开始时为止。全书二十册是一棵巨大繁复的“遗传的树”；第一册《罗贡家的经历》（La Fortune des Rougons）[①] 说明罗贡和马加尔二族的来历，可称是“楔子”，最后一册《柏司卡尔医生》（Le Docteur Pascal）则是全书的总回顾与结束。左拉把这两家的亲族分配到社会生活的各方面，使为各册中的主人公。而每册的主题则为生活的一面，使全书成为包罗万象的社会风俗画。

左拉选了一个神经病的女子和私贩商人兼酒鬼的，做了全书的老祖宗。这样就埋伏了各册书中种种犯罪、淫欲野心——等等“遗传的根”。亚达莱特·福格的父亲是疯子，所以她是一个有神经病的遗传的女子。她嫁给懒散而落拓的园丁罗贡，生一子比尔·罗贡。比尔后与小商人的女儿结婚，投身进一家老牌的进出口公司，这样罗贡的一支就往上爬了。比尔的母亲亚达莱特再嫁（先有奸情的）私贩商又酗酒的马加尔，生了子女。女儿嫁

---

① 《罗贡家的经历》通译《鲁贡玛卡家族的命运》。

商人莫莱。儿子安东尼也是酒鬼，娶妻后子女甚多，有为农人者，亦有为洗衣女者；子又生孙，女又生外甥，那就更复杂了，有为著名的娼妓者，又有为机器工人、为矿工、为美术家者。至于马加尔的女儿嫁商人莫莱者，生子又与比尔·罗贡的女儿结婚（这是罗贡和马加尔两族的血的新结合），从这一支又生出有做百货店老板的，有做宣教师的。比尔·罗贡另有三子，一个直做到拿破仑第三手下的大臣，一个是投机家，又一便是医生柏司卡尔。这就是罗贡·马加尔的世系。罗贡一支是往上爬，马加尔一支是往下沦落为无产者。罗贡一支出了官僚、企业家、大商人，马加尔一支出了堕落的女子、农人，但也有社会改良主义者的矿工。

在这大规模的著作内，首先是比尔·罗贡的儿子乘巴黎开辟马路的机会和官僚上下其手做地皮生意发了横财（全书第二卷 La Curée《巧取豪夺》①）。其次是拿破仑第三的宫廷（全书第六卷《由廛罗贡大人》Son Excelleuce Eugéne Rugon）。又次是大百货商店怎样打倒了小商人（全书第十一卷 Au Bonheur des Dames《太太们的乐园》）。又次是交易所投机事业的发达以及小有产者的储蓄怎样被投机者吸收而终于倒掉（全书第十八卷 L' argent《金钱》）。最后是一八九二年普、法战争，巴黎被围，拿破仑第三的覆亡（全书第十九卷 La Débacle《溃灭》②）。这些社会的政治的大变动都从罗贡一支的各色人物的遭遇上表现着。

而从马加尔一支的各色人物的境遇上，则表现了在上举的社会的政治的大变动之间的社会生活的各方面。这里有教会中人的险恶与荒淫（全书第三卷 La Conguéte des Plassans《普拉桑的获得》和第五卷 La Faute d l' abbe Mouret《方丈莫莱的罪过》），又有菜场小贩的争轧，下等小酒店的藏垢纳污（第四卷 Le Ventre de Paris《巴黎之腹》和第七卷 L' assommoir《小酒店》）；有中产阶级的家庭生活——偷情、吵架（第八卷 Une page d' amour《一页恋爱》，和第十卷 Pot Bouille《一锅滚水》），也有女伶娼妓生活（第九卷 Nana《娜娜》），又有和娜娜相反的意志坚强的利他主义者

---

① 《巧取豪夺》通译《俎上肉》。

② 《溃灭》通译《崩溃》。

（第十二卷《生活是多么愉快》La Joie de vivre）；有矿工生活——罢工和失败（第十三卷《芽月》Germinal①），农民生活（第十五卷 La Terre《土地》），铁路工人的生活（第十七卷 Le Bête Humaine《兽人》），又有空想而终于幻灭的憧憬者——艺术家对于作品和梦想的女子对于爱（第十四卷 L'oeuvre《创作》和十六卷 Le Rêve《梦想》）。这真是巨大的风俗画，《人间喜剧》以后仅有的大计划了。

《娜娜》的主人公娜娜就是安东尼·马加尔的外甥女。娜娜的母亲十四岁就偷汉子怀了孕，被家里人逐出，同情人到了巴黎，后来又被弃、又再嫁，过着地狱似的生活。娜娜从小就不知道有父母，她的父亲是谁，即使她的母亲恐怕也不明白；从小就是街头的女孩子，很早就过着暗娼的生活。下等酒店（她的母亲就是那本《小酒店》的主角）是她活动的场所，也在马路角拉客。可是有一天忽然被一个戏院经理所注意，弄她去做女伶。戏院经理知道她的嗓子不行，演剧的技能也不行，然而中意了她的泼辣风骚和迷人的肉体，因为他正要排演一出新戏，饰主角“爱神”的须得半裸体上台。经理的眼光果然不错，娜娜第一夜上台就博了满场的喝采。当夜就有一个银行家长期包定了她。然而她不是一个男子能够包定的，一个男人不能使她满足。就在银行家包她的一晚，她还暗中接了另外两个。她的用费极大。她的性欲也是极厉害。她又胆大。她以诱惑了男子到她厌倦时再丢开他为快乐。银行家供给她不起，被她轰走，立刻有一个向来规矩出名的伯爵补了缺。但是伯爵的钱虽能满足她，伯爵却不能满足她的性欲。她毫无顾忌地和别的男子随便发生肉体关系。有一时她恋着同戏院内一个丑角（她恋着男子，这是仅有的一次），于是轰走了伯爵，戏也不唱了，和这丑角同居，似乎存心从此要做良妻了；她屏除了奢华，拒绝了她的旧日的大姐的诱劝，并且忍受了那丑角的虐待，她只求那丑角不丢掉她。从前她施于男子身上的手段，现在她竟亲身从丑角那里受到。然而她也不怨。后来她的钱都用完了，丑角虽则有钱，却仍要她养活，于是她不得不在丑

---

① 《芽月》通译《萌芽》。

角去演戏的时候又在街角拉客人，二三十法郎她就可以卖给人家一度。她为此几乎被警察捉去。然而她甘愿。直到有一夜她照例弄到了次日的伙食费匆匆回家要孝敬那丑角的时候，竟被赶出来（因为丑角公然挟他的新欢宿在她的床上了），她这才断了一片痴心。于是她再操旧业，先前被她轰走的伯爵又服服帖帖来做她的老斗①，并且接受了她所提出的奇酷的条件。这一回唱戏，却是失败；她就不再唱戏。她将伯爵变卖家产来给她的钱买了大房子，铺置得和王宫一般，她是这房子的女主人，她不许伯爵随时来，也不许他多来。她这样腾挪出时间来献身给任何肯化钱的男子——她把这作为她那巨大化费的补贴。她有时也不为钱而为纵乐的缘故与别的男子发生关系。甚至她在楼上看见街上走过的男子倘有她忽然中意的，她就招了他进来作半小时的淫乐。伯爵为她破产，青年的兄弟俩一个为她而自杀，一个为她而盗用公款，事发下狱。这两件事，使她不得不离开巴黎。人家听说她出了法国，有时和什么百万富翁有关系，有时又和什么俄罗斯的贵族，好像她愈淫乱则追求她的人愈多愈狂热似的。然后忽然她又回到巴黎，那正是普、法战争的前夜，她悄悄进了医院，穷得很，而且染了恶疾，命在旦夕。冤桶②的伯爵到医院里去看她时，她正当弥留，已经不能开口，脸毁坏得像活鬼。在她病室窗外的街上，法国军队正在开赴前线，一阵阵的高呼“到柏林！到柏林！”就在这呼声中，颠倒过无数男子的娜娜死了！

《娜娜》有王了一的译本（商务），他又译了《小酒店》，改名《屠槌》，亦商务出版。

此外左拉的作品译出的，有刘半农译的《失业》（Le Chomage）和《猫的天堂》（Le Parad des Chats），毕树棠译的《不测》和《一夜之爱》（L’amour d’une Nuit），皆北新出版。

---

① 老斗 即妓女的常客或包身人。

② 冤桶 即冤大头，为他人（多指妓女或情人）枉费金钱、人力、物力的人。

三〇　莫泊桑的《一生》

莫泊桑（Guy de Maupassant）是一八五〇年生于诺门豆（Normandy）[①]。在本乡受了普通教育，便到巴黎，任职于海军部。一八七一年，普、法战争终结的那一年，他任职于教育部。

一八八〇年发表了一本《诗集》（Des Vers），并不怎样引人注意。次年发表了短篇小说《脂肪球》（Boule de Suif）[②]，立刻就成名了。这是以普、法战事为背景，很深刻地暴露了上流绅士们之自私、虚伪、冷酷等等的。在这一篇里，莫泊桑对于人生还不是怎样悲观的。他的同情寄于那个老实的然而又勇敢坦白的绰号叫做“脂肪球”的不幸女子身上，是很显然的。

一八八三年，他发表了第一个长篇小说《她的一生》（Une Vie）[③]；在这里，他既完全继承了《波华荔夫人传》内的手法，也继承了那里头的人生观。不过尚比《波华荔夫人传》略好，有一半的人生是露着光明的。而且在这书里，莫泊桑又不自觉地应用着遗传和环境决定生活的学说。

一八八五年，又发表了《漂亮朋友》（Bel－ami）。这是刻毒地暴露了法国上流社会的黑幕，以及官场的腐败的。资产阶级的颓废生活在这书里描写得淋漓尽致。像左拉的《娜娜》似的但是反过来是一个男子，仗着他的漂亮，颠倒了无数上流女子，但《娜娜》的结果是不好的，而这位“漂亮朋友”却得了绝大的收获。

---

① 诺门豆 通译 诺曼底，法国西北部的一个旧省名。

② 《脂肪球》通译《羊脂球》。

③ 《她的一生》即《一生》。

莫泊桑的作品是短篇居多，而且也是短篇最精采。但是他的悲观思想也在短篇里流露得最多。例如《戴丽哀家》（La Maison Tellier），《龙得丽姊妹》（Les Saeurs Rondoli）、《归来》等篇都写了人生之无意义，无目的。

他很早就有神经衰弱病，虽则他年轻时身体并不怎样坏。一八九一年以后，搁笔休养，游历各地，然而无效。九二年，曾自杀一次。九三年，死于尼斯（Nice）。

他的长篇小说除上述两部外，尚有《奥利畦山》①（Mont Oriol，一八八七年），《比尔和若望》（Piérre et Jean，一八八八年），《人心》（Notre Coeur，一八九〇年）。最后一部亦是极好的世态描写，不下于《漂亮朋友》。

《她的一生》也是世态小说。主人公若望小姐是贵族田主。她的父亲男爵是一个卢梭崇拜者。只有她一个独女，自然是非常宝爱的。若望小姐十七岁出了修道院学校的门，完全是不知世故的天真的少女，满脑子是未来的美满幸福生活的梦。究竟是如何美满幸福的生活呢？她也说不出，她只有这么一个朦胧的概念罢了。于是她的乡间的府邸里来了个自称子爵的青年人汝励行。这人并没有什么专门学问，但是非常会骗取妇人们的心。和女人不清不白，他是个老手——他长得漂亮，可是他在计划了要娶得这个富有家产的独养女的时候，他却装得非常温和谨慎。最先喜欢这汝励行的，是男爵夫人，其次是若望小姐。于是什么都顺利。两人结了婚，男爵给他们几千法郎去作蜜月旅行。在蜜月中，汝励行的本相就露出来了。他是色情狂的，而且是贪吝的。若望小姐对于恋爱的观众本来是神秘的，而且柏拉图式的，可以在她还未知道恋爱确是什么东西的时候，她从汝励行处所得的却是色情，是肉欲，这好像取什么东西尝新的当儿一上口就是大出意外的恶味，就此连想也怕想了，所以若望小姐的爱就此僵死，她承受她丈夫的拥抱只作为义务——只有当苦差似的苦痛了。

蜜月回来，汝励行完全变相了。他攫取了财政权，减少费用，刻薄的

---

① 《奥利畦山》通译《温泉》。

了不得。他又暴躁凶恶。男爵气得带了夫人避出门去。若望小姐简直恨她的丈夫了。她不能理解她这生活的棋子走错了那一子。她只感到人生原来不能像想象中的常是快乐的。于是接着来了一件奇事：她的丫头陆若梨忽然生了个私生子。谁生的呢？陆若梨抵死不肯说。若望小姐也恁地猜想不出。这件奇事发生后个把月，一天夜里，若望偶然到丈夫的书房里，却看见和她丈夫并头睡着的，正是那陆若梨。若望小姐立刻像见了鬼怪似的叫起来。这夜正是大雪，若望小姐发疯似的跑出大门，跑出园子，身上只穿得一件睡衣，她跑到海边崖石上，想跳崖自杀，但是忽然想到了母亲，脚下一停，就仆倒在崖头雪地里了。

若望小姐被抬回家后就是一场大病，神智不清了好多天，后来居然神经清楚了，渐渐儿记起那发见来，她告诉了父母。陆若梨被打发出去，同她的孩子；男爵给她找一个老实农民做丈夫，并且给她一块田，至少值二万法郎。

但此时若望小姐知道自己有孕了。这使她又痛苦，又有点快活。痛苦的是：她认为污秽不堪的丈夫竟已在她肚子里生了个孩子，快活的是从母爱的本能来的。后来孩子出世，是男孩。若望小姐渐渐觉得人生到底不是全然黑暗。现在她视丈夫好像是路人了。有一次，孩子害病，几乎不保，若望小姐急得什么似的，从此她却起了个念头：总得再生一个，那么，万一死掉一个，还有一个。她这念头，使她再和丈夫和好，直到自觉有了孕。

这时候，汝励行又勾搭上了一家邻近的贵族的夫人。那丈夫却是个不好惹的。他知道了这事，一天便伺着他们在山上牧羊人所用的小木屋内幽会的时候，把他们连人带木屋推下山去。汝励行的尸身被抬回家时，若望一见晕了去，当夜小产一女孩，生下来就死了。于是若望为妻的一幕告一段落。

接着是她的儿子保禄大了。这个宝贝似的保禄竟像他父亲，而且也许还比他父亲坏些，因为他父亲是吝啬儿，而他却是挥霍的。他败光了一份家产，当若望的母亲和父亲相继死了时，这个保禄竟带了一个女子在伦敦又亏空了许多钱。若望小姐这时简直成了白痴了。幸而有一天，旧使女陆若梨来看望她了。这丫头现在是很能干的农妇了，她的儿子（汝励行生的）也是个勤俭耐劳的小伙子。陆若梨给若望小姐出主意，卖了那所老屋，另买所小房子，又代她去找保禄回来，可是只带了保禄新生的女儿回来，保禄已经死了。若望小姐抱住了这孙女孩，发狂似的吻她，自言自语地说："人生不是如人所想象的那般好，却也不是如人所想象的那般坏。"

《她的一生》有徐蔚南的译本（世界）。

此外，莫泊桑的作品已译的，有长篇《人心》，李劼人译（中华），《遗产》，耿济之译（商务）；《莫泊桑短篇小说全集》，共九册，李青崖译（商务）。《水上》，章克标译（开明）。

三一 易卜生的《娜拉》

十九世纪后半，斯干底那维亚[1]半岛各国正是从小商手工业的社会转到工业资产的社会。这种社会经济的进化之客观的过程，最初反映于文学的，便是易卜生的戏曲。

易卜生（Henrik Ibsen）是一八二八年生于那威[2]的斯该恩（Skien）。他的父亲本来是富商，但当易卜生八岁的时候，忽然败落了。因此易卜生幼年时代就没有好好儿进学校，他只闷在家里，小伴也没有。而他的家的四周又是什么拘留所呀、行刑场呀、疯癫病院呀，真可说是第一等阴惨的所在。

这样，易卜生住到十五岁，才进了格林姆司塔特（Grimstad）乡的一家药店里做学徒。这个药店，生意清淡得很，沉默孤独已成了习惯的易卜生倒可以利用那空闲来读他喜欢的书。他靠在柜台角里读了拜轮、哥德、莎士比亚的作品。

十九岁时（或者是二十一岁），他编了一个剧本《加底列那》（Katilina）[3]。那时他有两个好朋友，大家都有旅行——观光首都罢——的意思。看见了易卜生的《加底列那》，那两位朋友得了个计较，就是凑钱来出版这部剧本，卖书赚出钱来就够三人的盘川了。于是剧本印出了，但是卖了许多日子，只卖掉三十部，旅行的计划就此不成功。

到二十二岁，易卜生再也不愿守在那冷药店里了，他总得到克里斯基

---

① 斯干底那维亚 通译 斯堪的纳维亚。

② 那威 通译 挪威。

③ 《加底列那》通译《卡提利那》。

尼亚（Christiania）[1] 碰碰运气去。他居然去成了，并且经过了许多困难，居然进了大学读书，是在大学他和别尔生[2]（B. Bjornson，1832—1910，大小说家）订交。那时，他和别尔生，还有几个同志，办过一个文艺周刊。一年后，易卜生因升级试验不及格，就退学了，暂住旅店，穷得了不得。他四处去找职业。

一八五一年，他担任培尔弇（Bergen）戏院的编剧人，又被派往国外考察戏院。他在培尔弇一共四五年，编过很多的脚本，不过这些脚本现在早已被人忘却了。一八五七年，他再到克里斯基尼亚，次年，发表了《恋爱的喜剧》，这是描写现代生括的。同年结婚。

一八六四年，他出国游意大利和德国，一直有二十七年之久他常住在意、德两国。直到一八九一年——那时他已是名满全世界的大作家了，他方才归国，住在克里斯基尼亚；一九〇六年卒。

易卜生第一篇引起注意的杰作是一八六六年作的《勃兰特》（Brand，诗剧）。次年又作《比尔·金忒》（Peer Gynt，也是诗剧），这两篇都带点象征的意义。《勃兰特》内的主人公是市民社会的宣教师，但是他被视为神经病者。但是易卜生之更受观众欢迎，却在他转写了问题剧的时候起的。一八六九年，《少年党》（The League of Youth）出世，这是散文剧了。在这里，他提出了新旧思想冲突的问题。所谓新思想就是资产阶级意识。以后他接连发表了《社会栋梁》（Pillar of Socicty，一八七七年），《娜拉》（A DalI' s House，《傀儡家庭》，一八七九年），《群鬼》（Ghosts，一八八一年），《国民公敌》（An Enemy of the people，一八八二年），《野鸭》（The Wild Duck，一八八四年），《海达·茄勒勒》（Hedda Gabler，一八九〇年）。在这些问题剧中，都反映了工业资本主义急进期中对于旧障碍物之扫荡与攻击。易卜生用了惊人的技巧，借舞台的媒介，将这转形期的社会动态从各个问题上表现出来。然而同时，易卜生是站在小市民的立场把这过程再现，而且给与了道德的解释。

---

① 克里斯基尼亚 通译 克里斯蒂安尼亚，即挪威首都奥斯陆。

② 别尔生 通译 比昂松。

易卜生后期的作品如《罗士马庄》（Rosmersholn）——一八八六年，《海上夫人》（The Lady from the Sea）——一八八八年，《当我们死人再生时》（When We Dead Awaken）——一八九九年，这一类的剧本里，他努力要想用象征的方法来帮助表达他的艺术形象所不足。在这里，也见到了小市民知识者的他，当问题扩大到工业资本主义社会将来终点的时候，便陷入于思惟的不明确与先见的缺乏了。十九世纪其他的和易卜生同样的戏曲家大都走了同样的路——从写实的到神秘象征的，大概不是偶然的事。

《娜拉》是讨论妇女在社会中家庭中的地位，而归结于个人主义之高于一切的。主人公娜拉的丈夫是银行职员，她一向是丈夫的柔顺的妻，被呼为小雀儿、小松鼠、小宝贝的。在丈夫赫尔梅有一次害了重病，非到意大利去疗养不可的时候，娜拉曾经冒签了她父亲的名作保向一个赫尔梅的朋友但却是阴险者流的柯洛克司借了一笔钱。她这事不使丈夫知道，只在各方面省下钱来，又偷偷地在夜里做抄写工作，一点点凑起来陆续拔还本息。剧中故事开始的时候，正是赫尔梅升任了银行经理，而且正因为柯洛克司有假造契据的行为想把他撤职。柯洛克司就以从前娜拉的冒签父名的借据为武器要挟娜拉在她丈夫面前说项，保全他的位置。这事使得娜拉为难。因为她如果不将原委说明，则赫尔梅一定不肯让柯洛克司仍旧供职，而说明呢，则她尚有点不敢。后来终于她说明了。她以为丈夫一定安慰她，并且把责任放在自己肩上。不料相反，丈夫骂她无知识，道德上有问题，甚至说，小孩子放在她手里教育，也有点不放心了。于是娜拉觉悟她自己一向从没做过自己的人，幼时是父亲的小雀儿（玩意儿），现在是丈夫的小雀儿。她决心离开家庭，做她自己的人。

《娜拉》有潘家洵的译本。他译有易卜生集，共二集，第一集为《娜拉》、《群鬼》、《国民公敌》等；第二集为《少年党》、《大匠》等（商务）。

又《海上夫人》有杨熙初译本（商务）。《野鸭》有徐胡荻译本。《罗士马庄》有刘伯量译本，今皆未见发售处。

与易卜生同样的戏曲家，在德国为霍普德曼（C. Hauptmann），他也是先作社会问题剧后转入了神秘象征的。他的作品译出不少，重要者为《织工》（问题剧），陈家驹译（商务），《寂寞的人们》（问题剧），钟国仁译（商务），《沉钟》（象征剧），孙博译（开明）。

三二　王尔德的《莎乐美》

十九世纪末年，欧洲文坛上又有新的文艺式样起来代兴了。这种抢夺了写实主义及自然主义的最大风头的新式样就叫做印象的唯美主义。

写实主义可称为资产阶级的文艺样式，自然主义可称是小资产阶级的，那么，印象的唯美主义是上流贵族者和放债吃利息者一流的寄生阶层的文艺样式。写实主义，特别是自然主义，是努力要描写现实及具体的世态的，印象的唯美主义却极力要避开现实及过于物质了的东西，而以技巧浓重的形式去描写。自然主义者具有批判的悲观气氛，唯美主义者则是乐观的——生之愉快，对于世界完全取唯美的态度。他们以为人生之最高意义是美，艺术高于生活，美学就是最高的道德。所以唯美主义也是反道德的。

这印象的唯美主义最早的发生地也是英国。约在十九世纪五十年代就有了。最显著的代表是王尔德。

王尔德（Oscar Wilde）是爱尔兰人。一八五六年生于杜白林（Dublin）①。父亲是有名的外科医生。王尔德曾在杜白林大学和牛津大学读书。在牛津时，他听过当时英国的唯美主义理论家也是首创者拉司金（Ruskin）② 的课。他好奇服异装，惹人注意。一八九六年因不道德犯罪，监禁两年。出狱后漫游大陆。一九〇〇年十一月死于巴黎。

王尔德也曾经过自然主义的一期，例如一八九二年发表的剧本《温德米尔夫人的扇子》（Lady Windermere’s Fan）。他的唯美主义的理论表现在

---

① 杜白林 通译 都柏林。

② 拉司金 通译 罗斯金，英国艺术批评家。

小说《陶令葛雷的画像》(The Picture of Dorian Gray)①，书中人物亨利爵士是王尔德的代言人，亨利爵士是个人主义者，享乐主义者——为求快乐而生，又是唯美主义者——非“美丽地”生活不可。美貌的青年陶令葛雷便是崇拜这位友人亨利爵士的主义的。他本是美少年，他的画像给他证明。然而他后来为丑恶（那是年纪一年一年大起来难免的）的恐怖所追蹑，竟至神经错乱而自杀。但他虽死了，画像给他保留了美，而这艺术品是不朽的。

王尔德又曾用法文写了剧本《莎乐美》（Salome）。在这剧本，他用《新约马太福音》第十四章里的故事反串了，成为唯美主义的说教。先知约翰曾劝勿娶美妇人希罗。希律本要杀约翰，到底因为约翰颇得人民爱戴，不敢下手，只将他监禁起来。后希律生日，希罗所生之女莎乐美当众跳舞，希律很高兴，就用“你要什么，我都可以允许”作为奖赏。不料莎乐美是爱那先知约翰的，因为爱而不得，就要求约翰的头。希律因为已经说出了的话，不好反悔，就命人杀了约翰，献上头来。莎乐美取约翰头谛视，说不能同你的活头亲嘴，就同死头亲嘴罢。狂吻不已。莎乐美这时快乐极了。但希律明白了这一切时，就杀了莎乐美。莎乐美是唯美主义者、快乐主义者、个人主义者，非常明显的。

《莎乐美》有田汉的译本（中华）。《温德米尔夫人的扇子》有潘家洵译本（朴社）。又有洪深的改译，名《少奶奶的扇子》(商务)。

此外，在法国的印象的唯美主义，当推法朗士（Anatol France）为最。他的文学活动始于十九世纪的后半，直到二十世纪最初十年。他的著作已译者有小说《女优泰绮思》(Thais)，徐慰南译（世界)；《乔加斯突》(Jocaste)，顾维熊译（商务)；《艺林外史》（Le Chat - Maiger)，《波纳尔之罪》（Le Crime de Sylevestre Bounord)，皆李青崖译（商务)。《红百合》（Le Lys Rouge)，金满成译（现代)。

比利时的戏曲家梅德林克（M. Maeterlinck)② 也是很卓著的印象的唯

① 《陶令葛雷的画像》通译《道林·格雷的肖像》。

② 梅德林克 通译 梅特林克。

美主义者。他的作品如《青鸟》，有傅东华译本（商务），《檀泰琪儿之死》有田汉译本（中华）。《群盲》有高真常译本，曾登《小说月报》。此外有汤澄波译《梅脱灵戏曲集》，内有《闯入者》、《群盲》、《七公主》、《丁泰琪之死》等篇（商务）。

梅德林克在二十世纪所发表的剧本却有不同。前期的恐怖、不安，无所恃的情调，都没有了，而变为感愤讽刺了。例如历史剧《茂娜凡娜》（Mona Vana）。此有徐慰南译本（开明）。

德、奥也是有了印象的唯美主义的。最显著者为显尼志勒（A. Schnitzler）[①] 及霍甫曼达尔（Hofmannsthal）[②]。前者的作品有剧本《阿那托尔》（Andtole），郭绍虞译（商务），小说有《苦恋》，刘大杰译（光华），《妇心三部曲》，施蛰存译（神州），《死》，段可情译（现代）。

然而十九世纪末年最明快而且最彻底的唯美主义者当推意大利的小说家戏曲家丹农齐乌《G. D' annunzio）[③]。他现在早已不是唯美主义者了，他最初也不是。他只中间一时是。他最初写过自然主义的东西，后来又有醉心于基督教道德的一时，如剧本《牺牲》（L' ennocente）——有查士元译本（中华）。

他的唯美主义的作品已有译本者，为剧本《琪我康陶》（Gioconda），张天译（中华），小说《死的胜利》，芳信译（光华），此外另有伍纯武译本（中华）。

---

① 显尼志勒 通译 施尼茨勒（1862—1931），奥地利剧作家、小说家。

② 霍甫曼达尔 通译 霍夫曼斯塔尔（1874—1929），奥地利诗人、戏剧家。

③ 丹农齐乌 通译 邓南遮。